後妻 1

文創風 359

春月生 著

風文創 359

目錄

序

春日生

在中國古代種種殘酷暴虐的刑罰中，我一直認為，最可怕、最不人道的就是連坐。一個人犯了罪，卻要累及其他人，讓眾多無辜之人一起受刑，連坐充軍就是其中的一種。

充軍的刑罰，始於秦漢，正式形成制度並廣泛實行則在明朝。也許較於滿門抄斬的刑罰而言，全家充軍並不那麼殘酷，起碼生命仍能延續；但是在這簡單的「充軍」兩字背後，又藏著多少的血淚和痛苦，特別是充軍的女子。

在以男性為主的社會，女性本就是弱者。充軍前，這些女子或為大家閨秀、或為小家碧玉，深居內宅，沒有做半點危害社會的事情，卻因為家族中男子的罪責，被迫一同走上了充軍的道路。相較於男子而言，這些無辜的、柔弱的女子在命運的衝擊面前，必須付出和改變的想必也會更多。

我一直在想，在歷史的長河中，這些淹沒在男子故事背後的女子們，簡單的「全家充軍」幾個字涵蓋中的女子們，她們在命運突變的時候經歷了怎麼樣的波折，又會發生怎樣的故事呢？

因此就有了宋芸娘、許安慧、蕭靖嫻、殷雪凝、孫宜慧……這樣一群女子。她們有的是因為父兄的罪責由富貴榮華落入底層，有的是因為祖輩的原因，從出生就被標上了「軍戶」

的烙印，有的則是追隨心愛的男子自願陪他受刑……不論她們曾經有著怎樣不同的出生和經歷，充軍到這邊境軍堡之後，她們都變成同一種人——軍戶小娘子。

在這裡，她們的人生境遇有著同樣的起點，卻因為不同的選擇和努力，從而走向了不同的命運。性格軟弱、逆來順受之人，自然只能聽從命運的擺布；自私自利、心術不正之人，最終只會吞下自己釀造的苦酒；而唯有自強自立、永不言棄之人，方能真真正正地迎難而上，轉逆境為順境，成為生活的強者。

當然，這並不僅僅只是一部簡單的軍戶小娘子奮鬥史。全文呈現的是在風雲突變、戰亂迭起的亂世，邊境軍堡裡普通軍戶們的生活。在這裡，既有戰亂匪患，也有互愛互幫；既有家長裡短種田忙，也有賭書消得潑茶香。苦難的生活中凸顯的是親友的關愛和扶持，戰火的硝煙下烘托的是民眾的團結和堅強；而在種種親情、友情、壯志豪情中，最奢侈、最難得的，還有愛情。

是的，還有不易存在於亂世中的愛情。落難貴公子蕭靖北初到軍堡，見到宋芸娘的那一天，他灰色陰霾的天空出現了一道溫暖的陽光，而他的出現，也給宋芸娘沉重苦難的生活帶來了生機和希望。他們在彼此最艱難的時光相遇，在逆境中走在一起。從此他陪著她，她伴著他，度過了最艱難的歲月，經歷了最激烈的戰鬥，守過了最漫長的等待……當雨後雲初霽、春暖花開之時，他們終於迎來了，那一室屬於他們的燦爛春光。

第一章　張家堡的早晨

村頭的老公雞剛打了第一次鳴，宋芸娘便起來了。她穿上改製過的爹爹舊衫，簡單紮了個男子的髮髻，戴上青色頭巾，未施脂粉的鵝蛋臉上，襯著那雙熠熠生輝的眼眸，微抿著雙唇，就有幾分翩翩少年的模樣了。略不合身的舊衫套在身上，越發襯得她身材單薄，倒剛好像正在抽條兒的少年。

宋芸娘輕輕走到爹爹房間門口，探頭進去看了看，爹爹和小弟荀哥兒頭並著頭，睡得正香，荀哥兒更是將一條腿擱到了爹爹的肚子上。

宋芸娘笑著搖了搖頭，躡手躡腳地走到炕邊，將荀哥兒的腿輕輕挪開，小心翼翼地避開爹爹的傷腿，又輕輕給兩人掖好被子。

室外夜涼如水，一輪明月正當空，發出慘澹的白光，照著這座矮小破舊的小院。薄薄的月光透過窗，照在爹爹的臉上，芸娘看著爹爹眉頭緊鎖、滿臉憔悴，似乎在睡夢中也仍是憂心忡忡。

宋芸娘來到廚房，煮了一小鍋小米粥，趁小米半熟的時候撈出，裝入一個小瓦罐，埋在灶灰裡，又在鍋裡炕了幾個黑麵饅頭，用火的餘溫焐著。想著一、兩個時辰後，爹爹和荀哥兒起來，可以就著熱呼呼的饅頭喝著熱騰騰的粥，她這才退出院子，輕輕合上院門，沿著長長的巷子向村頭走去。

天剛露出魚肚白，整個張家堡還籠罩在一片沈沈的朝霧之中。雖然只是初秋，但畢竟是北方，再加上舊衫實在是單薄，風吹在身上有幾分刺骨的寒意。宋芸娘心想，等熬過了這段日子，該給爹和荀哥兒添置棉衣了，她緊了緊衣襟，不覺加快了腳步。

長長的小巷兩旁密密地排列著和宋芸娘家一模一樣破舊的、低矮的小院，這裡住的都是梁國地位最低下、最窮苦的軍戶。他們有的自祖上就是軍戶；有的本是平民，因家貧被招募為軍戶；有的則和宋芸娘家一樣，因犯罪而充軍到這個邊陲小鎮。

張家堡離邊防重鎮靖邊城只有三十里，作為靖邊城的下級軍堡，在軍事防禦上的地位挺重要。近些年來，張家堡的軍戶越來越多，除了少數徵集的平民，大多數是充軍而來。充軍來的人來自全國各個地域、各個階層，有江洋大盜、慣竊，甚至是殺人犯；有和宋芸娘爹爹一樣犯了事的官員，也有受了冤屈的普通百姓。他們有的孤零零一人前來，也有的拉家帶口全家遣戍。

不管是徵集的平民還是發配的罪犯，一旦成為軍戶，便要世世代代繼承軍籍。軍戶平時除了屯田種地，向朝廷上繳稅糧，還要定期操練，擔負起守城要務，一旦發生戰爭，更要上戰場衝鋒陷陣。總而言之，成了軍戶，特別是這邊境苦寒之地的軍戶，就開啟了極度悲慘的命運。

張家堡地勢險要，東邊是青雲山巍然屹立，西邊有飲馬河緩緩淌過。軍堡呈四方型，中間一條南北大街將軍堡分成東、西兩個部分，兩邊各有四條長巷，將張家堡分成上東、下東、上西和下西四個村子，中間地段則是衙署、糧倉、武器庫等官方設施，此外還建有城隍廟、關帝廟等十來個大小不等的廟宇，和一個大戲臺。堡內生活枯燥，居民們平時除了種田、練兵、守城、拜神，就只有看戲這唯一的娛樂了。

南北大街是一條寬敞筆直的石板路，和沿著城牆內側的環城馬道共同構成了堡內主要軍事通道。大街的兩端分別是南、北兩個城門，北門基本上不開，唯一的通道是南門，又名永鎮門。

宋芸娘所住的上東村靠著山，屋舍狹小，居住的大多是家境貧寒的軍戶。西邊兩個村地勢較平緩，居住的大多是官員。這幾年，軍戶越來越多，堡內已經住滿了，再遷來的軍戶就只能在堡外挨著城牆修建住房了。

張家堡的下西村還住了十幾戶民戶，當初建軍堡的時候，這些民戶故土難移，防守官便在堡內給他們留了一塊區域。民戶不用服軍役，以種田維生，生活比軍戶過得寬裕，雙方自願的話，倒是可以通婚；只不過，軍戶家的女子一門心思地想嫁到民戶家裡，好脫離軍籍，民戶家的女子卻是絕對不願嫁入軍戶家受苦的。

再往北就是韃靼人的地盤。這兩年韃靼人越發凶殘，隔三差五就策馬過境大肆搜刮一番，所到之處，莊稼被毀，村落為墟。以前戰爭少的時候，軍戶們和民戶們一樣，屯田種糧食，用以兵餉；現在戰爭多了，軍戶們的首要任務就是守護邊境安定。身強力壯的都被選為戰兵，負責守城、巡邏，時時操練，時刻準備與韃靼作戰；剩下像宋芸娘爹爹這樣老弱殘兵的也不能閒著，這些天都要起早貪黑地加固城牆，以抵抗秋高馬肥之時韃靼人的大舉入侵。

保護著張家堡抵禦韃靼入侵的，除了常年駐紮的那支三百多人的軍隊，就是牢牢圍著張家堡那道又高又厚的城牆了。整個城牆最開始由土夯成，經過幾代人的努力，具有一定的規模。城牆有三丈多高，一丈多厚，在抵禦外敵入侵時起了不可或缺的作用。但是近些年來，韃靼諸部逐漸壯大，不斷進犯邊境騷擾掠奪，原來的城牆在來勢洶洶的韃靼軍隊面前顯得單薄了些；因此，主管張家堡的防守官王遠，組織軍民包磚加固，軍戶們幾乎全員上陣，齊齊投入修城牆的火熱大軍中。

一個月前，宋芸娘的爹爹宋思年在修城牆時不小心摔下來，不幸傷了腿，剛在家躺了半個月，主管他們家的小旗孫大牛便上門催促，讓十歲的荀哥兒代替爹爹服役。看著弟弟豆芽菜般的身材，宋芸娘實在擔心他們宋家最後的這個命根子會斷送在邊城，她便扮成男子的模樣，頂著弟弟的名字上了城牆。

天色漸漸亮起來，東方隱隱露出了一抹紅霞。小巷兩邊的小院輪廓漸漸清晰，從沈沈暮色中慢慢浮現出來。一些院子裡開始有了動靜，三三兩兩的人們走出了小院，有的還邊繫著扣袢兒邊打著哈欠。巷子裡腳步聲越來越多，伴隨著交談聲、咳嗽聲，張家堡掀開了熱鬧的一天。

宋芸娘越走越快，步伐開始帶著點小跑，前兩天去得晚了點，差點挨了負責監工的胡總旗一鞭子，今兒可再不能晚了。

宋芸娘趕到南城門口的時候，城門口已經聚集了十來個年老體弱的軍戶，一個個衣衫襤褸，面有菜色，佝僂著身體，在清晨凜冽的寒風中微微發著抖。

「劉大叔、張大哥、王大伯，你們今日到得真早啊！」宋芸娘笑著和幾個熟悉的軍戶打著招呼。

「芸……荀哥兒！」一聲清脆的叫喊聲傳來，宋芸娘循聲望去，只見一個十多歲的男孩氣喘吁吁地跑過來，他穿著略大的青布衫，衣服胡亂繫著，髮髻梳得毛糙。跑得急了些，臉紅撲撲的，襯得一雙眼睛又黑又亮，是鄰家的許三郎——許安文。

「荀……荀哥兒……你……你怎麼走得那麼快，我……我在後面趕了半天都趕不上。」許安文彎著腰，捧著肚子，喘著粗氣，斷斷續續地說著。

宋芸娘奇怪地看著他。「三郎，你不是去靖邊城讀書了嗎？這才幾天就回來啦？」

許安文看了看四周越來越多的人，嘿嘿笑了笑，故意大著嗓門說：「書塾的先生病了呢，所以放假讓我們回來了。反正這幾天在家也沒什麼事，就到這裡來幫幫忙，還可以混兩餐飯呢！」

宋芸娘聞言，生氣地瞪著他。「三郎，你這麼點年紀，來這裡幹什麼？再說了，你二哥不是已經被選到周將軍的軍隊了嗎？你們家有你二哥一個人服軍役就行了，你幹麼跑來湊熱鬧？修城牆都是重活，累得很，你當好玩啊？」

許安文今年才十一、二歲，宋芸娘幾乎是看著他長大的，不自覺的就以大姊姊自居，對他說話雖然毫不留情，但流露的都是關心。

許安文狡黠地眨眨眼，怪腔怪調地說：「荀哥兒，你不是還沒有我大嗎，你能來，我怎麼不能來啊？」他特意把「荀哥兒」三個字咬得重重的，似笑非笑地看著宋芸娘。

宋芸娘有些氣急。「你這個臭小子……」話沒說完，旁邊的劉大叔拍了拍許安文的肩膀，笑哈哈地說：「許老三，你這個精猴子，我看你是不想讀書，故意逃學的吧？」說完，周圍的人都爆出一陣笑聲。

許安文不服氣地看著剛剛打趣他的劉大叔，轉了轉眼珠，正想說什麼，突然看到城門處出現了一個熟悉的身影，眼睛一亮，撒腿就跑了過去。

宋芸娘跟著看過去，只見城門口一名軍官騎著一匹高頭大馬慢慢踱了進來。馬上的人三十來歲，身穿總旗官的服飾，腰挎樸刀，腳蹬軍靴，挺直身軀，眼光銳利有神，不怒自威。

「姊夫，姊夫，你回來啦！」許安文興奮地望著來人，滿臉的崇拜。

許安文的姊夫——總旗官鄭仲寧，半個月前剛被派出去主持修建邊墩，剛剛修建好，又馬不停蹄地趕回來負責修城牆。他臉上略帶著風霜和疲憊，看到許安文，不苟言笑的臉上卻露出了一絲略帶寵溺的笑容。「你這小子，我記得走之前聽你姊姊說你終於開竅了，去舅舅那兒讀書去了，怎麼沒幾天就跑回來了，是不是讀不下去了？小心我告訴你姊姊，有你好看！」

「哎呀，姊夫，別別別，千萬別，我回來是有重要的事情。」許安文急急地說，他朝鄭仲寧招招手，指著耳朵做了個手勢。鄭仲寧會意地彎下身來，許安文悄悄看了看宋芸娘，湊到鄭仲寧耳邊小聲說：「其實才不是我自己要回來的呢，是二哥的命令。他聽說有人受欺負了，連夜託人帶話給我，要我回來幫忙照看一下呢。」

鄭仲寧順著許安文的目光看過去，便看到了女扮男裝的宋芸娘。她雖然身著破舊的男裝，站在一群粗糙的漢子中間，卻越發襯得亭亭玉立，眉清目秀。鄭仲寧若有所思地看了宋芸娘一眼，想起妻子許安慧之前似乎陸陸續續地說過，二弟許安平對隔壁宋家的姑娘有了點心思，只是娘不是很願意，所以二弟才一氣之下去了周將軍的軍隊，指望著在軍隊裡建功立業，有個一官半職，也好多點和娘談判的籌碼……

「胡鬧！」鄭仲寧氣得直起身子。「三郎，你趕快回靖邊城，該幹麼就幹麼去，大人的事情，小孩子瞎摻和什麼？我會託人給老二帶話，不該他想的心思就不要瞎想。」

「姊夫，我不小啦，你像我這麼大的時候，不是都上陣殺敵了嗎？」許安文氣惱地說。

鄭仲寧咧嘴笑了。「傻小子，我那時是被逼得沒有辦法，現在我們都一門心思地供著你好好讀書，給你們許家光宗耀祖，你可別辜負了我們啊。」

許安文立刻垂下頭，像打霜了的茄子。「姊夫，你就不要哪壺不開提哪壺了，你也知道我不是讀書的料；再說，我已經和書塾的先生請好假了，說家裡要我幫忙搶收糧食呢。娘那兒，我也稱說先生病了，放了半個月的假，現在可不能回靖邊城去。好姊夫、親姊夫，你就讓我回來待幾天吧。姊夫啊，我是真不知道你這麼快就回張家堡，早知你回來了，就直接讓二哥找你幫忙啦，有英明睿智的姊夫大人在，還有什麼解決不了的事？還需要我湊什麼熱鬧啊！」

鄭仲寧沒好氣地看著他。「罷罷罷，就由著你胡鬧幾天吧。不過，你二哥的心思，可千萬別對那宋娘子透露，你娘可一直沒有鬆口呢。」

「得令，長官。」許安文嘻嘻哈哈地行了一個裝模作樣、歪歪扭扭的軍禮，又撒腿向宋芸娘跑過來。

「芸……荀哥兒，待會兒分活兒時，妳跟我一組吧？」許安文頗有氣勢地昂首挺胸，笑咪咪地看著芸娘。

東方，一輪紅日緩緩昇起，朝霞染紅了遠山近嶺，似乎也給這地處荒涼的邊境小軍堡注入了一股活力和生機。此時，城牆上下，也正是一片火熱的景象，砌牆的、挖土的、搬磚的……一組組軍戶們有條不紊地忙碌著。

宋芸娘和許安文一組，正在熬製糯米湯。一口大大的鍋裡煮著糯米，鍋裡冒著熱煙，發出誘人的香味。宋芸娘半蹲著身子，忙著添柴，許安文則懶洋洋地站在鍋前，用一根大木棍在鍋裡不停地攪拌，一邊和宋芸娘聊著天。「芸姊姊，妳看，幹這個活兒可比妳前幾天搬磚挖土什麼的輕鬆多了吧！要不是我在姊夫那裡死纏硬磨了半天，咱們還能攤上這好差事？這可是整個城牆上最輕鬆的活呢，妳這些天就跟著我好好幹吧。」說著拍了拍自己並不厚實的胸脯，大有一副救世主的氣勢。

宋芸娘沒好氣地瞅了他一眼，她的臉被火烤得紅紅的，臉上黑一塊、白一塊，很是狼狽，只有亮晶晶的眼睛仍閃著清澈的光。「是是是，感謝許三爺如此關照小女子。只是啊，我可不覺得這活兒有多輕鬆，守著這香噴噴的糯米湯只能看不能吃，可就越發餓了。」

許安文看了看熱騰騰的糯米湯，吞了吞口水，氣惱地道：「也不知那些工匠們是什麼樣的道理，人都吃不飽了，卻糟蹋這麼好的糧食？」

一旁的兩個老軍匠正在往土裡拌著石灰，聽到這話，忙道：「許三郎，你不知道啊，在石灰和土裡加上這糯米湯，做出來的糯米砂漿可是加固城牆最好的材料，把這砂漿填在磚石的空隙中，再重的磚都牢牢的黏在城牆上，那可真是固若金湯。」

「對啊。」另一個軍匠接著道：「這可是咱們老祖宗傳下來的好方法，別的東西代替都沒有這效果好呢。」

黏糊糊的糯米湯煮好了，宋芸娘幾個人一起將糯米湯舀出來，倒在一旁拌好的石灰土裡，用木棍攪拌均勻，讓石灰土微微濕潤，再用手捏成團，糯米砂漿便做好了。

他們將做好的糯米砂漿分裝好，分別抬給正在砌磚的軍匠們，剛剛忙完，就聽得胡總旗大著嗓門喊：「吃飯了，吃飯了，都歇一下吧！」對於又累又餓的軍戶們來說，胡總旗再難聽的嗓音都成了天籟之音，他們爭先恐後地來到城牆下領著各自的吃食。

「又是黑麵饅頭加稀粥！」剛領完饅頭的軍戶嘟囔著，剛好被騎馬過來巡視的百戶官蔣雲龍聽到了。蔣雲龍瞪了那個軍戶一眼，大聲說：「各位弟兄們，別抱怨黑麵饅頭不好，去年收成不好，韃子又來折騰了好幾回，這是咱們張家堡的王防守官愛民如子，把糧倉裡的存糧都拿出來了。咱們周圍的幾個軍堡，有些軍戶連稀粥都喝不上，你們還不知足？再聽到這樣的話，小心我軍紀處分！」

蔣百戶嘴硬心軟，實際上卻很少真正處罰人，故此，軍戶們明面上怕他，實際上真正驚怕的卻是蔣百戶的兩個手下——總旗官胡勇和鄭仲寧。胡勇脾氣暴躁，心狠手辣，軍戶們看到他都恨不得繞道走。鄭仲寧是憑軍功一步步由一名普通的士兵慢慢升成了總旗，他做事有魄力，又為人正派，處事公道，讓人真心折服。

宋芸娘和許安文各自領了饅頭和稀粥，找了一處人較少的地方，肩並肩靠著城牆坐著。兩人就著饅頭喝著稀粥，此時確實是又累又餓，再難吃的東西也吃得香。

「哦哦，對了，差點忘了。」許安文懊惱地喊了一聲，突然變戲法似的從懷裡掏出一個油紙包，獻寶般地在宋芸娘面前打開，裡面居然是兩個白乎乎的饅頭。

「哦，白麵饅頭，我幾乎快有兩年沒有見到這東西了。」宋芸娘眼睛一亮，興奮地坐直了身體。

「給，咱們一人一個。」許安文大方地遞了一個饅頭給宋芸娘。

宋芸娘有些猶豫。「三郎，你們家供著你讀書，日子也不寬裕，這個白麵饅頭肯定是你娘特意做給你的。你正是長身體的時候呢，要多吃點好的，我現在吃這個黑麵饅頭已經習慣了，還……挺喜歡吃的。」

許安文嘿嘿笑了笑。「芸姊姊，妳別客氣啦，咱們誰跟誰啊。告訴妳一個好消息，我二哥前些日子立功啦，殺了四、五個韃子，不但升了隊長，還得了好些賞銀。他託人買了好些精米和白麵帶回家來，我們家現在可不缺吃的啦！」說著，他狠狠地咬了一大口白麵饅頭。

「那……就多謝了。」宋芸娘接過白麵饅頭，想了想，又小心翼翼地仍用油紙包好，揣進懷裡。「謝謝你的饅頭，我想留著回去給荀哥兒，他一定會很開心！」想著荀哥兒看見白麵饅頭會高興得眼睛放亮的樣子，宋芸娘嘴角不覺露出了溫柔的笑容。

許安文愣愣地看著芸娘，咬在嘴裡的白麵饅頭卻有些吞不下去了。他有些心酸，小心翼翼地半帶試探、半帶玩笑地問道：「芸姊姊，妳……妳做我二嫂可好？嫁給我二哥，咱們天天吃白麵饅頭！」

宋芸娘又好氣又好笑地看著他。「三郎，以後可不要再說這樣的話了。這是大人的事情，你小孩子不懂的，你就好好讀你的書吧！你不知道，荀哥兒不知有多羨慕你呢！」說到這裡，宋芸娘的聲音漸漸弱了下去，想到弟弟那雙求知若渴的大眼睛，正當讀書的年齡，卻只能待在破敗的、昏暗的家裡幫忙做家事，不覺從心底生出了一股悲哀和無力感。

「誰說我不懂？」許安文氣沖沖地坐直了身體。「不就是因為妳爹一心想讓荀哥兒讀書，捨不得讓他繼承軍職，因此便想由妳招贅個女婿承妳家的軍籍。」他說著說著，聲音帶了些哽咽。「若是我大哥還在，我們家不用二哥來繼承軍職，妳早就成了我二嫂了，哪裡會像現在這樣，都快耽誤成老姑娘了！」

按照梁國的規定，永遠充軍軍戶的軍籍父死子替，兄死弟替，即一朝當兵，終生為伍，以確保軍戶的數量不會減少。若哪家軍戶斷了男丁，便會到軍戶原籍的族人中選一男子繼承軍職。一旦被確定為軍籍，除非皇上特赦，否則很難脫離。

許家本有安武、安平、安文三個兒子，兩年前，大兒子許安武戰死後，本在書塾讀書的二兒子許安平便代替哥哥繼承了家裡的軍職。

聽著這半是童言、半是實情的話，宋芸娘噗哧笑了。「三郎，若你大哥還在，你二哥現在只怕都是秀才了，以後說不定還會考個舉人回來，給你娶一個嬌滴滴的官家小姐做二嫂呢。就算是現在啊，憑你二哥的出息，還怕找不到家世好、人品好的姑娘？」

「我才不要什麼狗屁官家小姐，在我心裡呀，妳才是最適合我二哥的人。」許安文仗著年紀小，故意口無遮攔。「芸姊姊，妳就嫁給我二哥吧，妳若願意，我馬上就學我哥棄筆從兵，有我繼承家裡的軍職，二哥就算入贅你們家也行啊！」

「什麼棄筆從兵，是投筆從戎。我看你白上了幾天書塾了，書都讀到狗肚子裡了。」宋芸娘笑罵。

「妳又不是不知道，我看到書就頭疼，哪裡是讀書的料。告訴妳一個秘密，其實這些天，我都是在跟著我舅舅練武呢，讀書只不過是個幌子。總有一天，我也要入伍，殺韃子，為大哥報仇。」許安文緊緊攥起了拳頭，嘻嘻哈哈的臉上也不見了笑容，滿是悲憤和仇恨。

宋芸娘沈默下來，她吃完最後一口饅頭，慢慢站起身來，望著許安文。「三郎，以後這樣的話不要再說了，你娘會傷心，你二哥也會不安的。你現在也不小，該懂事了。你二哥既然從軍了，你們家的希望就都在你一人身上了。」

「那……那妳和我二哥怎麼辦？」許安文有些氣急。

宋芸娘微仰起頭，視線越過層層疊疊黑漆漆的屋簷，望向遠方的群山。湛藍的天空，飄著幾片絲絮般的、淡淡的白雲，連綿的青山靜靜地矗立著。宋芸娘的聲音也帶了些縹緲。「怎麼辦？以前怎麼辦，現在就怎麼辦。從前那麼難熬的日子都過來了，以後再怎麼苦也不怕了。我和你二哥，終是無緣分吧……」

五年前的宋芸娘，還只是江南水鄉富貴之家的深閨嬌娘，纖纖弱質，不諳事務。身為家中的獨女，又聰慧伶俐，乖巧可人，故此父母對她真真兒是捧在手心怕碎了，含在嘴裡怕化了，千嬌萬寵集於一身。

爹爹出身詩書之家，少年中舉，意氣風發，雖然只做了個錢塘知縣，但在江南富澤之地做著父母官，倒也安樂富足。娘出身於富庶之家，溫柔賢慧，持家有道。爹和娘恩愛和美，家中也無妾室、通房，兩個弟弟更是溫順懂事。宋芸娘常想著，過著這樣的日子，別說皇室貴族、富豪之家，就是神仙的日子倒是都不稀罕了。

就這樣過了蜜水般、無憂無慮的十五年，到了該嫁人的日子，娘怕芸娘出嫁後會在婆家受氣，便將芸娘許配給了自己娘家的姪兒；表哥和芸娘青梅竹馬，又是知根知底的，再溫和煦不過的一位少年，舅舅和舅母也是對芸娘百般疼愛，若真嫁給表哥，這樣的人生也算是圓滿了。

然而常言道，月盈則虧，水滿則溢，幸福的日子總是不能長久。宋思年雖談不上是至清的清官，但也絕不是魚肉鄉里的貪官，卻一時不慎捲入了貪墨案裡，被下江南巡查的欽差大臣捅到了天子面前。宋思年雖然沒有直接參與貪污，但難逃失職失察、知情不報的罪名。

當今天子正值勵精圖治之際，借著欽差大臣查案，便將江南官場進行了場大清洗，走了半輩子好運的宋思年被一紙判決書送上了充軍的路途。宋氏族人迅速將宋思年從族譜上除名，已在商談嫁娶細節、準備擇日完婚的舅舅一家也急急退了親事，和宋思年一家斷了個乾乾淨淨。

充軍的路途遙遠，每一步都透著艱辛和血淚。宋芸娘一家五口似乎一下子從雲端落入了最悲慘的煉獄，常年養在深宅裡的貴夫人、嬌小姐和大少爺，被惡狠狠地推到最慘澹的人生境地，吃了無盡的苦，淌了無盡的淚。

充軍路上，先是大弟感染了時疫，沒能及時就醫而不幸病逝；接著娘因承受不了這打擊，體內積年的病根似乎一下子都爆發出來，沒幾天就香消玉殞，追隨大弟而去了。

宋思年匆匆安置了妻子和兒子的後事，也一頭病倒，幾乎去了半條命。在短短一個月內連番遭遇抄家、退親、喪弟、喪母的芸娘，雖然極想追隨母親、弟弟而去，一了百了；但是面對一下子老了幾十歲、精神恍惚的父親，看著年僅五歲、懵懂無知的小弟，芸娘只能咬緊牙關，撐著一口氣接過生活的重擔，將這個瀕臨破碎的家支撐起來。她雖然有著江南女兒柔弱的外表，卻在困境的激勵下，滋生出一顆與外表不相符的堅韌的心。

初到張家堡的日子是茫然無措的，就像一朵潔白無瑕的白蓮一下子掉入了泥沼。住慣了瓊堆玉砌的江南庭院，現在不得不屈身於破敗骯髒的小土房；穿慣了鮮豔多彩的綾羅綢緞，現在也不得不換上色澤晦暗的粗布破衣；吃慣了食不厭精、膾不厭細的山珍海味，現在也只能吃著黑麵饅頭聊以果腹。

慶幸的是，宋家三口人都有著堅韌不拔的意志，沒有被苦難的命運、殘酷的現實擊倒。在經過一段時間的調整後，三人很快融入了張家堡的生活，宋芸娘更是把自己從一根柔軟的柳條兒生生練成了家裡的頂梁柱，在這邊城的淤泥裡，也照樣開出了潔白的、耀眼的白蓮花。

宋芸娘家隔壁是許家，一個人口興旺的家庭。許大志的父親本是文官，當年受上司陷害，成了替罪羊，被貶入軍籍，在邊城受了半輩子的苦，最後飲恨而終，臨終前最大的期望就是子孫後代要走科舉之路，出仕脫離軍籍。

可許大志一輩子文不成、武不就，唯一的成就大概是娶了個厲害的老婆張氏。張氏本是靖邊城武術教官之女，習得一身好武藝，操持家事更是一把好手，生了一女三子。

大女兒許安慧嫁給了堡裡的小旗鄭仲寧。大兒子許安武在家務農，準備襲替爹爹的軍職。二兒子許安平，謹遵祖訓，要走科舉之路，彼時正在靖邊城的書塾讀書。三兒子許安文，只比荀哥兒大一歲，兩個毛小子很快就玩在一起。

作為鄰居，許大志一家向新來的宋家人伸出了友好的援助之手。許大志和宋思年有著類似的出身和境遇，又有著一樣的追求，他們很快就成了莫逆之交，共同作著讓子孫重走仕途、光宗耀祖的夢。許大志教會宋思年耕種農事，張氏教會宋芸娘紡麻織布、防身之術，許安文則教會荀哥兒上房揭瓦、趕雞攆狗。在許家一家人的幫助下，宋家人很快就在這邊境之地扎下根來。

許安平是宋芸娘在張家堡認識的第一個同齡朋友，邊境之地，民風粗獷，男女之間倒沒有那樣注重迴避。許安平打著向宋思年這位舉人老爺請教學問的名目，走入了宋家，走進了宋芸娘的生活。這位少年有著無限的熱情，他在宋芸娘身上看到了他所有能想像得到的對異性的嚮往，美麗、聰慧、善良、堅強……

與爽朗潑辣的北方姑娘不同，宋芸娘溫婉似水，氣質如蘭，她軟糯的南方口音，不經意的小動作，一顰一笑，讓許安平的一顆少年之心悠啊悠地，一下子飛上了雲層，一下子又沈入了水底，情竇初開的少年深深陷入對這個南方小娘子的迷戀之中。

宋芸娘雖然也有所察覺，但剛遭表哥一家拋棄，她的心扉關得緊緊的，一心只想著如何讓一家人在邊城更好地生活下去，哪能顧及到許安平這顆熱忱的心。面對宋芸娘的裝聾作啞，許安平卻毫不灰心，一如既往地獻著殷勤。

這般融洽的日子卻只過了三年。兩年前，許大志大病一場，大兒子許安武便繼承了軍職，被派到邊墩駐防。才防守半個月，卻遭遇到一小夥入境的韃子，作戰中，許安武不幸被韃子斬於馬下，年僅二十歲。

許安武的不幸慘死一下子改變了許家每個人的命運。許大志本在重病之中，聽到噩耗一口氣緩不過來，吐血而亡；許安平鄉試在即，卻不顧先生的挽留，即刻從書塾退學，棄文從武，襲了家裡的軍職；張氏一向挺拔的腰身也一下佝僂下去，似乎被抽離了生氣。

許大志生前和宋思年兩人常在農閒時候，坐在許家的院子裡，喝著小酒，吹著牛，謀劃著生活，也對兒女親事達成默契。他們想著讓許安武繼承軍職，讓許安平入贅宋家，許安文和荀哥兒年歲相當，正好將來一起去書塾讀書。這些模模糊糊的念頭沒有擺在明面上說透，隨著許安武、許大志的先後過世，所有的想法都是過往雲煙了。

招贅的想法，並非是宋思年偏愛幼子，存心耽誤女兒；而是當初剛到張家堡時，一些堡裡的破落戶、兵痞子見宋芸娘美貌動人，經常打著求親的名目上門騷擾，宋芸娘煩不勝煩，便放出招贅的狠話。「想娶我宋芸娘，首要的條件就是要入贅我宋家，將來繼承宋家的軍職。」

自從有了招贅的說法後，宋家門前一時清淨了，宋芸娘的終身大事便也一直耽擱了下來。張氏本來極喜愛乖巧可人的芸娘，可是在大兒子和丈夫先後過世後，她秉承公公和丈夫的遺志，一心想著讓三兒子許安文走科舉之路，絕了二兒子入贅宋家的可能，也息了讓芸娘做兒媳的心思。

第二章　找上門的親事

夕陽西下，殘陽似血，城牆上勞累了一天的軍戶們，拖著疲憊的身軀，邁著沈重的步伐向家裡走去，斜陽在他們身後拖出長長的身影，靜送他們消失在一條條的巷子口。

北方的秋天黑得早，宋芸娘和許安文走近家門時，暮色已經籠罩了巷子兩旁的一個個小院。不知誰家院子裡飄出誘人的飯菜香味，隨著傍晚的涼風緩緩襲來，帶著家的溫暖，溫柔地將兩人包裹。芸娘滿身的疲憊一下子消散，渾身筋骨放鬆下來，眉眼也格外柔和。一輪明月不知什麼時候已悄悄升上天空，靜靜照著張家堡。月光在芸娘臉上、身上灑下了一層朦朧的光，芸娘周身像披上了閃著柔光的輕紗，看上去是那般美好和不真實。

許安文呆呆地看著芸娘，只覺得此刻在宋芸娘的襯托下，這髒兮兮的巷子和兩旁破敗的小院子似乎也增添了光輝。心想怪不得二哥幾年來不論多少挫折都堅定不移，這般美好的女子，哪能輕易地放棄？

宋芸娘回到家的時候，正房裡荀哥兒正筆直地坐在桌前，就著煤油燈昏黃的微光，用一根小木棍在沙盤裡一筆一劃寫著字，一旁宋思年專注地看著，臉上露出欣慰的表情。

家裡沒有餘錢買筆墨紙硯，宋思年便製了一個木頭沙盤，平時一有空閒便教荀哥兒寫字。看到這溫馨的畫面，芸娘只覺得既感動又心酸。「爹、荀哥兒，你們吃晚飯沒有？」

「姊，妳回來啦！剛剛爹考我幾篇《論語》，我都可以默寫出來啦！」荀哥兒抬頭，興奮地看著芸娘，一雙黑閃黑閃的大眼睛在燈光下格外明亮。

看著女兒灰撲撲的身子、髒兮兮的小臉，宋思年有些心疼。「芸娘，累不累？廚房裡給妳熱著粥和饅頭，鍋裡燒著水，妳先洗洗臉，去去乏，再趁熱吃點兒。荀兒，還不快去給你姊姊倒熱水？」

「是，爹。」荀哥兒恭敬地站起身，舉步向廚房走去。

「不用了，我自己來就可以了。」宋芸娘心疼地看著只比許安文小一歲、個子卻幾乎比他小一號的荀哥兒，急忙伸手攔住他。

宋思年剛過四十歲，看上去卻比實際年齡蒼老很多。在北方邊境生活、勞作了五年，卻沒能將他磨練成粗獷的北方漢子，仍是帶著南方文人濃濃書卷味和儒雅之氣。

宋思年氣質儒雅，妻子吳氏清麗婉約，三個孩子也都生得是人中龍鳳。已過世的長子宋萱是三個孩子中生得最好的，可惜翩翩少年還未長大成人便早早過世。芸娘有著如母親秀麗的臉龐，和像父親的明亮眼睛，挺直的鼻梁，眉眼中帶著幾分剛毅和英氣。荀哥兒則更像母親，眉眼精緻，加之幼時遭難，缺衣少食，身體瘦小，便也顯得文弱了些。

「爹，城牆那兒這些天伙食挺好的，我吃得也好，您別惦記我，您自己要注意休息，早點兒養好身體。荀哥兒，要你在家裡照顧好爹，你怎能又讓爹勞累呢？」

荀哥兒有些委屈。「是爹要考校我的學問的。今日我在家裡也沒有閒著，我把家裡裡外外都收拾了一遍呢。」

宋芸娘笑著摸了摸荀哥兒的頭，又誇讚了一下他寫的字，便回房換上家常的青色襦裙，簡單梳洗了下，再去廚房將鍋裡熱著的小米粥盛了三碗端出來。「爹，荀哥兒，你們也再吃一點吧！」三個人圍著小木桌，頭並著頭熱熱呼呼地吃著。煤油燈昏暗的光映射出一道溫暖的光圈，輕輕將三人包圍著，帶著暖香的熱氣從碗裡升起，在他們的頭頂氤氳旋繞，在四周黑漆漆的夜裡，在漸漸襲來的寒意中，顯得格外溫暖和親密。

「對了，隔壁的許三郎回來啦，今日也去城牆幹活了……他們家的鄭總旗今天也回來了……今天，我和三郎做了糯米砂漿……差點兒忘了，這是三郎給的白麵饅頭……」

宋芸娘和爹爹慢慢話著家常，她覺得這是自己一天中最輕鬆快樂的時刻，也唯有此時此刻，方才覺得自己是真真正正地活著。

宋思年靜靜地聽著芸娘絮叨著，若有所思，他看了一眼荀哥兒。「荀兒，吃好了就去隔壁找許家三郎說說話吧，我看你自從聽說三郎回來就坐不住了，記得多謝他給的饅頭。」

荀哥兒點頭道是，起身便向外走去，走到門口又急忙轉身，對著宋思年和芸娘規規矩矩行了個禮。「爹，孩兒去隔壁了，您和姊姊慢用。」

宋芸娘目送荀哥兒的身影消失在門口，便對宋思年笑道：「爹，您都快把荀哥兒教養成一個小夫子了。」

宋思年嘆了口氣。「雖說要入鄉隨俗，但我宋家始終還是書香門第，我宋氏子弟不論身處何處，都應謹遵祖訓，識禮儀，知廉恥，萬不可自我放棄，失了自己的根啊！」

宋芸娘點頭稱是。宋思年慈愛地看著芸娘，半晌，有些猶豫地開口。「芸娘啊，妳是正月間出生的，過了年便二十了吧？」

「爹，您記得真清楚，可不是快二十歲了。」

宋思年愣愣看著女兒如畫的眉眼，透過女兒，似乎又看到了亡妻，也是這般眉眼柔和，巧笑倩兮，便有些心酸。「芸娘，爹對不住妳啊！妳娘在妳這個年紀，萱兒都出世了。」

「爹，您不要這麼說，現在咱們不是過得挺好的嗎？我就守著爹和荀哥兒，好生過日子。我看咱家的水稻長得挺好，今年田裡一定有個好收成。等秋收後，農閒時我再多織些布，賣了錢買些雞餵著，雞生蛋，蛋生雞的，咱們便也存些錢送荀哥兒上書塾讀書去。荀哥兒那麼聰明好學，將來一定可以讀出點成就來……」

「芸娘——」宋思年忍不住打斷她。「今天劉媒婆來過了，說的是下西村張東財家的二郎，今年十九歲，他們家可是民戶，不嫌咱們家是軍戶，也不嫌妳比他大……」

宋芸娘一邊收拾碗筷，一邊漫不經心地說：「哪個張家二郎？莫名其妙的，提什麼親？」

「說起來妳也應該見過，他們家的田和咱們家的挨著，今春的時候，家裡的犁壞了，還借過他們家的犁呢！」

宋芸娘細細回憶了一下，腦海裡模模糊糊浮現出一個呆呆的青年男子形象，好像在田間地頭碰過幾次，每每遇見，總是半垂著頭，有些局促地側身避開，似乎很害羞的樣子。

宋思年接著說：「劉媒婆說，他們家境好，沒有什麼負擔。他父親已經過世了，上面只有一個哥哥，已經成了家，在靖邊城守備府做典吏，哥嫂一家人都住在那裡。現在家裡只有母親和一個妹妹，他娘我見過，人很和善；他妹妹已訂了親，明年就出閣，嫁過去後，就只兩口子伺候著母親過日子。他們家想著，家裡有個嫂子，事情也好張羅些，便想在妹妹出閣前把張二郎的親事辦了。我看，他們家也是很有誠意的……」

「爹，我們當初不是說好了要招贅的嗎？他們家想必是不可能的，這件事就不要再提了吧！」宋芸娘打斷父親的話，見宋思年面露不以為然之色，想了想又道：「再說，我看他們家也不是真的很有誠意，哪有為了妹妹出閣就急著娶嫂子的道理？」

宋思年笑道：「傻丫頭，這只是他們家想出來的藉口，想快點兒把妳娶回去。那劉媒婆說了，張二郎自從兩年前不知在哪裡見到妳，就上心了，可他娘嫌我們家是軍戶，又貧苦，故此一直不同意。這兩年，她給張二郎不知說了多少個姑娘，他都不願意，一個勁兒地磨著他娘到咱們家提親。前兩天，他娘終於鬆口了，就趕緊催著劉媒婆過來。我看啊，八成是那張二郎對妳情根深種了，故此才這般急呢！」

「爹——」宋芸娘紅著臉羞道：「您也來打趣我！」說罷便端著碗筷扭身進了廚房。

宋芸娘這些年裡裡外外操持家務，堅韌剛強，倒極少流露出這種小女兒嬌態。宋思年欣慰地看著芸娘的身影，大有「吾家有女初長成」的感慨。

宋芸娘拿著絲瓜絡，蹲在矮小的廚房裡麻利地刷著碗，一向平靜無瀾的心境掠起了微漾。本想著這輩子就這樣守著爹爹和荀哥兒過下去，早已淡了男女之情，什麼男歡女愛，柔情密意，似乎都隨著當年表哥的誓言一起消逝在那溫暖嫵媚、花紅柳綠的江南，已如上輩子般的久遠。沒想到在這小小張家堡的某個角落，居然還有一個青年一直在默默關注著自己，期盼著能與自己攜手、共度百年……

宋思年拄著枴杖，一跛一跛地來到廚房，昏暗矮小的廚房裡，越發襯得宋芸娘瘦削的身形柔弱可憐，宋思年的眼眶有些濕潤。「芸娘，張二郎這小夥子我接觸的次數也不算少，他為人穩重，熱情善良，倒也是良配，妳看……」

宋芸娘匆匆打斷父親的話。「什麼良配？如果不能入贅再好也不是良配。」

宋思年嚴肅了語氣。「芸娘，入贅的事，當年是我欠缺考慮，那時以入贅為藉口，為的是抵擋那些狂蜂浪蝶，哪承想，現在阻礙了妳的姻緣。這些天我也想明白了，服軍役也好，繼承軍職也罷，這些都是男子的責任，豈能讓妳一個弱小女子承擔？」

宋思年頓了頓，看著芸娘仍是毫不經心的樣子，便又試探著問：「芸娘，是不是妳對張二郎不滿意？其實隔壁的許二郎也是很不錯的小伙子，又是知根知底的，爹看得出來，他一直對妳有愛慕之心。許家二郎除了家裡是軍戶，其他方面倒不比那張二郎差，妳若願意，我馬上找人去探探許家嫂子的口風。」

「爹——」宋芸娘有些氣急，她扔下手裡的絲瓜絡，急匆匆站起來。「什麼張二郎、許二郎，不管哪個二郎，我都不嫁！」

「芸娘！」宋思年提高了嗓音，帶著命令，也帶著懇求。「自從來到這張家堡，家裡最苦的就是妳，妳跟著爹開荒種田，跟著一群男子修城牆，裡裡外外操持家務，服侍爹爹、照顧荀哥兒……可是，妳不能老是操心我和荀哥兒，妳為我們付出太多了，也要為自己好好打算打算，否則教我日後在九泉之下如何有顏面見妳的母親？」

說著說著，宋思年不覺悲從中來，老淚縱橫，芸娘看著父親，只覺得滿腹辛酸，千言萬語卻不知從何說起。

廚房外，荀哥兒靜靜地立在那裡，不知站了多久，此刻卻再也無法忍住，他衝進廚房，緊緊握住芸娘的雙手，小小的身子微微發著抖。「姊姊，爹說得對！妳就好好選個人家，找個溫柔體貼的姊夫，一定要幸福安樂。」他挺直單薄的小胸脯，昂著頭大聲道：「姊，我現在已經長大了，妳放心，我會支撐起宋家門戶的。」

宋芸娘愣愣地看著荀哥兒，感慨萬千，半晌，她慢慢抽回雙手，緊緊按住荀哥兒的肩，目光堅定地看著他。「荀哥兒，你這般懂事，姊姊很欣慰；但是，你現在最重要的事情，是好好跟著爹做學問，將來才有能力支撐我們宋家門戶啊！」宋芸娘又看向父親。「爹，您說的話我都聽進去了，只是我現在心裡亂得很，我要再好好想想……」

當日晚上，宋芸娘少有的失眠了。來到張家堡後，因家務繁多，終日操勞無休，滿身疲憊，到了夜裡往往都是沾上枕頭便熟睡；可此時，宋芸娘雖覺得身心俱疲，卻在炕上翻來覆去無法入眠，她的腦間閃過無數景象。

一會兒，是在院子裡，許安平那深情的雙眸默默注視著她；一會兒，是在田間地頭，張二郎半低著頭害羞地偷看著她；一會兒，又是在杏花煙雨的江南，表哥輕輕牽著她的手，帶著溺人的微笑，溫柔地凝視著她。

可是最後，所有的景象都變成荀哥兒、荀哥兒、荀哥兒……練兵場上，弱小的荀哥兒被一群膀大腰粗的漢子圍著嘲笑奚落，茫然失措；高大的城牆上，身穿寬大軍服的荀哥兒被流矢射中，如斷線的風箏般從城頭飄落；血雨腥風的戰場上，單薄的荀哥兒拖著和他身材毫不相襯的大刀與韃子拚殺，被輕易斬落……

宋芸娘驚出一身冷汗，睜大了雙眼，呆呆地瞪著黑漆漆的屋頂。她去尋她的安樂，那荀哥兒的安樂在哪裡？爹爹的安樂又在哪裡？她想起娘臨終前，枯瘦的雙手緊緊抓住自己，睜著不甘心的眼，費力地吐出幾個字。「照……顧……荀……哥……」

荀哥兒是爹娘的希望，也是自己的希望，假如失去了荀哥兒，就算自己尋得良人又有何意義？文弱的荀哥兒和這粗獷蠻荒的邊境是那般格格不入，他只應待在溫暖秀麗的江南，和文人雅士一道，習文吟詩，風雅脫俗，哪能在這蠻荒之地，和一群粗俗的漢子為伍，終日過刀口上舔血的生活？萬不可讓荀哥兒折在這裡，終是要讓荀哥兒回到屬於他的地方。芸娘慢慢平靜了心境，堅定了決心，近凌晨時才模模糊糊睡著。

第二天早上，芸娘睡得沈了些，在一片歡快的鳥叫聲中醒過來，朦朦朧朧覺得自己在江南家中，每每早晨醒來，窗外一片鳥語花香。睜眼看到滿室的白光和光禿禿的屋頂，不見自己熟悉的淺粉紗帳，她才猛然想起自己仍是在張家堡，這個已經生活了五年的地方，便生出一陣不知今夕何夕，不知身處何處的茫然。

宋芸娘躺在炕上微微發了一會兒呆，慢慢清醒過來。「糟了！」她想起自己身上的差事，趕忙從床上爬起，匆匆抓過衣服穿了，便急著往外走。

「芸娘！」宋思年拄著枴杖走出房門。「今日就在家中休息吧，不要去城牆了。」

「爹，不去怎麼行？」芸娘急道：「前些日子蔣百戶說修城牆的進度慢了，故此胡總旗他們管得十分嚴厲，不去的話還不知要怎樣罰我們呢！」

「芸娘，荀兒已經去了，妳不用擔心。」

「荀哥兒？他怎麼去了？他怎麼能去？爹，您怎麼也不攔著他？」芸娘不禁又急又氣，一連串地問著。

宋思年笑道：「天還沒亮荀兒就出門了，和隔壁的許三郎一起去的，這兩個孩子大概昨天晚上便約好了。妳就放心吧，許三郎這小子精得很，有他在，荀兒吃不了虧的；再說，許家的總旗女婿不是也回來了嗎，他也會關照荀兒他們的。」他看著芸娘仍是一副焦慮的模樣，便安慰道：「芸娘，荀兒他長大了，早已不是當年那個躲在妳懷裡的小娃娃了，總該要讓他出去見見風雨，磨練磨練，不讓他吃點苦頭，成天躲在婦人身後，將來怎麼可能會有出息？」

芸娘想著，既然事已至此，也無法回轉，只希望荀哥兒今日順順利利，不要吃什麼苦頭，便轉身向廚房走去，邊走邊對父親說：「爹，您還沒有吃早飯吧，我去廚房做。」

父女倆在廚房簡單對付了一餐，宋思年看著埋頭忙著洗洗刷刷的芸娘，輕聲道：「芸娘，這段時間妳也累壞了吧，坐下歇歇吧，和爹說說話。」

芸娘一邊刷著鍋，一邊說：「爹，您有什麼話就說吧，我聽著呢。」

宋思年沈思了一會兒，問：「芸娘，昨晚爹和妳說的事情，妳考慮得怎麼樣了？」

「爹，您不是教導過我，君子一諾千金嗎？」芸娘打斷父親。「當初我們既然說了入贅的話，現在又怎可隨意改變？那讓堡裡的人怎麼看我宋芸娘，怎麼看宋家？」

「當初上門說親的是些什麼人，張二郎又是什麼樣的人？此一時、彼一時也，不要因為當初一時的緩兵之計礙了妳的終身。」

「爹，您就放心吧，耽誤不了我終身的。」芸娘笑著開起玩笑。「想我宋芸娘文可琴棋書畫、織布繡花，武可下地種田、搬磚搬瓦，出得廳堂，入得廚房，將來啊，自會有一位如意郎君，騎著高頭大馬，乖乖入贅到我宋家來的。」

「妳這孩子，哪有女子這樣說自己的？」宋思年不禁搖頭苦笑。「芸娘啊……」

「爹，我看水缸裡的水不多了，我去水井那兒挑兩桶水回來。」芸娘見父親又有長篇大論的趨勢，趕緊找了個藉口結束話題，拿著扁擔和空桶匆匆出了門。

芸娘來到井邊時，只見井邊正站著一名男子，身旁擱著一根扁擔和兩桶水。芸娘見他站著不動，便越過他直接走到井邊，從井裡打了兩桶水上來，挑在扁擔上就要走。起身時，卻因近日身體疲憊不適，再加上昨晚一夜難眠，腳步有些踉蹌，突然，身旁伸出一雙手穩穩地扶住了扁擔，宋芸娘側頭看去，便撞上了一雙明亮的眼睛。

這是一個端端正正的青年男子，氣質乾淨。他見芸娘看著自己，便紅著臉垂下眼，有些手足無措。

芸娘笑道：「這位小哥，謝謝你了。」

男子愣了愣，結結巴巴地說：「芸……宋娘子，這兩桶水重得很，不如我幫妳挑吧？」

宋芸娘奇道：「你認識我？我以前好像沒有見過你呢。」

男子有些沮喪。「宋……宋娘子，我是下西村的，我姓張……」

「下西村的，怪道以前沒見過，怎麼跑我們東邊兒打水來啦？」芸娘問道。

男子似乎有些猶豫，又鼓足勇氣說：「我是張東財家的，排行第二……宋娘子，我們以前見過的，妳家的田和我家的挨著……」

「原來是張家小哥。」芸娘放下扁擔，微微欠身道了個萬福。「聽爹爹說，張小哥家平時對我家多有關照，小女子在此多謝了。」

「不用，不用。」張二郎慌忙擺著手。「都是鄉里鄉親的，哪裡談得上什麼關照！」

芸娘微微笑道：「張小哥，家裡還有事情，我就先回去了。」說罷便蹲身準備挑起扁擔。

「宋娘子。」張二郎急忙叫住她。「昨日……劉媒婆去妳家，妳知曉嗎？」

宋芸娘點點頭。「知道。」

張二郎便越發局促。「宋娘子，昨日貿然差媒人上門，是我唐突了。其實，這些日子我天天早上守在這裡，指望能碰上妳，先和妳說說，只是一直沒能碰上……」

宋芸娘心道，你當然碰不上，這些天因為修城牆，每每都是晚上才來挑水的。她心中有些許觸動，仍淡然道：「張小哥有心了，只是小女子蒲柳之姿，得張小哥厚愛，確實愧不敢當。」

張二郎聽罷，面色黯淡下來。「宋娘子，我知道自己只是個粗人，配不上妳，不過，妳信我，我……我一定會對妳好的。」

宋芸娘笑了。「張小哥，你既然願意差媒人來提親，想必之前也已打聽過我家的情況……」

張二郎道：「妳家雖是軍戶，現在也確有些困難，但我都是不在乎的……」

芸娘道：「張小哥，你確是個好人，我就和你直言了吧。我家中只有老父和幼弟，父親身體不好，小弟年幼文弱，日子一直過得艱難，我若嫁出去，家裡的日子只怕更不好過。況且，我家小弟天資聰慧，將來必是要走科舉之路的，故此，我要麼不嫁，要麼就招贅一名女婿，支撐我家的門戶，沿襲我爹的軍職。張小哥，你如此好的條件，想必能找到比我更好、更適合你的姑娘，不要為小女子耽誤了自己。」

張二郎臉色蒼白，呆呆地看著芸娘，眼中滿是痛苦和不甘，半張著嘴，卻半天吐不出一個字。

這時，又有三三兩兩的軍戶挑著桶到井邊打水，其中有認識宋芸娘的，便和芸娘打著招呼，看到一旁的張二郎，又好奇地打量著他們。

宋芸娘低聲說：「張小哥，實在是對不住啦，我先回去了。」說罷咬著牙，挑著兩桶水，搖搖晃晃地順著長巷往家裡走去。身後張二郎呆呆地站著，看著芸娘窈窕的身影越走越遠，彷彿失了魂魄。

宋芸娘挑著水走進門，聽到正屋裡傳出婦人聒噪的聲音。「哎喲，宋老爹，你家宋娘子若嫁進了張家，那可是掉進福窩裡啊，他張家可是咱們堡裡少有的富裕人家，張二郎也是生得好相貌……」

「爹，我回來了。」芸娘和爹招呼了一聲，將水挑進廚房。

「哎喲，宋娘子回來啦！」正房裡急匆匆地走出一個矮胖的婦人，圓滾滾的身上裹著翠綠色的袍子，套著一件桃紅比甲，滿是皺紋的臉上塗著厚厚的白粉和紅紅的胭脂，打扮得花枝招展。她看到芸娘，臉上笑成了一朵花，拍著手道：「嘖嘖嘖，這哪裡是我們堡裡的小娘子，這簡直是天上掉下來的仙女啊，我老婆子保了一輩子媒，還從沒見過這般標致的小娘子呢！宋老爹，你可真是有福氣啊！」

宋思年緊跟著走出來，對芸娘說：「芸娘，妳回來啦。這是下西村的劉媒婆，還不快過來見禮？」

芸娘慢慢走過去，微微低頭對劉媒婆行了行禮，劉媒婆便又笑道：「這真真兒是富貴人家養出來的姑娘，真是知書達禮。這般聰慧可人的小娘子，我看啊，也只有張家那等人家才配得上呢！」

宋思年聞言有些尷尬。「劉大嬸，芸娘還是個姑娘家，面嫩，就不要當著她的面說這些話了吧。」

「哦，是，是。」劉媒婆笑著伸手輕輕拍了一下自己的臉。「瞧我，真是老糊塗了，都是看宋娘子看呆了，誰讓你家閨女生得這般惹人愛呢！」

宋芸娘無語，便對父親說：「爹，我去廚房做事了。」正待轉身走開，卻聽劉媒婆對宋思年說：「宋老爹，我看啊，這事就這麼定下來吧，我這就去和張家說去，他家還等著我回話呢！」

「劉大嬸，不用說了，剛才我在路上碰到張二郎，已經和他說過了。」

「說過了？」劉媒婆愣了下，馬上又喜笑顏開。「說了好，說了好，那我馬上去張家，把張二郎的庚帖拿來，趕得及的話，最好年前就把事情都辦啦……」

「劉大嬸，不用辛苦了。」芸娘打斷劉媒婆的話。「方才我已經和張二郎說清楚了，我的夫婿是要入贅我家的，他和我不合適。」

「芸娘，妳……」宋思年氣得緊緊握住了枴杖。

劉媒婆有些不明白。「入贅？宋娘子，妳沒有糊塗吧！他張家是民戶，你們家可是軍戶，哪有民戶入贅到軍戶家的道理？那張家可是咱們張家堡裡打著燈籠都難找的好人家，不知有多少姑娘排著隊地想嫁進他們家呢，只那張二郎偏偏看上了妳。宋娘子，這可是天上掉下來的好姻緣！」

宋芸娘神色淡然，輕聲說：「劉大嬸，我宋芸娘的好姻緣，只能是招贅，其他再好的兒郎，恕我福薄，高攀不起。」

劉媒婆提高了嗓門。「宋娘子啊，妳別怪我說話不中聽啊。你們家是軍戶，又這般貧苦，就算是那張二郎腦殼壞了願意入贅，他家裡也是萬萬不肯的。」

「不願意就算了，也沒有人逼著他。」劉媒婆這番話說得生硬，宋芸娘語氣便也不是很好。

「宋娘子。」劉媒婆收斂了臉上的笑意，斜著眼睛上下打量著宋芸娘。「妳年紀也不小了吧，都是二十歲的老姑娘了，再挑挑揀揀，以後可是沒有人要了！」

宋芸娘淡淡笑著。「劉大嬸，我有沒有人要，似乎和您沒有多大關係吧！」

「妳……宋娘子妳長得又標致又伶俐，可別自己作踐自己啊。」

宋芸娘便有幾分氣惱，語氣也生硬了起來。「多謝劉大嬸提醒。不過，就算是我一輩子不嫁人，也是我自個兒願意，談不上什麼作踐不作踐的。」

「妳……」劉媒婆拉長了臉，想刺幾句狠話，但想著張家許諾會給的豐厚謝媒費，還有之前張二郎偷偷塞給自己的幾兩銀子，便捨不得把關係弄僵，失了這好財路。她眼珠轉了轉，又覥著臉對宋思年說：「宋老爹，我看你家宋娘子八成是害羞呢，這樣吧，我先回去，你們父女倆再合計合計，改天我再來聽你的回信。」

宋思年忙道：「是，是，我家芸娘性子急，脾氣倔，不懂事，都怪我平時把她慣壞了。劉大嬸，妳可別和她一般見識啊。」

劉媒婆臉上便又掛滿了笑。「宋老爹，看你說的，宋娘子這樣可人的小姑娘，我疼都疼不過來呢，哪裡會生她的氣？」她又看著宋芸娘。「宋娘子啊，我剛才說的話，妳再好好想想，我等著妳的好訊呢！」說罷，便扭著肥臀出了院門。

芸娘目送劉媒婆的身影出了院門，轉頭便看見宋思年暗沈的臉，他喘著氣，胸腔重重起伏著，似乎正處在火山爆發的邊緣。

「爹，我去廚房幹活了！」宋芸娘想迴避。

「芸娘！跪下！」宋思年重重頓了頓手裡的枴杖。他個性溫和，為人一向溫潤有禮，對芸娘更是輕聲細語，百般柔和，極少有這般的怒火。

宋芸娘低著頭，緩緩屈膝跪在父親的面前。「爹，孩兒錯了，我不該不跟您商量就草率地拒絕了這門親事……」

「芸娘……」宋思年語氣有些沈重。「爹生氣，不是氣妳拒絕了這門親事，是痛心妳太看輕了妳自己啊……」

「爹……」芸娘抬頭，愕然看著父親。

「芸娘，我問妳，妳是真心不中意張二郎嗎？」

芸娘不語，只是微微點點頭。

「即使妳今日見了他，也仍是不中意嗎？」宋思年又問。

芸娘想了想，說：「張二郎確是好郎君，他們家也確是比我們家條件好；可是，爹，這天下家境好、人好的多了去，難道只要是這樣的人家，我便就可以嫁了嗎？」

宋思年靜靜看著芸娘，放緩了語氣。「芸娘，妳若真不中意，爹自然絕不會強迫妳；只是，爹要妳記住一句話——不管將來妳做出什麼樣的選擇，都要遵循妳自己的心！」宋思年頓了頓，接著慢慢道：「日後若遇著令妳心悅的良人，萬不可像今日這般以入贅為由將人拒之門外；同樣，如若對方不是良配，也絕不可因他願意入贅就委屈自己。爹只願妳明白，妳的親事，關係的是妳終身的幸福，而絕不是支撐宋家、維持宋家的手段。」

芸娘怔怔地看著父親，眼淚緩緩流了下來。

第三章　勝遠親的近鄰

傍晚時分，荀哥兒和許安文嘻嘻哈哈、你追我趕地跑了回來。這兩個孩子一旦碰在一起，似乎有無窮的精力，城牆上幹了一天的活兒也沒有把他們累倒，還有餘力玩鬧。

「爹，孩兒回來了。」荀哥兒一進家門，便收斂了嘻嘻哈哈的笑容，他在院子裡整了整衣衫，止正經經地走進正屋，向正坐著沈思的宋思年恭恭敬敬地行了一個禮。

宋思年看著荀哥兒小小的身子上裹著寬大的衣袍，衣上沾滿灰塵，髮絲凌亂，髒兮兮的小臉板出一本正經的表情，一雙亮晶晶的眼睛卻閃著興奮的光芒，讓他湧出幾分感慨和心酸，眼角也微有些濕潤，他想說上幾句溫情的話，想了想卻還是忍住，微微頷首，淡淡道：「荀兒，你今日辛苦了。」

「荀哥兒，你回來啦！」宋芸娘聞聲忙從廚房裡走出來，上上下下打量著荀哥兒，一連迭聲地問：「城牆上累不累，有沒有吃苦，胡總旗他們有沒有為難你……」

荀哥兒在芸娘面前神態輕鬆自如，帶著孩子的依戀和調皮，笑嘻嘻地看著她。「姊，我不累。今天三郎和我一起熬糯米湯做糯米砂漿呢，那些大叔們都挺照顧我的，我就是幫忙燒燒火，沒做什麼重活……只是有一件好笑的事情，胡總旗問『宋荀怎麼沒來？』我說『來了呀，我就是宋荀啊。』一旁的軍戶們就都一直笑。」

「那胡總旗沒有為難你吧？」芸娘聞言有些急，宋思年也在一旁緊張地看著荀哥兒。

荀哥兒笑道：「他倒是想管來著，只是剛好鄭總旗過來了，他說每家只要出一丁來幹活就行，讓胡總旗不要管得太細。胡總旗似乎很聽鄭總旗的，便什麼也沒說就走了。」

宋思年笑道：「那鄭仲寧現在正得王防守、蔣百戶他們看重，我看他以後還會晉升，胡總旗也不是傻子，哪會不給他面子。說起來，咱們還是沾了隔壁許家的光啊。」

宋芸娘放下懸了一整天的心，輕鬆地笑著。「荀哥兒，姊姊熬了野菜粥，城牆上的伙食你肯定吃不慣，你快洗洗臉，換身乾淨衣裳，咱們一起再吃一點。」

宋家三口人正圍坐在小桌前，熱熱呼呼地喝粥的時候，許安文推開半掩的院門，端著一盤餃子走了進來。

「宋大叔，我娘包了餃子，讓我端盤給你們嚐嚐。」他笑嘻嘻地將一盤熱呼呼、香噴噴、白胖胖的餃子放到桌上。

「餃子！」荀哥兒一陣雀躍。「我都忘了它長得啥樣了呢！」他邊說邊急急地伸出筷子，宋思年在一旁嗯哼一聲，荀哥兒小心地看了一眼父親，又趕忙收回手，收斂了神色，垂眼望著面前的碗筷，做出一副老僧入定的模樣。

宋芸娘看著荀哥兒，心道平時裝得再穩重懂事，畢竟只是小孩子，便覺得既好笑又心酸。她站起來對許安文道了謝，邀請他一起坐下吃一點。

許安文忙擺手推辭。「我在家裡已經吃飽了，吃了好幾十個餃子，肚子都脹得慌呢！」

宋思年失笑。「三郎，你坐下略喝幾口粥吧，芸娘做的野菜粥很是可口。」

許安文推辭不過，便坐了下來。

「三郎，這餃子是豬肉餡的，還是精白麵粉包的，你們家怎麼有這些稀罕物？」宋思年嚐了一口餃子，好奇地問。

許安文挺直胸脯，自豪地說：「這是前些日子我二哥在軍中立功得的獎賞，換了些白米和白麵。我娘昨日看我回來了，便去買了點肉包餃子。」

宋思年愣了半晌，感慨地說：「你二哥是有出息的孩子，你娘受了一輩子的苦，以後可以享他的福了。當然，三郎你也是很有出息的，你娘養了兩個好兒子啊！」

許安文有些不好意思地撓了撓頭。「宋大叔，不是我自誇，我二哥確是很厲害，現在已經是騎兵營的隊長了，我可是遠不如他的。」

宋思年瞥了宋芸娘一眼，意味深長地拖長了語調。「將來也不知是哪家的姑娘有福氣，可以嫁給你二哥……」

「荀哥兒，別吃那麼猛，小心噎著。爹，您也吃呀，別老看著我們吃。」宋芸娘急忙打斷父親的話語，一邊給父親碗裡挾了一個餃子。

宋思年瞪了芸娘一眼，正欲開口，芸娘卻笑道：「爹，食不言、寢不語，快吃吧，再不吃餃子冷了就不好吃了。」於是四人無言，靜靜地吃著。

一盤餃子很快就見了底，荀哥兒似乎還有些意猶未盡地望著空盤子，芸娘便有些心疼和難受。自己好歹錦衣玉食地過了十五年，該享的福也享了，可憐荀哥兒尚是懵懂無知的孩童便跟著吃苦……

宋芸娘大了荀哥兒足足十歲，又因母親早逝，荀哥兒幾乎是她一手帶大，因此宋芸娘對他總有著一種近乎母愛的無私感情。只要荀哥兒能過得好，宋芸娘便覺得自己再苦再累也是值得的。

「宋大叔，荀哥兒，不早了，我先告辭了。」許安文見宋芸娘收拾碗筷進了廚房，宋大叔和荀哥兒兩人似乎都各有心思，沈默不語，屋裡一時靜悄悄的，便起身告退。

宋思年攔住了他，走進廚房，對芸娘囑咐著。「芸娘，妳把盤子洗乾淨了給三郎他娘送過去，好好謝謝人家。」想了想，又接著說：「家裡前些時做好的酸白菜和野菜乾也各裝一罐送過去。」說罷，看向許安文，面露尷尬之色。「三郎，難為你家一直對我家諸多關照，我家也沒有什麼好東西，這酸白菜和野菜乾不值什麼，只是都是芸娘親手做的，倒很爽口，給你娘嚐嚐。」

許安文急忙斂容起身。「宋大叔，您這話就外道了，俗話說，遠親不如近鄰。咱們梁國這麼大，咱兩家能都來到這張家堡，還能挨著做鄰居，那實在是緣分。再說，宋大叔您和芸娘姊姊平時不是也很關照我家嘛，投之以桃，報之以李，互相關照也是應該的嘛！」

宋芸娘剛從廚房出來，剛好聽到這最後幾句話，便噗哧一聲笑了。「哎，三郎，不愧是唸了幾天書的，都知道掉書袋了。」荀哥兒也在一旁看著許安文呵呵笑著，笑容裡卻有一絲落寞。

芸娘看著父親。「爹，這種事情還用您吩咐，野菜乾和酸白菜方才我已經在廚房裡裝好了。」說著，舉起了手裡捧著的兩個小瓦罐。

許家院子比宋家略大，院子裡平平整整，院角有一個小小的雞圈，此時雞已上籠，還時不時發出幾聲窸窸窣窣的聲響，在寂靜的小院裡顯出幾分生活的氣息。

許家房子格局和宋家差不多，當中一間正屋，兩旁分別是做臥室的廊房，幾間房近兩年都翻修過，屋頂上加了一層瓦片，很是牢固。不似宋家，光禿禿的土壁，破破歪歪的窗子，屋頂也只是木板加泥草，一旦遇到颳風下雨的日子，便是屋外颳大風，屋內颳小風，屋外下大雨，屋內下小雨。

宋芸娘每每走進許家，便心生羨慕，心想著什麼時候家裡有錢了，也將房子翻修翻修，免得居無寧日。

許家正屋黑漆漆的，只有張氏住的西屋透出昏黃的光，窗戶上映著張氏的身影，正在垂著頭織布。

「娘，隔壁的芸姊姊過來了。」許安文輕輕推開房門，只見張氏穿著褐色麻布襦裙，一頭花白的頭髮盤著紋絲不亂的髮髻，臉上刻著深深的皺紋，眼睛卻閃著精光。她看到宋芸娘，臉上的皺紋都舒展開來，親切地招呼。「芸娘，妳來啦，快過來坐。」

張氏今年四十來歲，五年前芸娘剛來到張家堡時，張氏還是一個精氣十足、爽朗幹練的中年婦人，可兩年前丈夫和大兒子相繼去世，張氏似乎一夜之間就蒼老下來，臉上終日暮氣沈沈。這兩年因鄭仲寧、安平和安文兄弟們既懂事又出息，日子一天天好過起來，才慢慢又恢復了生活的氣息，臉上也出現了笑意。

宋家初到張家堡時，張氏的大女兒許安慧剛出嫁不久，張氏見宋芸娘乖巧可人，便將她當女兒般疼愛。見宋芸娘身子弱，便又教了她幾套拳法，既可以強身健體，又可以在危急之時防身。宋芸娘在跟著張氏學手藝的同時，也將她爽朗的個性學了個大半，不復南方女子的小女兒神態，倒有幾分北方女子的爽利。

當初許大志與宋思年兩人商量許安平與宋芸娘親事的時候，張氏雖不大願意自己的兒子入贅，但因實在喜愛宋芸娘，便也認可。誰知世事無常，現下無論如何不能重提那入贅的話題。張氏本是實誠人，面對宋芸娘便往往有些躊躇，覺得太親近了不好，疏遠了又不願。

宋芸娘向張氏道了謝，又送上野菜乾和酸白菜。張氏看著色澤誘人的野菜乾和酸香撲鼻的酸白菜，便笑著對芸娘說：「芸娘，妳可真是能幹，這不管什麼吃食到了妳手裡，都可以做得格外美味。」想了想，卻又嘆了口氣。「也不知將來哪個小子有福氣，可以娶得了妳……芸娘，妳爹爹可還是堅持入贅的想法？」

芸娘微微一怔，卻又不知如何說起，只好胡亂點了下頭。

張氏便又在心裡將宋思年腹誹了幾句。她不知道這其實是宋芸娘的想法，總是怪罪在一心望子成龍的宋思年身上，每每想到恨處，特別是想到許安平和自己離心之時，就在心裡將宋思年痛罵一頓，可憐宋思年這幾年不知代替芸娘挨了多少頓罵。

「三郎，別在這裡傻站著，還不快把芸娘送的東西拿到廚房去？」張氏支開了許安文，就招呼宋芸娘在炕邊坐下，拉著宋芸娘的手親親熱熱地說著話。

「芸娘，妳看妳真是越長越水靈，這北地的風霜都傷不了妳。咱們張家堡的女子啊，一個個被寒風吹得灰頭土面的，皮膚粗糙，皺紋生得早，年紀輕輕的都像老太婆。妳看妳這白生生的小臉蛋，幾乎都可以掐出水來，我家安慧只要提起妳，就羨慕得不行。」

宋芸娘不好意思地笑笑。「我有什麼值得羨慕的，安慧姊現在日子過得多安逸啊，鄭姊夫那麼有本事，又有子、有女，兩個孩子懂事聽話，不知多少人羨慕她才是呢。」

張氏想著那一對冰雪聰明的外孫和外孫女，臉上便露出滿意的、慈愛的笑容。

宋芸娘看著張氏粗糙的面容、乾裂的嘴唇和滿是老繭的雙手，不覺有些奇怪。「張嬸嬸，前段日子我送過來的面脂和手膏您沒有用嗎？秋天到了，天寒風大，氣候乾燥，我在面脂和手膏裡多加了些油脂，每天早晚都塗一層，是不會這樣乾燥的啊？」

張氏笑著說：「我一個老婆子，還用那些幹什麼？前些日子妳安慧姊來了，我給她拿去用了。」

宋芸娘笑道：「這些面脂和手膏不值什麼，都是我自己琢磨著做的，安慧姊喜歡的話我便再做些給她，送給您的您還是要好好用，不然我可要難過的呢！」

女孩子家愛美，宋芸娘在江南的時候，整日裡和幾個表姊妹研究著採花取汁，磨粉研脂，做些胭脂、面脂之類的護膚品。來到這北地之後，氣候惡劣，宋芸娘空閒的時候便琢磨著做了一些面脂，想不到還挺有效果，一張臉硬是要比堡裡其他的女子要光滑白嫩。

張氏看著人比花嬌的宋芸娘，越看越愛，心裡便又罵了宋思年幾句，試探著問：「芸娘，這兩日聽見妳家院子裡熱鬧得很，好像有媒婆上門說親了？」

宋芸娘垂下頭，輕聲說：「是下西村的劉媒婆，說的是下西村的張二郎。」

張氏心中一驚，面上卻不動聲色。「張二郎，他家可是民戶吧？妳爹答應了？」

宋芸娘搖頭。「沒有，我們覺著不大合適。」

張氏心道，若妳爹入贅的念頭不改，哪一天才可以找到合適的？嘴上卻說：「沒答應也好，芸娘妳長得這麼好，有的是大把的小伙子願意娶妳……芸娘，妳就不能和妳爹談談，那招贅的念頭能不能息了，妳也是他親生的女兒，沒得為了兒子的前程就害了妳。」

宋芸娘心底生出一陣愧疚，她看看猶自絮絮叨叨的張氏，便輕輕笑了笑，顧左右而言他。「張嬸嬸，天已經不早了，打擾了您半天，我還是先回去了，您接著忙吧。」

宋芸娘走出許家院門，巷子裡一片漆黑的寂靜，天上的月亮也躲進了雲層，只留有幾顆星星閃著微弱的光芒。一座座黑壓壓的小院像蹲伏在黑暗裡的怪獸，幾家院子裡種著樹木，此刻越出圍牆，在黑暗裡影影綽綽，顯得既神秘又可怖，遠處傳來幾聲淒涼的、刺耳的鴉聲，刺破了夜的寂靜，也刺透了秋夜的初涼。

宋芸娘只覺得心頭煩亂，靠著院牆站了一會兒，享受著這片刻的寧靜，嘎吱一聲，許安文悄悄走出了院門。

「芸姊姊，妳還沒有回家？」看到站在牆邊的宋芸娘，他有些吃驚，芸娘詫異地看著他，眼裡帶著詢問，許安文便不好意思地小聲道：「剛才我似乎聽我娘和妳說什麼提親的事情，芸姊姊，我二哥沒有回來之前，妳可千萬不能答應什麼親事，就算我求妳啦！」許安文看著芸娘，暗夜裡，那雙酷似許安平的眼睛閃著懇求的光。

宋芸娘過了幾天很是悠閒的日子。

荀哥兒開始充當起家裡小頂梁柱的角色，每天早早就出門和許安文一起去城牆幹活。宋芸娘閒來無事，每日早起便在院子裡將張氏教的幾套拳法一一演練一遍，活動筋骨，舒展身體，直練得汗流浹背，渾身舒暢。

宋芸娘剛來到張家堡的時候，身體很是虛弱，練了張氏教她的幾套拳法之後，身體慢慢強健了起來，若是遇上一、兩個小毛賊、浪蕩子之類的倒也可以抵擋一、二，所以宋芸娘基本上每日早起都要練上一遍。只是這段時間天天早出晚歸，有些鬆懈，現在每日有時間再練上一小會兒，只覺得神清氣爽，紅光滿面，一掃前段日子在城牆上的頹態和疲憊。

若天氣晴好，吃完早飯後，宋芸娘便會挎著籃子，信步走到堡外家裡的田地裡摘些熟了的蔬菜，沿路順便採些可以食用的野菜。下午的時候，和宋思年一起坐在院子裡，一邊享受午後的暖日，一邊將這些蔬菜和野菜或曬乾、或醃製，做成菜乾和泡菜，預備入冬後的菜餚。父女倆一邊幹著活，一邊話著家常，時光匆匆而過。傍晚荀哥兒回來了，一家三口便親親熱熱地圍坐在小桌旁，吃吃飯、說說話。晚上，芸娘坐在房裡織布，一邊聽著正屋裡傳出荀哥兒朗朗的讀書聲和夾雜其間父親的教導聲，便覺得身心安寧，歲月靜好。

這一日，宋思年吩咐芸娘。「咱們家的水稻再過十天半個月便可以收割了吧，妳有時間就去田裡看看。」

梁國規定，每家軍戶要種五十畝地，頭三年可以不交稅糧，從第四年開始，便要每畝交一斗，五十畝便是五石稅糧。剛到張家堡時，宋思年文弱書生，宋芸娘女流之輩，荀哥兒更是還需人照看的小娃娃，故此，一家人在田事上吃了好些苦頭。再加上北地氣候惡劣，土地貧瘠，頭三年的收成換些生活用品後，便只堪堪夠一家人的嚼食。到了第四年，交了稅糧後，日子就越發艱難。

不過宋思年畢竟是舉人出身，天資聰慧，再加上在江南任知縣時很是愛民，常常到田間地頭瞭解收成情況，也和農民們話話家常，略知曉了一些稼穡上的理論。他開始嘗試將江南的種植經驗運用到耕種之中，又不斷根據氣候、土質、收成情況進行調整，在經過前幾年積累的基礎，到了這第五年，農作物倒是長勢良好，有望盼個豐收年。

張家堡的農田都分布在城牆之外，均是歷年來由軍民陸續開墾而成。宋家的五十畝田良莠不齊，有二十餘畝水田，二十餘畝旱田，還有幾畝瘠薄的砂礫田，分別根據土質種了粟米、麥子、水稻、桑麻、蔬菜等農作物。二十餘畝靠近飲馬河的水田此刻種滿了晚稻，大概還有半個月左右就可以收割了。宋芸娘站在田埂上，看著金燦燦的稻子長勢喜人，一串串飽滿充實的稻穗隨風起舞，翻滾著金色的波浪。湛藍的天空一碧如洗，朵朵白雲點綴其中，慢慢地飄浮著，不斷變換著形狀，一會兒，變成了一堆白麵饅頭，一會兒，變成了熱騰騰的白米飯，一會兒，又變成了暖呼呼的棉被。宋芸娘看著，想著，憧憬著，覺得生活充滿了希望，人生有了盼頭。

「芸……宋娘子。」宋芸娘還兀自發呆，忽聽得旁邊傳來一聲青年男子的聲音，側身看去，只見一名清秀男子呆呆看著自己。

宋芸娘微愣了下，隨即回過神來，微微側身福了一福。「原來是張小哥，芸娘這廂有禮了。」

張二郎匆忙還禮，似乎不敢再盯著宋芸娘，便隨著宋芸娘的視線看著面前的稻田，笑著說：「宋娘子，妳家的水稻長勢很不錯啊，看樣子今年有個好收成呢！」

芸娘笑道：「可不是呢，只盼老天保佑，順順利利地收了這稻子，今年家裡也可以過得寬裕些了。」

張二郎沈默了會兒，羞赧地說：「求親的事情，請宋娘子不必顧慮了。我家已經和劉媒婆說清楚了，她不會再上門打擾了。」

宋芸娘愣住，只覺得又是愧疚、又是不忍，半晌，才低聲說：「張小哥是好人，將來必得佳偶，芸娘實在是有愧。」

兩人又沈默下來，靜靜看著眼前的稻海，思緒翻飛。

靜立了一會兒，張二郎又問：「宋大叔的腿傷快好了吧？」

芸娘臉上浮現愁容。「沒那麼快呢，不是說傷筋動骨一百天嗎？現在只是能夠在家裡略微活動活動，出門可是不行的，估計年後才能徹底好呢。」

張二郎又問：「水稻馬上要收割，妳一個女子如何忙得過來？」

宋芸娘一愣，剛才前思後想了半天，倒忘了這一茬，她支支吾吾地說：「到時……總會有辦法的吧……」

張二郎笑著說：「如果宋娘子信得過，到時只管開口，妳我兩家的田挨在一起，互相幫忙也是應該的。」

宋芸娘有些躊躇，她看了看張二郎誠懇的笑容，實在不好意思生硬回絕，只好說：「如此多謝張小哥了。只是你家田比我家還多，到時你一人豈不是更忙不過來，怎好意思再麻煩你。」

張二郎輕鬆地笑著。「我和我大哥尚未分家，這些田也有他的一部分，農忙時，他即使趕不回來，也會差人幫忙，還有我的兩個姪兒也會一併回來，宋娘子不必擔心。」

宋芸娘心道，到底是人丁興旺的家族，不像自己家，做什麼事情都是捉襟見肘，舉步維艱。她想著不能無端受人恩惠，況且自己和張二郎還有著求親未成那樁事，並不同於普通的鄰里之交，心想到時無論怎樣艱難，也不能求張二郎幫忙。面上卻含著笑，對張二郎說：「那芸娘就先謝過張小哥了。」

張二郎愣愣看著宋玉娘的如花笑靨，就好像看到了一幅典雅的仕女圖。此時，在藍寶石般純淨的天空籠罩下，在遠山近水的襯托中，宋芸娘亭亭玉立在金色稻海前，簡陋的青色粗布襦裙裹在她身上，卻顯得身姿曼妙，勝過華服，渾身上下半點飾物也無，卻顯得清雅脫俗。宋芸娘白淨的臉上露出淡然的笑容，一雙靈動的眼睛閃著清澈的光芒，她的髮絲、衣裙隨風飄舞，似乎和陣陣稻浪融為一體，飄飄欲仙，隨時會乘風而去。張二郎只覺得既心醉，又心碎，不覺癡在那裡。

等待秋收的這段日子是難得的休閒時光。這日下午，吃罷午飯後，宋思年進房小睡。芸娘閒來無事，便搬出爹爹自製的躺椅，靠著院牆的陰影，愜意地躺在上面小寐片刻，初秋涼爽的風輕輕吹來，輕柔地在身上拂過，宋芸娘便迷迷糊糊地進入了夢鄉。

她又回到了江南。江南的風是那樣和煦，將心都吹軟，藍天白雲下，兩支風箏競相攀高，又隨風互相纏繞，線的這頭，芸娘和萱哥兒在細軟的青草地上輕快地奔跑，一個勁地讓自己的風箏更高、更高……四歲的荀哥兒在一旁拍手大笑，邁著還不穩的步伐在哥哥、姊姊身後追逐；不遠處的涼亭裡，娘端莊地倚坐憑欄，含笑看著嬉戲的兒女；爹站立一旁，時而低頭溫柔地看一眼妻子，時而又慈愛地看向草地上奔跑的兒女……突然，荀哥兒嘻嘻哈哈地抱住了芸娘的腿，芸娘跌坐在地上，萱哥兒惡作劇地伸出手在芸娘臉上拍打……

「別鬧，萱哥兒，別鬧……」芸娘笑嘻嘻地伸手阻擋，卻突然生出一陣恍然，她迷迷糊糊地睜開眼，卻見一張俏臉含笑看著自己，一邊用手輕輕拍打著芸娘的臉，一邊促狹地笑問：「好一個睡美人，妳倒是真悠閒。快說，萱哥兒是誰？是不是妳的情郎？」

宋芸娘徹底清醒了過來，她埋怨地喊了一聲。「安慧姊——」

許安慧身穿一件水紅色鑲銀白邊的對襟長袍，髮髻上簪著一支碧玉釵，圓潤的臉上白裡透紅，似笑非笑間隱隱露出嘴角一對酒窩，比往日更添了幾分端莊和富態。

宋芸娘到張家堡時許安慧雖已出嫁，但時常回娘家走動，因此與宋芸娘十分交好，許安慧性格開朗，與宋芸娘年歲相近，倒愛與宋芸娘嬉笑玩鬧。

芸娘趕忙從躺椅上起來，偷偷擦去眼角滲出的淚珠，端來椅子請許安慧坐下，歪著頭笑咪咪地打量了她一會兒，打趣道：「安慧姊，真是人逢喜事精神爽啊，看來鄭姊夫回來，安慧姊也越發容光煥發了呢！」

許安慧紅著臉啐了宋芸娘一口。「妳這丫頭，真是不怕羞，這樣的話也是妳這個姑娘家說得的？」

芸娘笑得更加促狹。「我是聽說鄭姊夫又立功了，怕是又要升官發財了，安慧姊，妳想到哪裡去了？」

許安慧邊笑邊伸手撓宋芸娘。「好啊，妳還取笑我。快說，萱哥兒是誰？夢裡還叫得那麼親熱？」

芸娘聞言一愣，沈默了下來，良久，才低聲說：「萱哥兒是我大弟，五年前和我娘在充軍途中沒有挺過來……若他還在，現在也是十七、八歲的大小伙子了……我倒記起來了，過幾日便是他的忌日，怪道今日怎麼突然夢見了他……」

許安慧面露尷尬之色，伸手拍拍宋芸娘的手，陪著宋芸娘一起沈默了一會兒，安慰了幾句，見宋芸娘慢慢情緒轉常，便小心地開口。「芸娘，往日的事情不必多想，妳只往後看、往好裡看，日子自會越過越好的。妳看，這不，我今日上門可就是有好事情呢！」

芸娘問：「什麼好事情？鄭姊夫真的升官啦？」

許安慧啐道：「關他什麼事？莫非只有男子才能有好事情，咱們女子就不能有了？我告訴妳，我今日是給妳送財神來啦！」

說著，她賣了個關子，閉口不語，微昂著頭故作神秘地斜睨著宋芸娘，可宋芸娘只是笑嘻嘻地看著她，並不開口詢問，許安慧只得嘆口氣。「罷罷罷，我就一五一十對妳說了吧。

「妳不是一直喜歡做些面脂、手膏之類的嗎，我用著挺好，可習以為常了，便覺得沒什麼。前兩日王防守夫人宴請堡裡的幾個總旗官以上的夫人，席上這些個夫人都誇我皮膚好，問我平時是如何保養的，我就把妳的面脂和手膏吹噓了一番，想不到她們都搶著想要；我就說，這東西雖是自製的，但成本頗高，且最須工夫，大半個月的時間才得一小盒……」

芸娘噗哧一聲笑了。「哪有那麼難，偏妳會故弄玄虛。」

許安慧得意地笑著說：「我不這麼說怎麼顯得這東西的矜貴？妳不知道，錢夫人平時用的可是在靖邊城買的面脂，一兩銀子一盒，據說還是從京城運回的，可用在臉上，還是乾巴巴的。」

宋芸娘說：「北地寒冷乾燥，這面脂要多加油脂才夠滋潤，那京城的面脂大概只適合京城的氣候，在我們這北地自然不行。就是在同一個地方，濕潤的春夏和乾燥的秋冬用的配方也不一樣。」

「可不是呢，想不到這裡面還有這麼大的學問呢！」許安慧笑得更得意了。「所以我對她們說，只算成本，不賺她們的錢，就要五百文一盒好了。」

芸娘張大了嘴。「五百文？」她在心裡快速地盤算著，五百文可以買多少大米、多少雞蛋、多少肉……

許安慧看著猶自發愣的宋芸娘，笑著輕輕拍了拍她的胳膊。「我作主為妳接了這第一筆生意，不多不少，剛好二十盒，面脂和手膏各十盒。只不過妳之前裝面脂的小罐子太簡陋，我已經託人去靖邊城買些精緻的小盒子回來，好馬還得配好鞍才行啊！」

芸娘想了想，又有些發愁，她猶豫道：「只怕現在做這些確實有些難度。之前我做的那些，都是平時趁著去山裡打柴時，沿路順便採了些有美容護膚效果的花草，取其精華，再加上些油脂調和製作而成的，現在百花凋零，卻不是很好做了。」她轉念一想，又笑說：「不過也不是不能做，去藥鋪買一些有美容功效的中藥磨成粉，和油脂調和，也是可以用，只是成本要高一些。」

許安慧忙說：「那就這樣做吧。我既然已經應下，哪怕虧本也要做好，不行的話我再貼補一點？」

芸娘想了想。「若五百文一盒的話，還不至於虧本，等我想想適合的藥材方子，畢竟以前只是做著玩，要找到適合這裡氣候的方子才行。」

許安慧讚賞地看著宋芸娘。「芸娘妳可真是聰慧，看看妳這小小年紀，怎麼懂得這麼多？」

芸娘不好意思地笑了笑。「哪是我想出來的，這都是以前我二表姊鑽研出來的，她最愛做這些，我以前和她最是要好，成日玩在一起，跟著她學了不少。」芸娘想起了遙遠江南的表姊，想到她現在應該已經為人婦、為人母，想到自己也許終此一生都不能再見到她，便覺得一陣惘然。

許安慧和宋芸娘又興致勃勃地商量了一下做面脂和手膏的事宜，由許安慧負責採購工具和材料，宋芸娘負責製作，談到收入的時候，兩人卻起了爭執。

宋芸娘臉脹得紅紅的，一連串地說：「不行、不行。安慧姊，材料和工具都是妳買，買賣的事宜也由妳負責，我只在家裡做一做而已，賺的銀子應該妳占大頭，可不能五五分成。」

許安慧笑道：「若沒有妳來製作，我就是買再多材料和工具又有何用？關鍵還是在妳呢！依我說，五五分成都算少了。再說，咱們這四周用得起這面脂的能有幾個人，又能掙幾個錢？也就賺點小錢咱們零花，貼補貼補家用，值不了多少的，咱們兩人，若談錢可就生分了……」

宋芸娘心知許安慧是存心為了幫助自己。「安慧姊……」她雙眼微紅，千萬句感謝卻無法說出口。

「得了，妳若真心感激我，什麼時候把『安慧姊』前面的兩個字去掉那才是好呢。」許安慧斜睨著宋芸娘，帶著狡黠的笑容。

芸娘微微愣了愣，方明白許安慧的打趣，她紅著臉啐了她一口，正待開口笑罵幾句，卻聽得門口傳來急促的腳步聲，還伴隨著緊張慌亂的聲音，竟是許安文的聲音。

宋芸娘心中一驚，猛然站起來。

第四章　平地起的禍端

宋芸娘衝著去推開院門，只見許安文腳步匆匆地領著一名男子向院子裡走來，他面色慌亂，不停對身後男子說：「小心點，輕點，輕點……」

那名男子背上伏著瘦削的荀哥兒，他的頭無力地垂在男子的肩上，雙手耷拉著，一動不動，似乎已經被抽走了全部生氣。

宋芸娘腿下一軟，站在一旁的許安慧趕緊扶住她。她被許安慧攙扶著，拖著步伐跟隨著許安文他們向廂房走去。

廂房裡，宋思年本在午睡，此刻被驚醒，他撐起身子，吃驚地看著昏迷的荀哥兒被放到炕上。他蒼白著一張臉，嘴唇顫抖了半天，方才斷斷續續吐出幾個字。「怎……怎麼啦？荀兒……他，他怎麼啦……」

宋芸娘呆呆地看著荀哥兒一動不動地躺在炕上，蒼白的小臉髒兮兮的，眉頭緊蹙，嘴唇上半點血色也無，露在衣服外面的胳膊和手上都是擦傷和血痕，衣服也破了好幾處。

芸娘突然想起五年前，萱哥兒也是這般年紀，這般毫無聲息地躺在床上，躺了幾天便永遠離開了自己。她想起今日突然夢到的娘和萱哥兒，想著他們是不是冥冥之中給自己警示，想著他們會不會連荀哥兒也一起接走……想著，想著，只覺得渾身都在顫抖，越抖越強烈，到最後連牙齒都在打顫。

「三郎，這是怎麼回事？」此時唯一強自鎮定的只有許安慧了，她嚴厲地看向許安文，眼裡帶著詢問和責備。

許安文嘴唇張張合合，抖了半天，才能發出顫抖的聲音。「剛才，剛才在城牆上，荀哥兒不知怎麼的就滾下去了……」

宋芸娘心中一陣刺痛，幾乎快要暈過去，卻聽得宋思年哀聲喊著。「荀兒……」只見他一手撐著身子，一手顫抖著伸向荀哥兒，還沒觸及荀哥兒的臉卻無力地垂落下來，撐了半天的身子也猛然倒在床上，卻是已經暈了過去。

宋芸娘的身子便又軟下去，許安慧緊緊攙著宋芸娘，一迭聲地催促許安文。「三郎，你還愣著幹什麼？還不快去請醫士？」

許安文似乎這才回過神來，他眼神慢慢活了過來，臉上也漸漸恢復了血色。「姊夫，姊夫已經去請胡醫士了，應該快到了吧……」

整個張家堡只有一名醫士，堡裡上上下下都由他一人看病，是堡裡的大忙人，也不知能否順利請到。

屋裡幾個人心急如焚，似乎覺得經過了漫長的等待，方才聽見屋外傳來了急促的腳步聲。宋芸娘他們面上俱是一鬆，齊齊向門外望去，卻見鄭仲寧拖著一位老者匆匆走了進來。這位老者穿著普通軍戶的粗布衫，鬚髮花白，手裡拎著一個小藥箱，嘴裡不停地埋怨。「鄭總旗，慢點、慢點，小老兒我的骨頭都快要被你給拖散了……」此人很是面生，不是胡醫士。

宋芸娘忙垂頭向鄭仲寧行禮，掩飾住心中的疑惑和失望。許安慧卻直接問道：「官人，怎麼胡醫士沒有來，這位老先生又是誰？」

鄭仲寧進門就直接看向躺在炕上的荀哥兒，這才發現自己的妻子也在這裡，略有些吃驚，沈聲說：「有幾個邊墩的守軍病了，胡醫士被請出去看病。」他見許安慧他們面露失望之色，忙接著說：「這位是柳大夫，來張家堡之前本是行醫的，有時候胡醫士忙不過來時，便會請他幫忙看病，胡醫士也很肯定他的醫術……」

這位柳大夫聞言輕哼一聲。「想老夫我當年行醫的時候，胡松那小子只怕還躺在他娘懷裡吃奶呢！我的醫術還用得著他肯定？」

「柳大夫面生，大概到堡裡的時間不是很久吧！不知柳大夫是因何緣故到張家堡的？」一旁靜立的許安文突然問一句，芸娘他們奇怪地看了許安文一眼，大家都在心急荀哥兒的病，也不知這小子腦袋怎麼長的，居然問這樣的問題。

柳大夫瞪了許安文一眼，神色有些激動。「因何到的？自然是因犯罪被充軍充過來的。」

「犯罪？犯了什麼罪？」許安文又問，芸娘似乎有些明白許安文的想法，不覺讚嘆他小小年紀，考慮事情周全。

柳大夫憤憤地說：「醫者還能犯什麼罪？還不是因為醫死了人！」
此言一出，滿室人面面相覷，臉色大變。
柳大夫又哼了一聲。「若你們信不過我，還請找你們信得過的大夫來，老夫這就告辭了。」說罷便欲轉身離去。
「柳大夫，請留步。」宋芸娘急忙輕移蓮步，款款走到柳大夫身前，鄭重地行了一禮。她方才一直在旁邊靜靜看著，見這柳大夫雖然語出驚人，但神色中不見愧意，只有悲憤和不屑，心想只怕這柳大夫和自己爹爹一樣，也是含冤受屈之人。
芸娘思量了片刻，懇切地開口。「柳大夫既得胡醫士、鄭總旗的肯定，想必醫術高明。小女子家裡今日連番遭難，先是小弟從城牆上摔下，接著家父也暈厥，還請柳大夫速為我父親和小弟醫治。」說罷，又深深地行了一禮。
「妳不怕我醫死過人？」柳大夫垂眼看著宋芸娘，語氣帶著嘲諷。
芸娘道：「醫者父母心，定會全力醫治病人，卻也只是治得了病，治不得命；若真是那人命數當盡，神仙也救不活，又怎能怪罪醫者呢？」
柳大夫渾身一震，睜大了雙眼看著芸娘，心道，自出事之後，人人對自己避之不及，想不到在這邊陲之地，竟有真正懂得道理，明白自己冤屈的人，居然還只是一位小娘子。
「嗯，小娘子……」
「小女子姓宋。」宋芸娘忙說。

「宋娘子，妳放心，我柳言一生醫人無數，妳父親和小弟我定會全力診治的。」柳大夫走到炕邊，翻看了荀哥兒的眼瞼，診了診脈，又在荀哥兒全身上下摸摸捏捏一通。

診視完後，他沈思片刻，臉上露出輕鬆的表情，笑著對宋芸娘說：「宋娘子，妳弟弟運氣實在很好，從城牆上滾下都只是些皮外傷，沒有傷到筋骨，休養幾天應該就好了。」

宋芸娘他們聞言心中都是一鬆。「可是……為什麼荀哥兒一直昏迷不醒呢？」宋芸娘疑惑地問。

柳大夫習慣性地摸了摸鬍子。「他的筋骨雖未受傷，可頭部有可能受創，要等他醒了再觀察觀察才行。」

芸娘剛放下一半的心又懸了起來，她再次對柳大夫恭敬地行禮。「感謝柳大夫了，還請柳大夫再看看我父親……」

柳大夫毫不在意地說：「剛才我看妳弟弟的時候，已經順便看了看妳的父親，他只是身體虛弱，一時急火攻心暈過去了。」說著，從小藥箱裡拿出一個小布包，只見裡面插滿了銀針。柳大夫抽出銀針在宋思年頭上的幾個穴位上扎了扎，宋思年便動了動，慢慢睜開了眼睛。

「爹！」宋芸娘激動地看著父親。「爹，荀哥兒沒事。這位柳大夫剛才已經看過荀哥兒了，他說荀哥兒只需休息幾天就好了。」芸娘一連串地急急說著，她要讓父親在第一時間聽到這個好消息。

「真……真的？」宋思年又驚又喜，眼淚不覺湧出眼角。

許安文走近柳大夫。「柳大夫，你剛才隨便扎幾下就醫好了宋大叔，為何不也給荀哥兒扎幾下，把他也扎醒？」

柳大夫眼珠子一瞪，氣得鬍子都翹起來。「什麼叫隨便扎幾下，你也隨便扎幾下試試？那要刺準穴位，講究力道，輕重緩急了都不行。」

許安文急道：「那就快給荀哥兒刺……刺那什麼穴吧。」

柳大夫又瞪了許安文一眼。「小子，我是大夫還是你是大夫，我不知道該如何醫治嗎？要你在這裡指手畫腳。」

宋芸娘趕忙上前，輕輕將許安文拉到一邊，對柳大夫說：「還請柳大夫施手救治我小弟。」

柳大夫伸手捋了捋鬍子，嘆道：「跟你們講也講不清楚。剛才妳父親是急火攻心，血氣上湧，致使昏迷，故此可以用針刺激穴位，讓他甦醒，妳弟弟情況卻又不同。」

「有何不同？」宋思年和宋芸娘急問。

柳大夫嘆道：「我看這孩子面色青白，黑眼圈重，神情疲憊，怕是近日來沒有好好休息，又透支了體力。現在他躺著不醒，一半是昏迷，一半卻是累的，就讓他好好睡上一覺吧。」

宋芸娘聞言鬆了一口氣，心中卻又倍感酸楚，她含淚看著荀哥兒，又是難過又是自責。

柳大夫又說：「我開一副安神補氣的藥方，等他醒了煎給他服下，一日一次，連服個四、五天。若醒後神智清醒，自當無事，若有什麼問題，到時老夫再來看吧。哦，對了，再去胡醫士那裡拿一盒治外傷的藥膏，他身上的擦傷塗個幾天就好了。」

芸娘他們看著柳大夫，都面露感激之色。她想了想，悄悄回房從裝錢的小匣子裡取了十幾枚銅錢，裝入一個小荷包，恭敬地遞給柳大夫。

柳大夫連連擺手。「這是幹什麼？大家都一樣是軍戶，我現在也不是靠診病求生的。我看你們一家都是良善之人，想必也是有不得已的苦衷來到這鬼地方，同是天涯淪落人啊！不談別的，就衝宋娘子妳如此懂得我們行醫之人，我也絕不會收你們錢的。」

宋芸娘又推了半天，柳大夫只堅持不受，並起身告辭。

芸娘他們只好千恩萬謝地送走了柳大夫。

許安慧見一切均已安頓下來，記掛著家裡的兩個孩子，便拉著鄭仲寧和許安文一起告辭，宋芸娘拉著許安慧的手，又是百般感激。

許安文看看仍在昏睡的荀哥兒，不捨地說：「姊姊、姊夫，我不放心荀哥兒，就留在這裡守著他醒過來吧。」

許安慧拍了一下許安文的腦袋。「你守在這裡？那誰去給荀哥兒抓藥？」

芸娘聞言又要去房裡取錢，許安慧忙攔住了她。「幾個藥錢我還出得起，妳就先去照顧妳爹和荀哥兒吧。」

芸娘眼眶一紅，喃喃喊了一聲。「安慧姊……」別的話卻再也說不出來。

許安慧輕輕將芸娘耳邊垂下的一綹髮絲挽上去，順手扶住芸娘的肩。「芸娘，咱們兩家人，別的話就不用多說了。」她想了想，又笑著說：「妳若真想感謝我，就多做些面脂、手膏呀什麼的，咱們也多掙些錢。」

傍晚時，許安文將藥材和藥膏送了過來，張氏也一起過來探望荀哥兒。張氏端著一盤餃子，心疼地看著宋芸娘。「我知道妳肯定沒有心思做飯，這是今天中午安慧來的時候剛包的餃子，才煮好，妳和妳爹快趁熱吃點吧。」

芸娘趕忙謝著接過，又請張氏坐下。

張氏擺擺手。「不啦，家裡還有事呢，妳先吃吧，三郎你就留在這裡，有什麼事情你就跑跑腿。」她看看躺在床上瘦小的荀哥兒，眼圈一紅，又說：「明天我再拿點白麵和雞蛋過來，荀哥兒長得太弱小了，妳給他補補……」

芸娘看著張氏，只覺得此刻再多的言語都顯得多餘，只能無言地深深向張氏福下身去。

昏暗的煤油燈光一閃一閃地跳躍，照著宋芸娘的臉忽明忽暗，投射在土牆的身影瑟瑟地抖動，顯出幾分虛幻。

芸娘輕輕在荀哥兒身上的傷處塗抹藥膏，荀哥兒的眉頭緊蹙著，似乎在忍受著疼痛，芸娘看著他身上大大小小的傷痕，忍了一天的眼淚終於滾落下來。

方才見宋思年精神不振，許安文也是呵欠連天，芸娘便讓他兩人各自去歇息，自己一人靜靜地守著荀哥兒。此刻給荀哥兒上了藥，看他平穩地睡著，她繃了一整天的弦也一下子鬆開來，趴在炕上沈沈地睡過去。

宋芸娘似睡似醒地作了很多模模糊糊的夢，一會兒一家人仍在江南家中歡笑嬉戲，一會兒在張家堡的田裡埋頭耕作，一會兒又是在充軍途中顛沛流離……不論在哪兒，夢中的荀哥兒都是緊緊地跟著自己，小小的手緊緊拽著自己的裙角，一雙帶著水霧般的大眼睛可憐兮兮地望著自己……

朦朦朧朧間，芸娘覺得頭頂有微微的動靜，她抬頭看去，荀哥兒不知什麼時候已經醒來，正睜著一雙和夢裡一樣水霧般的眼睛。

「荀哥兒，你醒啦！」芸娘驚喜地笑了。

「姊，我……我這是怎麼啦？」荀哥兒雙眼朦朧而茫然，聲音既沙啞又虛弱。

芸娘輕輕給荀哥兒餵了幾口水，他潤了潤喉，疑惑地看著芸娘。「姊，我記得我明明在城牆上幹活的，怎麼躺在家裡了？」他環顧了下四周。「怎麼天已經黑了？」

芸娘微笑地看著荀哥兒，柔聲道：「今天你在城牆上不小心摔了一跤，可能太累便睡著了，是三郎把你送回來。」

荀哥兒看著芸娘，沈默下來思量了一會兒，心下了然，良久，神態黯然地開口。「姊姊，我……是不是很沒有用？」

芸娘的眼淚又湧出來。「荀哥兒，你是最勇敢、最堅強的，整個張家堡都沒有比你更懂事、更出息的孩子。我們荀哥兒，小小年紀，懂事又知書達禮，幫家裡人分擔家事，替爹服軍役……」

她越說越覺得心痛，便目光堅定地看著荀哥兒。「荀哥兒，姊姊以後一定不會再讓你吃苦了。」

荀哥兒伸出小手擦著芸娘的眼淚，笑著說：「姊姊，妳說反了呢，是我以後不會再讓姊姊吃苦呢！我可是男孩子，是家裡的頂梁柱，我一定會好好爭氣，將來像鄭姊夫那樣有出息，做姊姊的靠山！」

芸娘忍不住一把摟住荀哥兒，淚水潸然而下。

荀哥兒昏迷時，芸娘一直擔心會出現柳大夫所說的頭部受創的情況，此刻見他神色清醒，口齒清晰，便徹底放下心來。她從廚房取來早已煎好的藥，小心地餵他服下，守著荀哥兒安然入睡後，便坐在炕邊，一針一線縫補著荀哥兒摔破的衣服，後半夜實在是熬不住了，就擠在荀哥兒旁邊湊合睡了一晚。

次日一早，門上傳來咚咚咚急促的敲門聲，宋芸娘打著哈欠拉開門栓，是許安文一臉焦急地站在門口。

宋芸娘忍不住瞪了他一眼。「三郎，你一大早的敲什麼門？我昨晚一夜沒有睡好，才剛睡著一會兒，就被你給敲醒了。」

「我這不是擔心荀哥兒嗎？」許安文不好意思地撓撓頭。

芸娘見許安文眼下青青的黑眼圈，心知他必定也是一夜未睡好，心中又是感動、又是後悔剛才語氣太衝。

許安文卻似乎毫不在意，他急匆匆向荀哥兒的房間走去，邊走邊問：「荀哥兒怎麼樣？」

「昨晚你走後不久就醒了，服了藥後又睡下。我看他神智還清醒，就是沒什麼精神，現在還睡著呢。」

許安文聞言馬上放輕腳步，他站在門口探頭看了看，見荀哥兒仍在熟睡，便輕聲說：「那我就放心了。芸姊姊，我就不久待了，我今日還要去城牆幹活呢！」

芸娘道：「每家不是只須有一人服役就行了嗎，你二哥現在正在軍中服役，其實你就算不去也沒什麼的，你還是回靖邊城讀書去吧。」

許安文嘆口氣。「現在情況不同了，昨日蔣百戶說了，要在秋收之前完工，免得耽誤了收割。現在每家只要不是癱著沒法動的，都要出人去城牆。眼下我已經去幹了幾天活，若一走了之，胡總旗那夥人又會說姊夫徇私了。」

許安文走後不久，張氏便拎著一袋麵粉和一籃雞蛋過來，她誠懇地看著宋芸娘，面上還帶著歉意。「家裡就這幾顆雞蛋了，都是這兩天剛下的，新鮮著呢，妳先給荀哥兒補補，我過幾天攢了再給妳送過來。」

芸娘心中百感交集，她眼眶微紅，心知此刻若再推託就太見外了，便趕忙接過麵粉和雞蛋，連連道謝。

張氏走後，許安慧又過來一趟，她見荀哥兒安好，便拍拍胸口。「可算是放心了，昨晚我都擔心了一夜呢。荀哥兒你福大命大，好日子還在後頭呢！」

荀哥兒笑道：「多謝安慧姊關心。借您的吉言，我以後一定要像鄭姊夫那樣有本事、有出息！」

許安慧嗤笑一聲，伸出玉蔥般的手指，輕輕點了點荀哥兒的額頭。「你這個小鬼頭！你鄭姊夫他算什麼呀，那也叫有出息?荀哥兒啊，你以後一定要比他更厲害才行！」

荀哥兒不好意思地笑了。許安慧又笑著打趣他幾句，只把他臊得面紅耳赤，宋思年和宋芸娘都在一旁忍俊不禁。

許安慧就像一把暖火，走到哪裡燃燒到哪裡，有她在的地方，總是春意盎然，暖意融融，這個昨日還顯現枯敗之氣的陋室此時卻充滿了生機和活力。

許安慧又說笑一會兒，見荀哥兒面露疲色，便朝芸娘使了個眼色。芸娘會意，拉著許安慧來到自己房間。

「安慧姊，我想了幾個做面脂的藥方子，可是家裡沒有紙筆，我怎麼寫給妳？」自來到張家堡後，每每都是捉襟見肘，處處為難，宋芸娘很有些無奈。

「不要緊，我記性好，妳說給我聽就行。」許安慧滿不在乎地笑著，似乎永遠不會有能難得倒她的事情。

宋芸娘便說了兩個方子，許安慧凝神在心裡默記了幾遍，方說：「我記下了，妳這方子還挺複雜，又是杏仁、桃仁、薏仁，又是白茯苓、白丁香、白芷什麼的，我怕我待會兒會記不全，就不多待了，這就去找我家官人，讓他託人去靖邊城買去。」

許安慧前腳剛走，柳大夫後腳就來了。他伸出手指輕輕搭在荀哥兒的脈上，半垂著眼，默然不語。

宋思年和芸娘屏住呼吸緊張地看著，良久，柳大夫睜開了眼睛，見宋家父女兩人眼巴巴地看著自己，便輕鬆地笑道：「看來我昨天的診斷沒錯，這位小哥沒什麼大事，休養幾天便可。」

宋思年和芸娘便俱都鬆了一口氣，卻聽柳大夫又問荀哥兒。「小哥，你可覺得思維還清晰？」

荀哥兒有些不解地看著柳大夫，柳大夫便說：「就是想事情什麼的時候，頭部有沒有什麼不適？」

荀哥兒一愣，更加迷糊。

宋思年緊張地問：「柳大夫，為何有此一問？荀兒還有什麼問題嗎？」

柳大夫笑道：「我這只是例行問一問，以防萬一。以前我遇到過這樣的病例，有的病人摔到頭部後，會影響到頭部思考和記事。」

宋芸娘忙摸著荀哥兒的頭，問：「荀哥兒，你記事情還清晰吧？有沒有想不起來的事情？」

荀哥兒努力地想了一會兒，愣愣地說：「不知道，好像沒有吧。我還記得娘，記得大哥，記得我們以前在江南的日子……」

芸娘眼淚湧了出來，她輕輕抱住荀哥兒。「荀哥兒，不要想以前的事了，咱們多想想現在、想想以後……」

宋思年看著一對兒女，嘴角微抽，眼角有水光閃動。他不動聲色地擦了擦眼淚，再次謝過柳大夫，又請他到正屋小坐。

柳大夫道：「不用了，我就先告辭了。我看小哥恢復得還好，只是身子骨太過虛弱，他年歲尚小，要多注意調養，你們再觀察幾天，有什麼事情的話就去找我。我住在下東村，你們若要找我，隨便問村裡的哪個人，只說要找年前剛遷來的那個脾氣古怪的孤老頭，他們都知道我住在哪兒。」

宋思年看著這柳大夫，穿著破破爛爛的麻布衣，花白的頭髮胡亂紮著，周身籠罩著一層濃濃的孤寂和落寞，心道這也是一位和自己一樣有著苦難故事的可憐人，自己好歹還有一對兒女作伴，這柳大夫卻孤零零一人。

柳大夫告辭後，宋家又迎來今日的最後一位客人，卻是一位不速之客。

宋思年彎著腰，低聲下氣地求著面前的軍爺。「小旗大人，請您寬恕幾日吧！您看我這一家人，老的老，小的小，傷的傷。我這該死的腿還沒有好，走不得路，出不得力；犬子昨日又從城牆上摔了下來，現在還躺在炕上動彈不得……」

小旗孫大牛，雖然只是軍堡裡最末等的小官，管著宋家等十家軍戶，卻有著十足的官老爺派頭。他慢條斯理地伸手撣了撣身上的灰塵，又扯了扯並不比宋思年身上好多少的袍子，冷冷地說：「我寬恕你？那誰寬恕我？蔣百戶今日說了，只要不是癱在炕上動彈不了的，都要上城牆去，再不修好城牆，一旦韃子打來，大家一起完蛋！」

宋思年拱著手，似乎還要哀求，宋芸娘忍不住從房裡衝出來。「孫小旗，我家的情況您剛才也看到了，家裡現在能動彈的也就我一個人了，明日我便上城牆去，只是歷來城牆上面只需要男丁，還請小旗大人幫小女子遮掩一、二。」

孫大牛見宋芸娘比以前出落得更要靚麗，他上上下下打量了宋芸娘幾眼，本想調戲幾句，可轉念想到一牆之隔的許家，想到鄭仲寧他們和宋家的關係，便怏怏作罷。他有些喪氣地說：「罷罷罷，算我倒楣。妳自己小心些，出了什麼事妳自己擔著，可千萬別找我。」說罷便氣呼呼地走了。

次日凌晨，宋芸娘便又換上男裝。她約著許安文，兩人頂著濃濃的夜色，踏著長長的小巷，向城牆走去。

伴隨著夜色的掀開，城牆的輪廓慢慢浮現在眼前，高大而結實的城牆巍然聳立，很是壯觀，像一個巨人無私地張開巨臂，靜靜地保護著張家堡。芸娘驚奇地發現，才幾天的工夫，城牆包磚的進度進展飛快，估計再用不了多長時間就可以完工了。

東方地平線上，火紅的太陽慢慢探出頭，當第一縷陽光照射到城牆上時，宋芸娘發現城牆上幹活的人比之前多了數倍，真就如蔣百戶所說的，只要是能夠動彈的都來了。在挨挨蹭蹭的人群中，宋芸娘意外地看到柳大夫也在彎腰吃力地搬著磚，他花白的鬚髮在風中凌亂飛舞，顯得格外淒涼。

託鄭仲寧和許安文的福，宋芸娘今日仍然可以和許安文一起煮糯米湯。兩人幹這活已經是輕車熟路，毫不費力地就做好了糯米砂漿，做出來的砂漿既不乾，也不稀，濕度和黏度都是剛剛好。一旁的老工匠伸手捏了捏砂漿，目光中帶著肯定和讚許。「三郎，你小子悟性很高啊，才做了幾天，現在不用我們指導也可以做得像模像樣了啊！」

許安文仰頭一笑。「那當然，我是誰啊？還沒有我學不會的事情呢！」

老工匠不禁搖頭苦笑，宋芸娘哭笑不得，伸手去拍許安文的腦袋。許安文靈活的身子一矮，腦袋一縮，躲到老工匠身後。「芸姊姊，別打，這聰明的腦袋可別被妳給打壞了，那就做不出糯米砂漿來了。」

周圍的人便都大笑。

這邊在歡聲笑語，那邊卻是淒風苦雨。柳大夫拖著沈重的步伐，吃力地搬著石磚，腳下一個踉蹌，胳膊不慎撞到了身旁一名正在挑土的男子，將他挑著的土筐撞翻在地上。

「喂，你這個老東西，瞎了你的狗眼，會不會走路啊！」這名男子五大三粗，滿面橫肉，此刻正瞪著銅鈴般的眼睛，一把扯住柳大夫的衣襟，掄起碗口粗的胳膊，就要向柳大夫頭上揍去。

「胡癩子，你幹麼欺負老人家！」宋芸娘急得一個箭步衝到他面前，伸手擋住他的拳頭。

胡癩子斜睨著宋芸娘。「喲，我當是誰呢，原來是宋家的『百變郎君』啊！這些天一會兒男、一會兒女，一會兒大、一會兒小的，當咱們都是瞎子啊？」

宋芸娘氣沖沖地看著他。「你管我百變還是千變？我們一家雖俱是老弱婦孺，但都懂得為國效力；不像有的人，白長了一身橫肉，不去戰場上殺韃子，卻躲在堡裡欺負弱小。」

張家堡裡身強力壯的都被選去守城或作戰了，這胡癩子仗著是總旗胡勇的堂弟，賴在堡裡不走，平時橫行霸道，周圍的軍戶們早就都看他不順眼了，此刻都發出訕笑。

「妳……」胡癩子惱羞成怒，他狠狠地盯著宋芸娘，拳頭卻砸不下去。

宋家剛到張家堡時，這胡癩子也是宋芸娘的追求者之一，他人醜面凶，又好吃懶做，故此拖到快三十歲的年紀還娶不到媳婦。當初這胡癩子癩蛤蟆想吃天鵝肉時，許家的安武、安文兩兄弟俱在，胡癩子明裡暗裡吃了他們不少虧，所以他一看到宋芸娘就條件反射般的有些畏縮。

「胡癩子，你又欺負人了。」許安文跑了過來。「蔣百戶昨天說了，誰影響修城牆進度的，一律打五十軍棍，你再不放手，我就要去叫百戶大人了。」

「誰……誰影響進度，明明是、是她……」胡癩子一急，就有些口吃，他伸手指向柳大夫，又指向宋芸娘，氣得臉紅脖子粗。他雖是凶狠蠻橫之人，卻最是欺軟怕硬，知道許安文是鄭仲寧的小舅子，倒也不敢對他太過凶惡。

「胡說，我明明看見是你！」許安文一手扠腰，一手頗有氣勢地指向胡癩子。

「對，我們都可以作證，是你無理取鬧，欺負弱小，阻礙別人幹活。」周圍的軍戶都怒瞪著胡癩子。

這時，遠處傳來負責監工的軍士的喝聲。「那邊一堆人圍著在幹什麼？怎麼不幹活？」語罷，策馬向這邊跑過來。

胡癩子怏怏地放下手，他凶狠地瞪了宋芸娘他們一眼，灰溜溜地挑著土筐走了。

宋芸娘毫不示弱地回瞪著他，見他走遠了，急忙問柳大夫。「柳大夫，您怎麼樣，剛才有沒有傷著？」

柳大夫扯了扯被胡癩子拉歪的衣襟，苦笑了下。「宋娘子，妳今日得罪了這惡人，日後可要小心啊！」

宋芸娘嗤笑一聲。「五年前我就得罪他了，現在還不是好好的？這姓胡的最是色厲內荏，我們不必把他當回事。」說罷，宋芸娘轉身看著許安文。「三郎，你去和你姊夫說一說，讓柳大夫和我換一換可好？」

許安文和柳大夫俱張大嘴看著宋芸娘，宋芸娘笑著說：「你們別看我是女子，我可是練過功夫的，力氣大著呢！之前也不是沒有幹過搬磚的活。」她誠懇地看著柳大夫。「家父和小弟都多虧柳大夫醫治才能好轉，芸娘無以為報，還請柳大夫不要推託。」

宋芸娘便又幹上了搬磚的重活。她雖是纖弱女子，但這五年來日日勞作，又時時練拳，倒有點力氣，至少要強過那年老體弱的柳大夫許多。她咬著牙一趟趟搬著沈重的石磚，背後的衣衫已經是濕了又乾，乾了再濕。偶爾途中遇到往城牆上送糯米砂漿的許安文和柳大夫，三人也只是相視一笑，用眼神打個招呼，再無別的氣力多言語。

中途吃飯休息的時候，許安文和宋芸娘的隊伍裡就加上了柳大夫。三人找一僻靜處坐著，大口啃著饅頭，埋頭喝著粥，一時只聽得咀嚼聲和喝粥聲。這幾日蔣百戶趕著完工，進度催得急，三人的氣力消耗太多，除了埋頭苦吃，連交談的餘力也沒有了。

吃飽喝足後，還有小歇片刻的時間，許安文站起來伸了伸腰。「哎呀，可累死我啦，我的骨頭都快斷嘍！」他看了看已然垂頭合眼睡著的柳大夫和癱坐著發呆的宋芸娘，猶豫地說：「芸姊姊……有件事我不知道該不該說？說了我怕妳心裡難受，不說的話我憋在心裡頭也難受。」

宋芸娘微微抬頭斜挑了他一眼，懶洋洋地說：「什麼事情，說吧。」

「芸姊姊，我懷疑荀哥兒不是自己摔下城牆的，而是那胡癩子使壞，害他滾下去的。」許安文氣鼓鼓地說。

芸娘猛地坐直了身子，睜大雙眼。「是真的嗎？你是怎麼知道的？」

許安文又回想了一遍當時的情景，慢慢地回憶。「那天我和荀哥兒送完糯米砂漿，抬著筐子往城牆下走，下臺階時，荀哥兒走在前面，突然就不知怎麼的滾下去了。我記得，當時身邊還有兩個人，一個是村東頭的李大叔，一個是個大個子，我當時低著頭，沒認清。

「事後我越想越奇怪。」許安文停了停，看了看四周是否有人，又接著說：「我找到李大叔，他吞吞吐吐怎麼也不肯說，我好說歹說了半天，他才支支吾吾地說好像看見是胡癩子，在荀哥兒走過身邊的時候伸腳絆了一下……我這才想起，當時那個大個子倒的確是胡癩子。妳想啊，稍微強壯一點的都到兵營裡去了，我們現在留在堡裡修城牆的，不是老、就是小，那個人不是胡癩子還會有誰？」

宋芸娘直覺得一股怒火直沖頭頂，她猛地站起來。「荀哥兒小小年紀，又沒有惹到他，那胡癩子為何如此歹毒？幸好荀哥兒福大命大，否則，從那麼高的城牆摔下去，送命都有可能……」宋芸娘越想越怕，越怕越氣，恨不得立刻將那胡癩子千刀萬剮，方洩心頭之恨。

許安文沈默了一會兒，似乎有些躊躇，良久，方才下定決心似地說：「芸姊姊，其實這件事我也有責任……」

芸娘側頭奇怪地看著許安文，眼中滿是疑惑和不解。

許安文接著道：「在我回來之前，那胡癩子得胡總旗的關照，一直幹著做糯米砂漿的輕活，他認為是我們搶了他的好差事，只怕一直記恨在心，又不敢得罪我，所以一有機會就害了荀哥兒……」

芸娘胸口重重起伏著，她恨恨地一掌拍在城牆上，只覺得一陣鑽心的痛從手掌直達心頭。「居然有這麼歹毒的人，為了這麼一點兒小利連害人性命的事情都做得出來！」

「芸姊姊，咱們一定要好好對付這胡癩子，給荀哥兒報仇！」

芸娘沈思了一會兒，又慢慢冷靜下來，她輕聲說：「別急，咱們要想一個好辦法，我一定要讓這胡癩子付出代價！」

一旁坐著小痳的柳大夫不知什麼時候已經睜開眼睛，他目光鎮定地看著宋芸娘，輕聲說：「孩子們，你們什麼時候有了好計劃，一定要算上我一個。」

傍晚，宋芸娘回到家中，卻見家裡格外冷清，院子裡黑漆漆的，悄無人聲，不像往日總是有一間房裡發出微弱但溫暖的亮光迎接宋芸娘的歸來。

宋芸娘直接走進荀哥兒的房間，見黑漆漆的房裡顯現出兩道靜默的身影，荀哥兒靠在炕上，宋思年坐在一旁，兩人都一動不動地坐著，卻均沈默不語。

宋芸娘心中咯噔了一下，她點亮了煤油燈，昏黃的燈光一下子將漆黑的夜幕沖散，照亮了屋裡神態各異的三個人。

宋思年眉頭緊蹙，目光愣愣地看著前方，表情呆滯，似乎在沈思，也似乎在發呆；荀哥兒低垂著頭，幾綹髮絲垂下來遮住了光潔的額頭，一雙手緊緊攥著被褥，泛白的手指骨節顯示出了他的緊張。

「爹，怎麼天黑了都不點燈啊？您和荀哥兒吃飯了沒啊？」芸娘雖然心中滿腹疑慮，但仍裝作毫不在意地用輕鬆的語氣問著。

宋思年側頭略微掃了宋芸娘一眼，卻仍只是坐著沈默不語，宋芸娘又走到荀哥兒身前，摸摸他的頭。「荀哥兒，你今天覺得怎麼樣？身上還覺得難受嗎？藥喝了沒？」荀哥兒緩緩抬頭看著芸娘，微微點點頭，目光有些躲閃，卻也閉口不語。

「芸娘，妳明日有時間的話，去尋柳大夫來看看荀哥兒吧！」宋思年突然低沈地開口，語氣充滿了沈重的悲痛。

芸娘心中大驚。「荀哥兒怎麼啦？有什麼問題嗎？」她忙看向荀哥兒，緊張地在他臉上、身上上上下下看著。

「姊姊，沒有什麼大礙。」荀哥兒忙說。「只是剛才爹要考校我的學問，可不知怎麼的，我一想起那些四書五經什麼的就頭疼，什麼都想不起來。」

芸娘心中既驚且痛，似乎一道響雷在頭頂劈的一下炸開。

宋思年出身詩書世家，祖祖輩輩對讀書一事十分重視，認為「萬般皆下品，唯有讀書高」。宋思年對幾個孩子在讀書上的要求嚴，期望高。宋家三個孩子，最有天賦的是宋萱，天資聰慧，五歲知五經，七歲能詩文，被譽為「小神童」，是宋思年的驕傲和希望，可早慧者亦易早夭。宋萱早逝後，宋思年的全部希望便傾注在荀哥兒的身上。荀哥兒雖不如宋萱天資聰慧，但也敏而好學，家中雖然沒有一紙一筆，宋思年就靠一個小小的沙盤，傳授了荀哥兒許多學問。

荀哥兒經此一難，若真的以後再不能做學問，生生掐滅了父親的這點希望，那可比往父親心頭捅刀子還要難過。

芸娘心中極是憂慮，但看到更為憂慮的父親，卻只能裝作輕鬆淡定，她嬌嗔地埋怨著。「爹，您看您幹麼這麼心急，荀哥兒還病著呢，您怎地就逼著他做學問？」又柔聲安慰著。「荀哥兒這不還沒休養好嗎，再休息一、兩天肯定就全好啦。我看荀哥兒思維清晰，口齒伶俐，必不會有什麼事的！」想了想，芸娘又說：「柳大夫現在也在城牆上幹活呢，我明天便去問問他，他醫術高明，一定會有辦法的。」

父子倆方才彷彿正經歷著黑暗和嚴寒，宋芸娘一回來，照亮了房間，也照亮了宋思年的心堂，芸娘春風化雨般的幾句話驅走了嚴寒，宋思年便也覺得有了希望。

「爹，荀哥兒，我看你們只怕沒有好好吃東西，我去廚房煮點粥，荀哥兒，再給你煎兩顆荷包蛋。」

芸娘便走進廚房，她繃得直直的腰背一下子軟了下來，愣愣地站在灶旁，只覺臉上俱是濕意，伸手撫去，卻不知什麼時候淚水已經爬滿了臉龐。方才她雖然言語堅定地安慰了父親和荀哥兒，可自己心中卻是惶惶。

芸娘便又想起許安文的懷疑，她緊緊攥緊了拳頭。「胡癩子，若荀哥兒有什麼好歹，你這輩子就別想好過！」

次日，宋芸娘在中途休息時，就荀哥兒的異常詢問柳大夫。

「什麼？荀哥兒不能做學問啦？」柳大夫還在捋著鬍子沈思，許安文卻吃驚地跳了起來。「那可怎麼好？荀哥兒那麼聰明，若不能做學問那可就太可惜了！柳大夫，你一定要治好荀哥兒！」他緊緊拉著柳大夫的胳膊，一臉的緊張。

「三郎，你別影響柳大夫，你沒看他正在想辦法嗎？」芸娘沒好氣地將許安文扯到一邊。

「宋娘子，妳家荀哥兒平時是不是不喜歡做學問，提及詩書之類的就會頭疼？」柳大夫沈思了一會兒，開口詢問。

「柳大夫，你這好像說的是我吧！」許安文不好意思地說。「荀哥兒可是最愛讀書的，他雖然沒有進書塾，但他比我學得還好。荀哥兒還叮囑我將書塾裡讀的書保管好，將來學完了都給他呢！」

芸娘聞言很是心酸。「柳大夫，我家荀哥兒很是聰慧懂事，很用心地跟著父親讀書。」

「這就奇怪了。」柳大夫又習慣性地捋起了鬍子。「老夫以前遇到過兩個類似的病例，一個忘了小時候的事情，因為他幼時常受後母虐待，生活悲苦；另一個忘記自己的娘子，卻是因為他娘子給他戴了綠帽子，是他的奇恥大辱。故此老夫以為，有的人有可能在頭部受創後，忘記最不願意想起來的事；但看荀哥兒的情況，卻又並非如此……」

宋芸娘沈默了下來。許安文想了想，看著宋芸娘，小聲問：「會不會因為你們家繼承軍職的事情，讓荀哥兒有壓力？」

柳大夫恍然大悟。「荀哥兒以後要繼承妳父親的軍職嗎？那他學問學得再好也不能參加科舉、走仕途之路，這孩子大概是因為這件事情有心結，所以就忘掉了所學吧。」

宋芸娘不語，靜靜看著自己家的方向，那一片黑壓壓的屋簷中，有一片屋簷下，躺著自己雖年幼卻極懂事的弟弟。芸娘知道，他雖然忘記了所學的學問，以後可能永遠也不能再讀書，但絕不是柳大夫所說的原因，而只會是為了自己。荀哥兒的心結不是擔心繼承軍職後無法走仕途之路，而是擔心若走仕途之路，自己這個姊姊的姻緣和前途啊……

芸娘越想心中越痛，又是難過、又是內疚，便下定決心，無論如何，也要求得柳大夫醫好荀哥兒。

「柳大夫，你以前的病患後來有沒有診好？有辦法醫治這種病嗎？」芸娘緊張地問柳大夫。

柳大夫又捋捋鬍子，正待開口，卻聽得胡總旗的大嗓門響起。「幹活啦，幹活啦，吃飽喝足了，都接著好好幹，別偷懶！」

宋芸娘三人相視苦笑，一起向城門處走去。

第五章　新分來的軍戶

宋芸娘放下手裡的石磚，伸手捶捶背，只覺得雙腿似乎灌滿了鉛般難以抬起，兩隻胳膊也似斷了般無力。此時，已是日薄西山，夕陽慢慢躲進了遠處的群山間，只露出小半個臉，染紅了西邊的雲彩，鋪滿了城牆外那片廣袤的原野，也斜斜映照著高高聳立的城牆和城牆上下忙碌著的人們。不遠處的飲馬河靜靜地流淌，在斜陽的照耀下，發出金色的、耀眼的光芒。

一列隊伍迎著斜陽從東邊靖邊城方向緩緩走過來，四、五個軍士在一旁押送著，時不時伸手推搡。這群人有男有女，有老有少，最小的一個是還讓人抱在身上的小娃娃。他們有的穿綢緞，有的著布衣，共同的特點就是又髒又破，沾滿泥土和灰塵，早已看不出原來的顏色。他們的臉上都滿布愁苦和風霜，看到了越來越近的張家堡，有的人臉上出現放鬆的神色，有的則一下子絕望。

宋芸娘看著他們沈重而蹣跚的步伐，彷彿看到了五年前的宋思年，也是這般帶著自己和荀哥兒，一步一步，從遙遠的江南走到了這邊境之地。

蔣百戶、鄭仲寧、胡勇等人已經站在城門口，聽著負責押送的軍士彙報情況。

「將大人，這次靖邊城一共分來了二十戶充軍的罪犯，新平堡分了三戶，平虜堡分了……」

「我管他們幹什麼？你只說咱們張家堡分了多少？」蔣百戶不耐煩地打斷了他。

「張家堡分了五戶軍戶。」這位軍士是鄭仲寧手下的一個小旗，姓王，最是囉嗦，打聽隱私卻很是拿手，故此每次都是派他去接新分來的軍戶。

王小旗讓那群新來的軍戶在城門站好，一一指給蔣百戶看。

「張大虎，山東聊城人，判的是永遠充軍，家中無親人，僅一人充軍。」王小旗指著一名壯漢，這張大虎身材高大魁梧，滿臉鬍子，面相凶惡，一群人中，只有他戴著枷鎖，臉上刺了字。王小旗小聲在蔣百戶耳旁說：「他是山東聊城的匪首，很是凶狠。本是要判死刑的，量刑時當地官府愛惜他一身好武藝，就將他充軍到咱們邊境，好上戰場打韃子。」

看著張大虎那桀驁不馴、滿身煞氣的模樣，蔣百戶很有些煩惱。近年來，梁國的兵士在與韃子作戰時往往軟弱不堪，朝廷便將各地本要斬首的凶惡之人充軍到邊境，指望能加強邊境軍隊的力量，殊不知這些人最是難以管教。每次分配軍戶時，各堡最不願接收這樣的凶狠罪犯，用得好的話是一名衝鋒陷陣的好兵，用不好就是難管的刺頭。

「劉仲卿，湖北荊州人，犯姦淫罪，判的是一人終身充軍。」王小旗又指向一名青年男子，這劉仲卿二十多歲，身體瘦弱，面色蒼白，身旁還緊挨著一位身材嬌小、也同樣面色蒼白的年輕婦人。

梁國的充軍根據罪行的輕重分為終身、永遠、一人、連坐幾種，終身是本人畢生充軍，不累及子孫，永遠則是本人死後由子孫親屬接替。許家、宋家判的均是連坐永遠充軍。

「一人充軍，那旁邊跟的是什麼人？」

「回大人，那劉仲卿本因姦淫寡嫂獲罪，他旁邊跟的正是他的寡嫂。」

那婦人見蔣百戶詢問，忙跪下磕頭。「官老爺，奴家已無處可去，唯有跟隨二叔，請官老爺大人開恩。」一旁的劉仲卿雙目通紅，也跟著跪下磕頭不語。

蔣百戶問那婦人。「他姦淫了妳，妳還跟隨他千里充軍？」

婦人磕頭哭道：「回官老爺，奴五年前為亡夫沖喜嫁入劉家，只不幸新婚當日亡夫病逝，幾年來全靠二叔幫襯。奴與二叔本是兩情相悅，劉氏族人卻要將奴沈塘……」說罷又垂頭痛哭不止。

蔣百戶聞言嘆息，寬慰道：「你們兩人且起來，你們放心，我們這兒民風開放，寡婦再嫁也沒什麼的，寡嫂嫁給小叔子不正好是『肥水不流外人田』嗎！」他呵呵笑了幾聲，可看著劉仲卿張大了嘴，又覺得此玩笑太不適宜，於是清清嗓子，肅顏道：「你兩人就在張家堡安心住下來吧。」

劉仲卿兩人忙磕頭謝恩。

王小旗又指向一名面容俊俏的男子。「白玉寧，祖籍不明，是南京的採花賊，判的是一人永遠充軍。」

新來的軍戶個個灰頭土臉，面色沈重，偏這白玉寧面色輕鬆，嬉皮笑臉，一雙桃花眼掃過來、看過去。同行的幾位女子本就一路厭煩這名目光放肆的白面男子，現在聽得他是採花賊，忙都側身避開，面露厭惡之色。

蔣百戶聞言哼了一聲。「怎麼這回給咱堡裡分這麼些個角色？」

王小旗彎腰討好地笑笑。「這回充來的還有好幾個殺人搶劫的，還好都分到別的堡去了。」他又指指其中那名最年輕的男子。「徐文軒，山西洪洞人，犯殺人罪，判一人終身充軍。」

徐文軒十七、八歲的樣子，眉目清秀，面色稚嫩，一副嬌生慣養富家公子的模樣，此刻面色惶惶，單薄的身體不斷發抖，看上去實在是與「殺人」兩字扯不上關係，被殺還差不多。他身旁一位身材壯實的中年男子雙手緊緊攙扶著他。

「他身旁的男子是誰，也是跟隨充軍的？」

中年男子忙上前磕頭。「官老爺，小人徐富貴，是徐家家僕，此次受老爺、夫人之命隨少爺充軍。」

蔣百戶聞言大笑。「我在這邊境住了四十多年，還是第一次見到帶著僕人充軍的，你們聽說過這等奇事沒有？」他笑問身旁的鄭仲寧和胡勇，兩人均笑著搖頭。

徐富貴忙從懷裡掏出一個荷包，雙手恭敬地遞給蔣百戶。「還請官老爺開恩，小人主家就只有少爺一個獨子，我家少爺本是最軟弱善良之人，只因與歹人爭執時一時失手，誤殺了歹人，這才被判刑。我家老爺、夫人安頓好家裡事務後，不日也要到張家堡長住，還請官老爺寬宏大量，行些方便。」

蔣百戶不動聲色地朝鄭仲寧偏偏頭，鄭仲寧會意地接過荷包，打開看了看，裡面放著好幾張銀票。他對蔣百戶點點頭，蔣百戶笑著說：「好說，回頭我跟王大人說說。只是堡裡僅能供應這徐文軒一人的住房，你們再來的其他人自己想辦法解決吧。」

徐富貴忙拉著徐文軒一起磕頭謝恩。

第五家軍戶人數最多，老老小小五口人，一名二、三十歲左右的青年男子看上去是這家人的核心，他緊緊攙著一位中年婦人，那位婦人眉頭緊蹙，面有病色；另一名看上去略年輕些的中年婦人懷裡抱著一個小娃娃，一旁一個十四、五歲的少女正攙扶著她。

他們幾個人靜靜站著，神色淡然，儘管滿面塵土，衣著破舊，身上卻仍有著久居上位之人所固有的威儀和氣勢。

「蕭靖北、蕭瑾鈺、蕭靖嫻、李淑華、王玥兒，一家五口，兩男三女，京城人士，判的是連坐永遠充軍。」王小旗照著冊子唸著。

「哦，皇城裡來的，咱們這兒可是頭回來了京裡的貴人啊！」蔣百戶語帶嘲諷。「是什麼罪啊，判得這樣重？」

「回蔣大人，是謀反罪。好像是京城長公主府裡的。」王小旗忙回道。

蔣百戶聞言一震，睜大雙眼看向面前淡然挺立的幾個人，他想起了幾個月前震驚了大半個梁國，攪得京城腥風血雨的長公主謀反案。

張家堡雖然地處邊境，但這件謀反案實在太過驚人，起勢之猛，皇家處理手段之絕，令遠在千里之外小小邊堡裡的一名小小百戶都有所耳聞。

蔣百戶不禁在腦中努力搜尋數月前在靖邊城和幾位守備府的同袍聚會時，在酒席上聽到的關於長公主謀反案的隻言片語。

長公主與先皇是同母姊弟，嫁給了宣威將軍蕭遠山，蕭將軍當年手握重兵，扶持先皇在眾多皇子中殺出一條血路，最終登上皇位。

長公主與蕭遠山只生了一子一女，兒子蕭定邦和父親一樣，戎馬一生，被封為鎮遠侯，蕭定邦的幾個兒子也均在軍中任要職；女兒是當今皇后，生了兩個皇子，大皇子出生便被封為太子。

蕭氏一家滿門權貴，權傾朝野。可數月前突然傳出太子和蕭氏一門謀反，再後來，就聽得皇上將太子幽禁，蕭家滿門抄斬，蕭定邦的岳家英國公府也被抄家，一群權貴公子哥兒們砍頭的砍頭，流放的流放，充軍的充軍……

聽聞當時京城血流成河，十分慘烈。蕭家富貴多年，姻親關係龐雜，京城裡各大豪門權貴一時人人自危，唯恐捲入這謀反案中。最後這場謀反案以長公主和皇后娘娘相繼病逝告終，也有人說，她們都是畏罪自殺。

蕭家不是說都斬了嗎？還有判充軍的嗎？蔣百戶努力回想，恨自己當時只顧飲酒，沒聽仔細。

「長公主府？我好像聽說已經滿門抄斬了啊？」蔣百戶回過神來，側頭輕聲問。

「這個小人就不知道了。」王小旗有些訕訕地回答，好像在為自己沒能挖掘出更多的消息而懊惱。「京裡押送他們來的官兵只說是謀反罪，交代了幾句好生看管就走了。」

蔣百戶心道：好生看管？怎麼看？怎麼管？若真是長公主府裡的，那可就是皇家的血脈，當今聖上還要喊長公主一聲姑姑，那這蕭靖北就是聖上的……姪子？廢太子雖然被幽禁，可誰知皇上會不會父子情深，又想起他來，這太子可也是這蕭靖北的……表兄弟？蔣百戶有些激動，他覺得高高在上、遙不可及的皇上居然和自己有了牽連，很是頭疼，心道上邊也太看得起張家堡了，居然將這樣的重要人物安置到這裡來，轉念一想，又覺得自己是閒操蘿蔔、淡操心。上有王防守親自掌控，下有總旗、小旗們分級看管，他操個什麼心啊？

「你們是長公主府裡的？」蔣百戶問道。一旁的王小旗忙拉蔣百戶的袖子。「蔣大人，是前長公主府……」

「哦，對，對，是前，前……」

「回大人，已經沒有長公主府了，我們蕭家五口現在都是貴堡裡的普通軍戶，敬請大人安排。」五人中唯一的成年男子——蕭靖北開口了，他的嗓音低沈醇厚，不卑不亢，目光淡然地盯著蔣百戶。蔣百戶愣愣看著他，突然有些結舌，一時詞窮。

「嗯哼。」蔣百戶清了清嗓子，他將眼光轉向其他幾個軍戶，目光在他們身上遊走了一遍，又擺出一副威嚴的面孔。「各位新來的軍戶們，不管你們以前是大盜小賊，還是豪門貴族，到了我們張家堡，就是堡裡的軍戶，都要聽從安排，要你種田你就種田，要你打仗你就打仗。誰敢不服從命令，哼哼……」他意有所指地看了看張大虎和白玉寧，本想再警告下蕭靖北他們，可眼光卻怎麼也不敢再投過去。「咱們堡裡可有的是好手段來處罰不聽話的軍戶們！」

「蔣大人，時辰不早了。」夕陽已經戀戀不捨地消失在群山間，留下最後一片微弱的餘暉，鄭仲寧適時地提醒了蔣百戶。

「好，你們帶他們去見王大人吧！」蔣百戶發足了威，終於結束了訓話。

一行人又被押著向城內走去。只那徐富貴正在懊悔和心疼，早知裡面還有更大的官，這只是個守門的，剛才就不應該拿出那麼多的銀票來了……

宋芸娘還在搬磚，那一群人魚貫從她身旁經過，突然，隊伍裡那個抱小孩的中年婦人不小心踢到一塊露出地面的石塊，腳步踉蹌了下，腿一軟一時收不住勢，跪趴在地上，抱在手裡的孩子也摔了出去。

小孩子趴在地上，發出撕心裂肺的哭聲，聲音沙啞，更顯得淒慘。蕭家的幾個人緊張地將孩子扶起，那名年輕女子忙掏出髒兮兮的手絹給孩子擦著眼淚，連聲說：「鈺哥兒，別哭，別哭。」

鈺哥兒——蕭瑾鈺忍住哭聲，卻忍不住抽泣，他奶聲奶氣地泣道：「姑姑，我……我好痛，我……我還好餓……」

宋芸娘看著這名女子和這個大概只有四、五歲的男孩，就好像看到了五年前的自己和荀哥兒，也是這般的年歲，也是這般的無助和悲苦……

宋芸娘忙走過去，從懷裡掏出一條乾淨的手巾遞給那名女子。「用這條乾淨的吧，我看孩子的臉上擦傷了，小心傷口加重了。」

年輕女子是蕭靖北的妹妹蕭靖嫻，她見一名俊俏郎君遞上手巾，忙紅著臉接過，低頭輕聲道謝。

宋芸娘想了想，又從懷裡掏出之前吃飯時許安文給的白麵饅頭，她蹲在蕭瑾鈺面前，打開油紙包，將饅頭遞到他面前，柔聲道：「小哥，你肚子餓了吃饅頭好不好，乖，不要哭了啊！」

蕭瑾鈺張開嘴，呆呆地看著宋芸娘，忘記了抽泣，遲疑地伸出小手，抬頭看看身旁的蕭靖北，又有些猶豫地縮回手。

宋芸娘看著蕭瑾鈺髒兮兮的小臉上，一雙淚汪汪的大眼睛又閃又亮，淚珠和鼻涕還掛在臉上，此刻正眼巴巴地看著饅頭，想拿又不敢拿，一絲清亮的口水正慢慢從他半張的小嘴裡滴下來，覺得又可愛、又可憐、又可笑，便笑著將饅頭塞進他手裡，笑道：「放心，你家裡人不會說你的。」

宋芸娘起身對圍在蕭瑾鈺身旁的幾位蕭家人微微點了點頭，便轉身離開，卻聽得身後響起一道醇厚好聽的男子聲音。「這位兄台，請留步。」

宋芸娘轉身，看到了一名高大挺拔的男子，他逆光而立，身後是漫天的晚霞，她微微瞇眼，才慢慢看清他的面容。

這是一個很英俊的男人，英挺的劍眉下，眼睛深邃而有神，薄薄的雙唇緊緊抿著，儘管滿臉風霜，面色憔悴，下巴上布滿了鬍鬚，但當他看向宋芸娘，眼睛裡慢慢漾出笑意，泛出了琉璃般的光彩，唇角微微翹起一個好看的弧度，整張臉上便出現了奪目的神采，襯得身後的漫天紅霞都黯然無色。

芸娘有些失神，只覺得自己心臟如小鹿般撲通撲通亂跳，她慌忙垂下眼，心中暗恨自己居然也會這般不淡定。

宋芸娘見多了父親、萱哥兒、表哥這樣容貌俊秀、氣質溫潤的江南士子，接觸過許安武、安平這樣熱情奔放、生機勃勃的北方少年，也見過鄭仲寧這般高大威猛、英武不凡的軍中好漢，卻是第一次見到這樣有著複雜氣質的男子。他初看上去既滄桑又頹廢，但宋芸娘卻彷彿可以感受到，在他平靜無波的外表下，似乎蘊藏著巨大的能量和爆發力，就好像正在療傷的猛虎，隨時都有可能奮起猛擊。

蕭靖北目露感激之色，他誠懇地看著宋芸娘，拱手深行一禮。「多謝兄台饋贈，蕭某感激不盡！」

宋芸娘忙斂容掩飾住自己的失態，拱手回禮，正待客氣幾句，卻見走在前面的軍士見蕭家人掉隊，正要折返過來催促，便示意蕭家人快跟上隊伍。

蕭靖北再次拱手，轉身一手攙扶著那位面有病容的婦人，一手抱起蕭瑾鈺，向堡裡走去，蕭靖嫻含羞對宋芸娘行了行禮，攙扶著剛摔倒的那位婦人跟隨人哥而去。

宋芸娘目送他們遠去的背影，蕭瑾鈺小小的腦袋趴在父親的肩頭，大眼睛一眨不眨地望著芸娘，隨著父親的步伐越走越遠……

次日，宋芸娘在城牆下搬磚時有些心神恍惚，腳步沈重，比腳步更沈重的卻是她的心。芸娘在腦中不斷回想著昨晚柳大夫看過荀哥兒後，說的一番話。「老夫剛才為荀哥兒診脈，仔細觀察了他的神色，荀哥兒小小年紀，卻心思沈重，可能他為此事太過愧疚和自責，抑鬱在心，你二人要多溫言開導，切不可再給他壓力。」

當時，宋思年聞言立即面色沈重，掩飾不住自己的失望，急切地問：「柳大夫，當真沒有辦法診治了嗎？」

柳大夫捋捋鬍子，嘆了一口氣，說出的話語卻讓芸娘從頭頂涼到了腳底。「失憶症在醫書中也有記載，但卻無診治的方法，只聽聞有的病人在失憶一段時間自行恢復，有的卻終生無法再想起來，老夫也束手無策啊，只期望荀哥兒吉人自有天相，能夠自己恢復吧！」

宋芸娘嘆了口氣，柳大夫的那番話始終有如沈重的石頭壓在心頭。她放下手裡的磚，伸手捶了捶痠痛的腰背，湛藍的天空下，一行大雁正排著長隊向南方飛去，芸娘的思緒便也跟著這群大雁飛向了遙遠的家鄉。

江南的日子是那般美好而不真實，慈祥的父親，溫柔的母親，懂事的萱哥兒，可愛的荀哥兒，每天的日子都在歡聲笑語中度過……

芸娘抬頭羨慕地看著南飛的大雁，想著自己也許終此一生都不能再回到心心念念記掛著的江南，想著生活為什麼總要對自己一家人如此不公。

初到張家堡，荀哥兒體弱多病，家裡每每付完他的醫藥費後便捉襟見肘。好不容易熬得荀哥兒大了，開始分擔家裡的壓力，日子慢慢有了起色，可偏偏又出了這樣的事情。

宋芸娘越想越苦，越苦越氣，突然，只聽到耳旁傳來「啪」的一聲，隨著一陣勁風掃來，背後一陣劇痛，芸娘踉蹌著向前走了好幾步才穩住身體，卻聽得一聲大嗓門在身後響起。「站著不動幹什麼，想偷懶啊？還不快幹活！」回頭看去，是胡總旗騎著一匹高頭大馬，手持馬鞭，又要向自己揮來。

芸娘認命地閉上眼睛，感到一陣鞭風往臉上襲來，卻遲遲沒有落到身上。她睜開眼睛，卻見一名高大男子擋在她的身前，一隻手有力地握住了馬鞭。

「你……你想幹什麼？你小子好大的膽子，不要命了嗎？」胡總旗凶狠地罵道。他想用力抽出馬鞭，可馬鞭牢牢握在那名男子手裡，紋絲不動。

男子的面容在刺眼的陽光下模糊不清，只能看到高挺的鼻梁、瘦削的臉頰和堅毅的下巴。男子沈聲道：「這位軍爺，你若還想讓這位小兄弟繼續幹活，就最好不要再打他第二鞭，否則的話他可就只能躺下了。」聲音低沈而熟悉，卻是昨天傍晚在城門口遇到的，新來的軍戶蕭靖北。

「你……」胡總旗大怒，他越發用力想抽出馬鞭，可無論如何也抽不動，他惱羞成怒地扔下馬鞭，氣沖沖地跳下馬來，抬腳就要向蕭靖北踢去。

胡總旗腳下穿的是鐵網靴，他力大無窮，又帶著怒氣，若踢到身上，只怕蕭靖北難以承受。

宋芸娘急著推蕭靖北，可蕭靖北站著紋絲不動，他伸出一隻胳膊攔住宋芸娘，另一隻手扔下了握在手裡的馬鞭，淡定地看著胡總旗，卻見胡總旗抬起的腿突然一軟，僵硬地放了下去。

「你……你剛才對我幹了什麼？」胡總旗剛才只覺腿部突然痠軟無力，怎麼也踢不出去，他怒氣沖天地看著蕭靖北。

蕭靖北面露無辜之色。「軍爺，你也看到了，我站在這裡一動不動，什麼也沒有幹啊！」

「你……」胡總旗正要掄拳，卻見眼前一黑，一個高大魁梧的身形擋在自己面前，此人面色凶惡，滿臉大鬍子，臉上刺著字，也是昨日剛到的軍戶——張大虎。

那張大虎雖是土匪，卻最講義氣，他和蕭靖北在充軍途中同行了一段路，雙方互相有過關照，故一看到此情形就立刻前來相助。

胡總旗有些懼怕地看著面前的兩名高大男子。「你們……你們幹什麼，想造反嗎？」

雙方正僵持時，卻聽得一陣急促的馬蹄聲越來越近，只見鄭仲寧騎著一匹馬快速地奔來，他的身後還坐著許安文。

鄭仲寧很快策馬來到胡總旗身前，他拉住韁繩，漂亮地翻身下馬。許安文也從馬背上滑下來，急急地衝到芸娘身旁，緊張地查看她的傷口。

鄭仲寧在胡總旗肩上拍了拍，不動聲色地將他舉起的拳頭放下，笑道：「胡大人，原來你在這裡，讓我一頓好找，蔣大人正在找你呢！」

胡總旗半信半疑地看著他。「蔣大人找我？何事找我？」

鄭仲寧笑道：「肯定是好事，去了就知道啦！」說罷就要拉著胡總旗走。

胡總旗不甘心地看著蕭靖北他們，氣道：「你先去，我把這裡的事情處理完了就來。」

鄭仲寧嚴肅了面容。「蔣大人正等著呢，這等小事，讓小旗們處置就可以了。」說罷對跟隨他而來的一個小旗使了個眼色，那名小旗忙走到蕭靖北面前，裝模作樣地責問他。鄭仲寧便用手拍拍胡總旗的肩，加重了手中的力道，語氣帶了不由分說的命令意味。「胡大人，咱們走吧！」

鄭仲寧和胡勇策馬而去，身後一片塵土飛揚。留下的那名小旗驅散了周圍幾個看熱鬧的軍戶，和許安文打了聲招呼便也離去。張大虎見已無事，便也和蕭靖北點點頭，不發一語，自行離去。

許安文看著宋芸娘的傷口，語帶哭聲。「芸姊姊，妳背上有好長一道傷口，又深又長。」

宋芸娘方才一直處於緊張之中，這才突然感到背上鑽心的疼痛，她不禁嘶地叫了一聲，眉頭也緊緊皺了起來。

蕭靖北本就懷疑宋芸娘的性別，現在聽到許安文一時情急叫「芸姊姊」，又不小心看到芸娘被鞭子抽破的衣服中露出背上鮮紅的傷口和白皙的肌膚，他急忙側身迴避，脫下身上的外衫，遞給許安文，不自在地說：「快給她披上吧。」

宋芸娘問許安文。「三郎，你怎麼和鄭總旗來得這麼巧？你現在不幹活要不要緊？」

許安文氣道：「都什麼時候了妳還管我，剛才我在城牆上送糯米砂漿時，正好看見胡勇那傢伙向妳揮鞭子，我趕忙找到姊夫，求他過來了。」

「我說怎麼那麼巧剛好蔣百戶要找胡總旗，原來是你的小把戲。那鄭姊夫剛才騙了胡總旗，他該怎麼交代？」

許安文更氣。「妳這人，什麼時候都只顧別人，不管自己。我姊夫自有解決的辦法，妳就管好妳自己的傷吧！」

宋芸娘便又向蕭靖北道謝。「感謝這位……」

「在下姓蕭，蕭靖北。」

芸娘便拱手道謝。「感謝蕭兄剛才出手相救，小……小弟感激不盡！」

蕭靖北笑道：「些許小事，不足掛齒。昨日感謝兄台贈饅頭之恩，蕭某自當盡心回報。」他臉上現出明朗的笑容，便有了些海闊天空的感覺。

許安文輕輕扶著宋芸娘，向蕭靖北告辭，蕭靖北望著他們離去的背影，心裡有些觸動，想不到居然有這般堅強的女子……

不遠處，正在挖土的採花大盜白玉寧望著蕭靖北的身影，臉上露出了玩味的笑容。剛才人人都在吃驚和納悶，他卻看得清楚，蕭靖北伸手攔住宋芸娘時，順勢從手裡飛速彈出一枚小石子，直中胡勇腿上的穴道。

宋芸娘趴在炕上，皺著眉頭，痛得齜牙咧嘴。

許安慧給她背上的傷口塗著藥膏，一邊嘴裡不停地數落。「妳說妳一個女孩子，逞什麼能？跑去修什麼城牆？這好端端的背上留了這麼長一道傷口，也不知會不會留痕？」

宋芸娘滿不在乎地說：「留痕怕什麼，反正又不在臉上，也沒人看見。」

許安慧嘿嘿笑了。「誰說沒人看見？以後妳相公不看啊？」

芸娘脹紅了臉，氣得扭頭罵。「安慧姊，妳真是沒羞！」卻不慎扯到了傷口，又是一陣齜牙咧嘴。

許安慧嬉笑著拍了一下宋芸娘的肩，笑罵著「活該」，又將宋芸娘按回炕上。看著宋芸娘白玉無瑕的美背上出現了這麼一道血淋淋的傷口，又是心疼又是難受，便紅著眼眶說：「那姓胡的可真是心狠，他怎麼下得了手？」

宋芸娘想起了荀哥兒，便也恨恨道：「他們姓胡的都是些心狠手辣的壞東西！」卻又想起來，忙問：「安慧姊，我昨晚披回來的那件衣服妳幫我洗了沒有？」

許安慧道：「早洗好了，掛在院子裡曬著呢！我問妳，那是誰的衣服？」

宋芸娘便將今日蕭靖北出手相救之事一一告訴了許安慧。

「那蕭靖北倒是個至情至義的男子漢。」許安慧不禁誇讚道，又笑問：「那胡勇當時真的腿突然軟了，踢不下去了？」

宋芸娘也笑。「就是啊，也不知是怎麼回事，突然就僵在那裡，我看他臉上青一陣、白一陣的，又是怔、又是惱，真真是好笑。」

許安慧邊給宋芸娘包紮，邊又罵了胡勇一通，最後總結道：「我看八成是連老天都看不過眼，給他的警告呢。」

宋芸娘聞言心想，若真有老天保佑這種事，自己一家也不會過得這般艱難了。

許安慧見宋芸娘趴著不語，似乎要沈沈睡去，便輕輕給宋芸娘蓋好被子，輕聲說：「芸娘，妳就安心在家裡休養一段時日，蔣百戶那裡，我家官人自會去說的。」說罷，又想起來。「哦，對了，妳說的那些藥材我已經託人從靖邊城買回來，都磨成細細的粉末了；裝面脂的小盒子也買好了，都交給妳爹收著。」

見宋芸娘要起身，許安慧忙攔住她。「小姑奶奶，妳可千萬別再折騰了。這幾天什麼也不准做，就在炕上好好趴著，一日幾餐飯我娘會過來幫忙做的，我一有時間就來看妳。」

芸娘含含糊糊地說了聲「謝謝安慧姊」，聲音從被子裡傳出，既模糊不清，又似有些哽咽，許安慧便嘆了一口氣，輕輕起身出了房間。

芸娘趴在炕上，塗了藥膏的背上一陣火辣辣的疼痛，她眼前突然浮現出那個高大挺拔的身影。他堅毅地擋在自己面前，彷彿可以給人最安全、最可靠的庇護，他伸出的手臂是那樣強壯有力，彷彿可以擊退一切困難，所向披靡。

這幾年來，不論遇到何種困難，芸娘都早習慣了以一己單薄之身，擋在父親面前，擋在荀哥兒面前，卻早已忘了原來自己也只是一個柔弱的女子，原來自己也需要被人保護。芸娘頭埋在枕頭裡，只露出一雙晶亮的眼睛，她的臉頰通紅，雙眼明亮，黑眼睛裡閃著晶瑩的光芒，像夏夜裡的星星般閃耀動人。芸娘癡癡地想，原來被人護在身後、被保護的感覺是這樣的好……

芸娘在炕上趴了三天，只覺得自己似乎快要發霉了，整日如陀螺般轉個不停的人突然一下子停下來，反而不適應。許安慧、張氏、許安文、柳大夫……關心她的人走馬燈似地來看她，習慣於照顧人的芸娘現在突然轉換了角色，成了被照顧的，她有些覺得不安。

休養了幾天，芸娘便覺得背上的傷口不那麼疼了。也不知是柳大夫用的藥方效果好，還是芸娘自我恢復能力強，到第四天的時候，芸娘說什麼也不願再躺在炕上。

她掙扎著起了床，走出房門，看到爹爹和荀哥兒兩個人正在院子裡曬野菜乾。

「芸娘，妳怎麼起來了？」宋思年吃驚地看著芸娘，有些生氣。

「爹，我已經好了，我身體皮實（注）得很，這點小傷算不得什麼。」芸娘嬉皮笑臉地說，她看向荀哥兒。「荀哥兒，你怎麼也起來了，你感覺好些了嗎？」

「姊姊，我也早好了。」荀哥兒笑嘻嘻地看著芸娘。小孩子恢復得快，荀哥兒在家休養了幾天，便又養成了一個生機勃勃的少年，白皙的臉上，雙頰泛著健康的紅暈，一雙晶亮的眼睛宛若剔透的黑寶石。芸娘看著這樣的荀哥兒，便覺得自己背上的傷也好了一大半。

吃過飯，宋芸娘磨著許安慧買來的藥粉，又讓荀哥兒去堡裡的屠戶那裡買些豬膘之類的動物脂肪回來。父女三人便熬油的熬油、製藥的製藥，在小院子裡開起了手工作坊。折騰到大半夜，終於製出了潔白如雪、芳香襲人的面脂和手膏。三人看著一盒盒裝好的成品，都很是激動，荀哥兒甚至開心得拍起了手。

宋思年看著這小小瓷盒裝著的面脂，不相信地問：「芸娘，就這麼一點點東西，可以賣五百文？」

芸娘有些心酸，父親在這裡待了五年，在貧寒的壓迫下，也有些畏縮和寒酸了。想當年，父親何曾關心過銀錢，成千上百兩的銀子花出去，又何嘗眨過一下眼？想不到現在五百文對自己家裡也是一筆鉅款了。

芸娘笑著說：「其實我也不是很相信呢，可是安慧姊說能賣，那就肯定可以賣！爹，賣

注：皮實，指身體結實強壯，不容易生病。

了這面脂，掙的錢咱們買些棉花，給您和荀哥兒各做一件棉衣，馬上就要入冬了，你們去年的棉衣太薄了，根本就不擋寒。如果有多的餘錢，再打一床軟和厚實的被子，您和荀哥兒晚上也能睡得安穩點！」

宋思年慈愛地看著芸娘，眼中閃著水光。「傻孩子，有餘錢妳就給自己添置些棉衣什麼的吧，爹什麼都不要，只要妳和荀兒健健康康、妥妥當當，爹就什麼都稱心如意了！」

第二日，許安慧看到這整整齊齊擺在一起的一盒盒面脂和手膏，驚喜過後便有些惱火。她伸手在宋芸娘額頭上用力點了一下，氣道：「我不是要妳在炕上休息，不要亂動嗎，妳又不聽話，自己瞎折騰，傷口恢復得不好怎麼辦？」

芸娘嬉皮笑臉地摟住許安慧的胳膊。「妳看我現在可是生龍活虎呢，妳快將這些面脂賣了，掙的錢咱們打打牙祭！」

許安慧這便又帶給宋芸娘一個好消息。「妳不用再擔心去城牆幹活的事了，我們家官人說了，還有兩、三天就可以完工。完工的那天，王防守要親自去巡視驗工，只要他點頭說好，那就算通過啦，以後也就不用再折騰了。」

芸娘聞言，腦中立刻靈光一閃，她笑嘻嘻地覥著臉對許安慧說：「安慧姊，求妳跟鄭姊夫說一聲，完工的那天我也要去城牆，咱們城牆修得又牢固、又漂亮，王大人見了肯定高興，他一高興說不定要褒獎做工的人呢，畢竟我也幹了這麼長時間的活，我也要去沾沾光！」

許安慧聞言有些不解，但看著宋芸娘面帶哀求，亮晶晶的眼睛望著自己眨巴眨巴的，心裡便一軟。「好吧，只是妳去的話可千萬別幹什麼重活！」

「放心吧，安慧姊，我會照顧好自己的。」芸娘開心地笑著，眼裡閃著靈動的調皮光芒。

第六章　宋芸娘的報復

這一日，宋思年很是惱火和鬱悶。

首先，本應在家裡休養的芸娘一大早就悄悄地出了門，宋思年只模模糊糊記得芸娘好像在門口輕輕說了一聲「爹，我去城牆幹活了！」隨後便是院門「嘎吱」一聲拉開又合上的聲音。再後來，吃了早飯後，這些日子天天待在家裡大門不出、二門不邁的荀哥兒也不知跑到哪裡撒野去了，連招呼也沒有打一聲。

宋思年看著靜悄悄、冷清清的院子，覺得很是孤寂。他想起昨天晚上，芸娘、許安文和柳大夫三個人躲在房間裡，神神秘秘、嘰嘰咕咕不知商量些什麼，只聽得許安文時不時發出格格的笑聲和摻雜其間柳大夫幾聲呵呵的笑聲，再就是芸娘密密的低語聲。聊到後來，芸娘又把荀哥兒叫了進去，只見芸娘房裡的燈光閃動，窗上映著四個人的腦袋湊在一起，透著古怪的玄機。四人走出房間後，卻俱是一本正經，一言不發，讓人摸不著頭腦。

此時已是午後，秋天的煦日暖洋洋的照耀著高大的城牆，城牆外，一片枯黃的草地上，幾棵大樹在風中無奈地抖落著身上的枯葉，一片片金黃的落葉隨風飄落，如金色的蝴蝶般漫天飛舞，圍著大樹盤旋纏繞，最後戀戀不捨地依附於樹根附近，在大樹底下披上一層金色的毯子。不遠處的飲馬河靜靜流淌著，如一條白玉般的緞帶，在張家堡附近轉了個彎，停留了一會兒，又緩緩向遠處飄去。沿著飲馬河有一大片稻田正翻滾著金色的波浪，靜候人們的收割。湛藍無雲的天空下，幾隻鳥兒撲搧著翅膀，從城牆上方滑過，好奇地打量著城牆下面整整齊齊排列著的幾百個軍戶們。

張家堡的最高官員——防守官王遠此刻正在查看這灑下了軍戶們無數血汗的城牆。三十多歲的王遠，幾年前剛剛從父親手裡繼承了千戶的官職，到張家堡任防守官，資格雖不老，個子也不高大，但架子倒是端得十足。他面色極其威嚴，穿著威風凜凜的千戶官服，腰掛佩劍，昂首挺胸，沿著城牆慢慢走、慢慢看著，時不時伸出手用力拍拍牆上的石磚，見這些磚砌得既平整又牢固，面露滿意之色。

王遠的身後，一左一右跟著劉青山和嚴炳兩個副千戶。劉青山是位臉色蒼白、有些佝僂的半百小老頭，他主管張家堡裡的屯田事宜，看上去和善無欺，實則最慳吝狡詐。嚴炳四十多歲，正值壯年，主管張家堡的練兵事宜，他身材高大，威武雄壯，步伐穩健，卻總能適宜地走在王防守官身後，緊緊保持一步的距離。

百戶官蔣雲龍的官職低於這兩人，故此只能緊緊跟在他們身後，在他身旁還跟著堡裡的其他幾個百戶，再後面跟著的，就是鄭仲寧、胡勇這些總旗們了。

梁國的軍職是世襲的，不管是千戶、副千戶，還是百戶、總旗，這些軍官的兒子、孫子，一代代傳下去，只要不出什麼問題，都永遠是軍官；當兵的兒子、孫子卻只能繼續當兵。當然，也有像鄭仲寧這樣靠著軍功從小士兵慢慢升上來的軍官，一旦升為軍官後，他的軍職便也可以傳給自己的子孫。

蔣百戶見王遠目露滿意之色，便弓著腰、帶著諂媚的笑容道：「王大人，您看……這城牆包磚是否牢固，您可滿意？」

王遠挺直腰板，半天才哼了一聲。「勉強還可以吧，只期望萬一韃子打來的時候能真的起作用。」

蔣百戶忙點頭哈腰道：「那必是肯定的。」

查看完城牆，王遠帶著一干百戶、總旗們來到正筆直站著的軍戶們面前。他挺著背，伸直脖子，掃視了一遍面前排列得整整齊齊的軍戶隊伍，清了清嗓子，高聲道：「各位弟兄們，你們辛苦了。咱們張家堡的城牆終於趕在秋收之前全部包上了石磚；再過兩天，大家抓緊時間收了糧食，咱們就可以過一個又安心、又充裕的年了。你們把城牆修得很牢固，今年的稅糧我給你們每戶減一石。」

軍戶們聽到這話都很是興奮，隊伍裡出現了些微的騷動。劉青山聽到王遠的話，表面不動聲色，心裡可氣得牙癢癢，恨不得把王遠臭罵一頓。王遠以前一直被父親嬌慣著，一副富家公子哥兒的派頭，常年大手大腳，當了防守官後也很是手鬆；又愛耍豪氣、講派頭，時常會犯糊塗，自作主張地給軍戶們減賦，軍戶們自然是得其所哉，這可苦了專門負責收稅糧的劉青山了。

宋芸娘和許安文、柳大夫並排站在一起，此刻，他們卻沒有其他軍戶們那樣的輕鬆和欣喜，而是面露緊張之色，緊緊盯著站在前面幾排的一個高大的身影。

張家堡的軍戶們雖然平時大多以種田為主，和農民差不多，但這裡畢竟是軍堡，軍紀嚴明，故此軍戶們此刻雖然很興奮，卻也仍保持筆直的站姿、整齊的隊形。卻見一個個靜立不動的軍戶中，有個人顯得奇怪而突出，他時而扭脖聳肩，時而抖動身體，似乎渾身不自在，很快就引起了王遠等一干人的注意。

「那個聳脖子的高個兒，你在幹什麼？說的就是你，還不快出來！」王遠向他怒喝。

只見一個面容醜陋的高大男子磨磨蹭蹭地走出來，卻是胡癩子。他邊走邊還不斷扭著腰、抖著肩、跺著腳，模樣奇怪。嚴炳見狀大喝一聲。「成何體統，還不快跪下！」

胡癩子嚇得咚的一下跪在地上。

王遠惱火地看著他，又看了看隊伍裡老的老、小的小的其他軍戶，納悶地問蔣百戶。「我記得堡裡身強力壯的男子已經全部選作營兵了，城牆上幹活的都是各軍戶家剩下的老小，怎麼這兒還有這麼一個身強力壯的大漢，還是這副怪模怪樣。」

蔣百戶一邊拭汗，一邊支支吾吾地說：「回……回大人……」正恨不得抓耳撓腮時，卻聽得一個大嗓門響起。

「回王大人，這名軍戶的腿腳不便，不能上戰場。」扭頭一看，是胡勇。

王遠心道，怪不得這名男子方才走出來的時候步伐奇特，原來是身有殘疾，他正想褒獎幾句連殘疾之人都能上城牆效力的話時，不知從哪兒飛來一群蜜蜂，嗡嗡地都飛向跪在地上的胡癩子。

胡癩子看到迎面而來的蜜蜂，左躲右閃，可蜜蜂偏偏就直奔他而來，嚇得他什麼也顧不上，急忙從地上爬起來，撒腿就跑，跑起來又快、又索利，哪裡像什麼腿腳不便。王遠一看更氣了。「剛才是誰說他腿腳不便的？」

胡勇戰戰兢兢地走出來，跪在王遠面前。「回……回大人，是……是屬下不明情況，請……請大人寬恕。」

「哦，原來是胡總旗——」王遠拖長著聲音，又仔細看了看他。「咦，我怎麼覺得剛才那個人和你有些相像？」他清了清嗓子，順手指向一名小旗。「來，你來說說，你知道這兩個人的關係嗎？」王遠看似隨手一指，卻剛好指到了鄭仲寧手下的王小旗。

王小旗本是鄭仲寧手下，他看了看鄭仲寧眼色，見鄭仲寧微不可見地點了點頭，便跪下道：「回大人，剛才那名軍戶叫胡癩子，是胡總旗大人的堂弟。」

王遠聞言越發火冒三丈，他怒道：「原來如此，仗著自己是總旗的親戚，就想逃避作戰，這等人，偏不能讓他如願。」他想了一會兒，看向鄭仲寧。「鄭總旗，你前幾日說剛修好的邊墩人手不夠？」

鄭仲寧忙回道：「是的，大人，還差一個主管邊墩的小旗，和幾名守兵。」

所謂邊墩，即是在軍堡周圍修建的小堡壘，相當於軍堡延伸出去的哨所，裡面一般有五到十人駐守，負責傳遞軍情。張家堡共有十個邊墩，這新修的邊墩最為偏遠，既危險又艱苦，故此守兵還沒有安排滿。

「那就把這胡……胡什麼的派去那裡吧！」王遠想了想，又忙道：「派去之前先打四十……不，五十軍棍，以儆效尤。竟敢欺瞞長官，妄想逃避軍役，實在可惡。」

他又看向埋頭跪趴在地上的胡勇。「那個邊墩不是還差一個小旗嗎？胡勇徇私廢公，故意欺瞞，即刻起降為小旗，派往邊墩。」

胡勇只覺腦中一陣巨響，軟軟地趴在地上……

太陽剛剛偏西，城牆下的軍戶們就解散了。

完工後的軍戶們終於卸下了肩頭的重負，步伐格外輕快。他們三五成群，說說笑笑，談論著剛剛發生的奇事。

「今日王大人看上去似乎心情很好啊，居然給我們每人減了一石的稅糧！」一名軍戶開心地說著。

「那還不是咱們城牆修得好，他看了心裡高興唄！」

「這只是原因之一。」另一名軍戶神神秘秘地笑著。

「還有什麼原因？」其他幾個軍戶都好奇地問。

「告訴你們吧，咱們王大人昨日又喜迎嬌娘，納了第四個小妾。這個小娘子是隨父充軍到靖邊城的，原來可是官家小姐呢，端的是美貌動人，咱們王大人看了腿都邁不開，眼睛都不貶呢！」

軍戶們發出竊竊的曖昧笑聲，笑問：「你看見啦？說得有鼻子有眼的。」

「那當然。」這名軍戶自豪地挺起了胸脯。「我家婆娘在王大人府裡幫廚呢，還有什麼不知道的。王大人昨晚上小登科，今日自然精神煥發，心情好啊！」一群軍戶便都哈哈大笑。

這王遠既不凶狠殘暴，也不貪得無厭，心情好時也會像今日這般開開恩，勉強可以算得上是個好官；但他最大的毛病就是好色，一看到美貌的女子便邁不開腿，想方設法收羅到家裡來，家中已經有了三個如花似玉的妾室，竟又新納了一個小妾。

一個軍戶似乎覺得背後說長官的閒話不好，就轉移話題。「你們說，今天這胡癩子發什麼瘋，簡直像鬼上身了！」

「管他鬼上身還是神上身，今天王大人這樣處置他，真是大快人心。」

「對，那胡癩子仗著胡總旗的庇護，老是橫行霸道，欺負弱小，我早盼著能有這天了，真是老天開眼。」

「哪兒還有什麼胡總旗，現在可是胡小旗嘍。那胡勇平時最是凶殘霸道，這次真的是有他好看的了。」

這些軍戶們平時早就對胡氏兄弟兩人不滿，此刻便你一言、我一語地討伐起這兩兄弟來。

宋芸娘、許安文和柳大夫三個人遠遠走在軍戶們的身後，含笑聽著他們的交談，一手促成了今日下午這場好戲的這三個人，心裡更有著不同的感受。

許安文興奮地邊走邊跳，手舞足蹈；柳大夫含笑不語，步伐卻也一改往日的緩慢，變得輕快；宋芸娘雖然沒有喜形於色，但她亮晶晶的眼眸，泛著潮紅的臉頰，微微發著抖的雙手，卻顯現了她此刻心情的激動。

芸娘他們三人回到宋家小院時，宋思年正在訓斥無故外出的荀哥兒。荀哥兒低垂著頭，一聲不吭，小小的肩背看上去單薄而可憐。

許安文忙上前勸道：「宋大叔，您別罵荀哥兒，荀哥兒今天可是出去做大事情了呢！」

宋思年疑惑地看著許安文。

許安文便將今日發生的事情一五一十地告訴宋思年，這才解開了困惑宋思年一天的疑問。不過，他聽完許安文的訴說，不但沒有開心，反而心情忐忑，很是擔心。「你們也太胡鬧了，這種事情實在是太危險了！你們怎麼可以斷定那胡癩子一定會在王大人巡視時發作？還有，那蜜蜂怎麼會剛好在那個時刻出現？若一步沒有成，你們不但白費心機，還要冒著得罪胡總旗的危險。」

柳大夫輕鬆地笑道：「宋老弟，你放心，這件事情你家芸娘策劃得很好。芸娘知道那胡癩子最是好色，今日早上故意在他必定經過的路口放了一條芳香撲鼻的手帕，那胡癩子以為是哪位女子遺落的，必會撿了手帕。」

「我可是守著胡癩子快走過來時，才放下手帕，悄悄躲到一邊親眼看著他撿起來。」許安文見柳大夫慢吞吞、有條不紊地敘述，便不耐煩地搶過話語。

「那手帕裡除了浸過芸姊姊調製的香露，還有柳大夫秘製的藥粉。那胡癩子碰了手帕，那些藥粉黏在身上，便會渾身奇癢難耐。

「芸姊姊知道若能讓王大人注意到胡癩子，必會引起他的懷疑。我們擔心藥粉作用不夠，芸姊姊便想出了引蜜蜂的主意，畢竟浸手帕的香露都是取自鮮花精華，是蜜蜂最喜愛的味道，想不到效果居然這般奇好。」許安文眉飛色舞地說著，想到胡癩子當時的醜態，更是笑得樂不可支。

宋思年聽罷，仍然覺得他們過於冒失。「你們怎麼知道蜜蜂一定會飛過來，現在蜜蜂大半已經快冬歇了，萬一沒有蜜蜂過來，你們不是白折騰了嗎？」

許安文笑著一把摟著荀哥兒的肩頭。「這可就是荀哥兒的功勞了，捅蜂窩的時機掐得剛剛好，在胡勇他們想以腿腳不便為由騙過去的時候，蜜蜂就飛過來了，嚇得那胡癩子抱頭亂竄。宋大叔，你不知道當時那情景有多好笑呢！」說罷，又是一陣捧腹大笑。

宋思年忍不住也笑了，想了想，卻又收斂住笑意，板著臉訓斥荀哥兒。「荀兒你膽子倒是大，那蜂窩也能隨便捅得的，萬一沒有被香味引去，反而飛到你這兒來，那豈不是弄巧成拙了？」

荀哥兒笑著說：「爹，您放心，我可沒有去捅蜂窩。那蜂窩剛剛好在城牆不遠處的一棵大樹下，是我以前和三郎爬樹掏鳥窩的時候發現的。我爬到另一棵樹上，用衣服緊緊包住手和臉，只露出眼睛，這才用彈弓射那蜂窩，想不到只射了幾下就射中了。」他眼裡滿是自豪和興奮，小臉紅撲撲的，眼睛閃著亮亮的光。

芸娘摸了摸荀哥兒的腦袋，笑道：「我們荀哥兒小小年紀，便辦事沈穩，今天給了那胡癩子一個大大的教訓，算是給荀哥兒報了仇，荀哥兒也是出了不少功勞呢！」

柳大夫也忍不住插話。「老夫最沒有想到的是，那胡總旗也會這般愚蠢地摻和進來，這下子，不但荀哥兒的仇報了，連芸娘的仇也一併報了，真是一石二鳥，大快人心啊！」說罷，又捋起了鬍子，忍不住地笑。

宋思年終於也忍不住笑了，他最後總結道：「不管怎麼說，這件事我還是覺得太冒失，畢竟咱們現在是地位最低下的軍戶，不能輕易得罪任何人啊！」

芸娘看著小心謹慎的父親，早已不復以前的意氣風發，很是心酸。她笑著說：「爹，您放心，人不犯我，我們自然也不會無端端冒犯別人。是胡癩子太過分，居然敢傷害荀哥兒，我自然不會讓他好過。」最後一句話，說得堅決，面上也顯出堅毅的神色。

宋思年欣慰地看著芸娘，心道這個女兒既堅強又獨立，可惜卻生為女兒身，他又想到了早逝的宋萱，想到無法繼續讀書的荀哥兒，剛剛有幾分輕鬆的心情又沈重了起來。

第二日，宋芸娘難得地睡了個懶覺。既不用惦記著去城牆幹活，也暫時不必去田裡收割，連討厭的胡氏兩兄弟短期內也可以不用見到，芸娘覺得心情舒暢，連睡夢中也是嘴角上揚，眉眼彎彎。

芸娘睡到自然醒，懶洋洋地起身走到院子裡時，看到荀哥兒正在院子裡扯著繩子晾衣服，便想起了蕭靖北那日借給自己的外衣。

這幾日芸娘不是養傷就是記掛著報復胡癩子一事，倒一時忘了還蕭靖北衣服。吃過午飯後，芸娘覺得擇日不如撞日，趁著今日沒有什麼事情，將衣服還給蕭靖北，謝謝當日他出手相救之恩。

出門前，宋芸娘本想換上男裝，但轉念一想，當時之所以身穿男裝，是因為修城牆的必須是男丁，若是現在再穿男裝，反而有對人不誠之感。於是，芸娘穿上家常的青色襦裙，簡單地梳了雙螺髻，一邊紮了一條同色的絲帶，長長的垂在髮鬢兩側，行動時隨風飄舞，很有幾分嬌俏。

蕭靖北衣服的衣角處有一道較長的裂口，芸娘已細細縫補好，並就著裂口用同色絲線繡了一簇挺拔的翠竹。她將衣服仔細地包好，再將野菜乾和酸白菜各裝了一小罐；想到那個叫鈺哥兒的小孩，又包了幾個剛做的白麵饅頭，一起裝在小籃子裡，向城牆外的軍戶居住區走去。

城牆外的軍戶住宅比城牆裡面的更簡陋，只見幾十間矮小的石頭加木板搭成的房子挨著城牆邊密密地排列著，一些較早搬來的軍戶有的在房子外面用石頭疊了一道圍牆，有的用木頭做成一圈圍欄。宋芸娘心想，新搬來的軍戶肯定沒有時間做圍牆或圍欄，便直接往最邊上那幾家房子最簡陋、門前空蕩蕩的軍戶家走去。

白玉寧此刻正非常無奈地被張大虎強拉著修房頂。他垮著臉，漠然地將一塊塊木板遞給站在房頂上的張大虎，心裡不停地在唉聲嘆氣地抱怨。就算這裡的房子不夠，也不能安排自己和這看了就打寒顫的張大虎同住啊，讓人連覺都睡不安穩！他盤算著，這些日子要好好討好主管自己的那個小旗和總旗，要那張大虎遷出去，好讓自己單獨住一間，理由就是……自己要娶老婆了。他又皺著眉回想了一下這幾天在張家堡裡看到的那些個女子，雖然大多粗俗不堪，但也有幾個稍微標致的，和南京城裡那些嬌滴滴的小娘子們不同，這裡的女子大多健康而充滿活力，倒別有一番不同的韻味……

他正在那裡遐想，卻見遠方娉婷走來一位窈窕女子，白淨的鵝蛋臉上，眉似遠山，目如點漆，高挺的鼻梁下，紅潤飽滿的小嘴緊抿著。她有著北方女子的健康挺拔，又有著南方女子的婀娜多姿。只見她挎著小籃，輕盈地邁著步子，向自己的方向走來。

白玉寧一時看呆了，早忘了將手裡的木板遞給張大虎。見宋芸娘已來到自己家近前，他「啪」的一下扔掉手裡的木板，伸手瀟灑地捋捋頭髮，整整衣衫，慢慢走到宋芸娘面前，擺出自以為最勾人的表情，彎身作了一個揖。「小娘子，在下白玉寧，不知小娘子到我家有何貴幹？可有何事白某能效勞？」他彎著一雙桃花眼，笑咪咪地看著宋芸娘。

宋芸娘惱怒地白了一眼這個滿臉輕浮的白面男子，不動聲色地向旁邊移了一步，白玉寧也忙跟著移了一步，仍是擋在宋芸娘面前，一臉輕浮的笑容。

宋芸娘越加惱怒，她正待放下籃子，好好教訓一下這個登徒子，卻聽得一旁屋頂上傳來一聲震耳的巨吼。「姓白的，你還不快滾過來給老子幹活，你再盯著人家小娘子看，小心老子下來把你的一雙眼珠子給摳出來！」

白玉寧打了一個寒顫，他哀怨地看向站在屋頂上凶神惡煞的張大虎，宋芸娘乘機繞過他，向前走去。

隔壁屋子正好走出一位婦人裝扮的女子，她看上去二十多歲，面色蒼白，手裡正端著一盆水準備潑掉，是那跟隨二叔充軍的寡嫂。

宋芸娘快步走過去，微微屈膝行了個禮。「請問這位大嫂，可知前些日子搬來的蕭家住在哪裡？」

這名女子神色戒備地看著宋芸娘，正待開口，卻聽得屋內傳來年輕男子的聲音。「宜慧，和誰說話呢？跟妳說了這裡的人都凶狠狡詐，不要隨便接觸。」

宋芸娘聞言面色尷尬，這名女子不好意思地對宋芸娘搖搖頭，伸手向最邊上的房子指了指，便轉身匆匆進了屋子。

再走過去便是一番奇怪的景象，一名中年男子正在指揮四、五個人蓋房子，幾乎將原本簡陋的房子拆掉重新蓋了一座，房子基本快成型了，用了磚石和瓦片，蓋得又高大、又寬敞，實在不像是充軍過來的罪犯會有的手筆。

這名男子還在不停地催促著。「手腳都快點，加快點進度，再過幾天，老爺、夫人就要過來了。」

芸娘聽了更加覺得奇怪，卻仍繼續往前走。

最邊上的房子有三間房，看來主人已經加固過屋頂，蓋好了一層木板，上面再壓了一層枯草和石塊。

宋芸娘走到門前的時候，從裡面咚咚咚地跑出來一個小娃娃，一頭撞到宋芸娘身上，猛地往後一彈，便一屁股坐到地上。他仰著頭，睜著亮晶晶的大眼睛望著宋芸娘，咧開嘴正準備哭，但覺得宋芸娘有些熟悉，便歪著頭微微愣了下，對屋裡叫著。「祖母、姨奶奶，姑姑，那天給我饅頭的那個叔叔，不，是姑姑來了。」

從屋裡匆匆走出兩名女子，均是身穿粗布青衣，拿帕子包著頭髮，十四、五歲的那位體態窈窕，面容俏麗，瓜子臉，柳葉眉，杏眼桃腮，櫻桃小嘴，正是蕭瑾鈺的姑姑——蕭靖嫻；三、四十歲的那位和蕭靖嫻有幾分相似，雖然面色憔悴，卻仍保持有幾分姿色，正是那天抱著蕭瑾鈺摔倒的婦人，蕭靖嫻的生母——王姨娘，王玥兒。

她們兩人都面帶疑惑地看著宋芸娘，宋芸娘有些尷尬，她道了個萬福，硬著頭皮問道：「請問這裡可是蕭靖北的家？」

王姨娘說：「四爺去山上打柴了，請問妳是……」

宋芸娘聞言便將手中的籃子遞給王姨娘，笑著說：「小女子姓宋，名芸娘。前幾日，多虧蕭大哥出手相救，方使小女子免受鞭撻之苦。這是蕭大哥當日借給我的衣裳，另外，還有一些吃食，略表謝意，還請笑納。」

王姨娘有些遲疑地接過籃子，蕭靖嫻卻衝到宋芸娘面前。「哦，妳……妳是那日在城門送我們饅頭的……妳到底是男是女？」

宋芸娘不好意思地笑了笑，誠懇地說：「因家父、小弟受傷，故當時我不得不扮男裝服役，如果造成了妳們的誤解，還請原諒。」

蕭靖嫻臉頰緋紅，一雙眼睛泛著霧氣，氣鼓鼓地說：「男不男、女不女，奇奇怪怪，妳的東西我們不敢要！」說罷，便要將籃子退還給宋芸娘。她當日在城牆見到宋芸娘這位俊俏郎君出手相助，不覺觸動芳心，有些小女兒情懷；今日見到自己芳心暗許的竟然是一名女子，不覺又是氣、又是羞、又是惱。

宋芸娘有些愕然地僵在那裡，王姨娘一向是看人眼色做事，哪裡做得了主，訕訕地站在一旁不知如何是好。這時，屋裡走出一位拄著枴杖、滿臉病容、四十多歲的中年婦人，她有著一雙和蕭靖北相似的眼睛，可此時卻黯淡無光。雖然面色蠟黃憔悴，身形消瘦，但舉手投足間仍然充滿了威儀，她淡淡地問：「靖嫻，出什麼事了？嘰嘰喳喳像個什麼樣子！」眼睛卻是望著宋芸娘。

芸娘忙對著她恭敬地行了一禮，蕭瑾鈺早已從地上爬起來，跑到這名女子面前。「祖母，這是那日在城牆給我饅頭吃的姑姑，她今日來還爹的衣服，還送了些吃的東西來。」

中年婦人——蕭靖北的母親李淑華眉頭微微一挑，靜靜看著宋芸娘，宋芸娘忙將之前說過的話複述了一遍。

李氏聞言面色柔和了不少，她微微笑著，緩緩道：「宋娘子，些許小事，不足掛齒。多謝宋娘子將我家四郎的衣服送回，只是這其他的，實在是愧不敢受。」

宋芸娘見她面上彬彬有禮，實則暗含戒備，便誠懇地說：「這些都是自家做的野菜乾和酸白菜，只是鄉野粗陋之物，實在是算不了什麼。你們剛到張家堡，想必萬事俱缺，想當年我們一家剛剛到這裡時也和你們一樣，虧得左鄰右舍出手相助，才慢慢度過難關。這裡雖然地處邊境蠻荒之地，但軍戶們大多純樸，還請各位不要太過疑慮。」

李氏看向宋芸娘，一直平靜的面色微有波動，她正想開口，卻猛然又發出一陣咳嗽，咳得撕心裂肺，連背都佝僂了起來。

王姨娘、蕭靖嫻忙扶著李氏，蕭靖嫻一邊為李氏撫背順氣，一邊滿臉怨氣地瞪著宋芸娘。

芸娘不覺苦笑，沒想到自己還件衣服而已，倒好像是惹事來了，她有些手足無措，退也不是、進也不是。

「父親，您回來啦！」隨著鈺哥兒一聲清脆的童聲，蕭靖北揹著一捆木柴出現在幾人面前，打破了這僵持著的、亂糟糟的局面。

蕭家的正房很是矮小簡陋，只擺著一張又小又破的方桌及旁邊幾條長凳。

此時，李氏端坐於上首，王姨娘和蕭靖嫻一左一右地立於她身後，宋芸娘和蕭靖北分別坐在左右下首。

宋芸娘放下了手裡的粗瓷茶杯，起身對李氏和蕭靖北道：「李夫人，蕭大哥，天色已不早了，芸娘就先告辭了。」

經過一番交談，李氏現在對宋芸娘的態度已經溫和了很多，她端莊地對宋芸娘微微頷首，臉上有著和煦的笑容。「宋娘子如此客氣多禮，老身這裡多謝了，以後若有空閒，還請多到家裡坐坐。」

蕭靖北微蹙眉頭。「宋娘子，這裡畢竟是城牆之外，不是很安全，不如我送妳回去吧。」

宋芸娘忙推辭，笑道：「我在張家堡住了五年，對這裡的人大都熟悉，蕭大哥你們剛搬來不久，想必家中雜事繁多，就不要耽擱你的時間了吧。」

李氏忙說：「四郎你就送送宋娘子吧，這裡畢竟是堡外，我看這裡住的大多是些面色凶狠、孔武有力之人，宋娘子畢竟是個小姑娘，還是小心一些為好。」

宋芸娘推辭不過，只好再次道謝，挎著空籃子離開了蕭家，蕭靖北緊跟在她身後，一起出了門。

宋芸娘離去後，蕭瑾鈺玩累了，趴在王姨娘懷裡昏昏欲睡。王姨娘將蕭瑾鈺抱在懷裡，一邊輕輕拍著，一邊笑著對李氏說：「姊姊，我看這宋娘子文靜嫻雅，談吐不凡，又知禮儀、懂進退，人也長得標致。聽她剛才所說，她父親原來也是舉人老爺，做著錢塘的知縣，也算是出身詩書禮儀之家。您看咱們四爺現在孤零零一個人，鈺哥兒又小……」

李氏眼睛一亮，想了一會兒，又黯然說：「我們剛剛到這裡，萬事俱缺，連住的地方都不夠，哪裡有工夫考慮這種事？況且，就算我們有這樣的想法，以我們現在這種境遇，四郎還帶著一個孩子，誰知人家姑娘願不願意？」

王姨娘道：「四爺人中龍鳳，哪有小娘子不愛慕的？想我們以前在京城的時候，那劉大人的女兒不是寧願做妾都想跟著四爺嗎？四爺現在又對宋娘子有恩……」

李氏見王姨娘越說越不像話，便忍不住打斷她。「事關人家姑娘家的閨譽，不可隨口胡說，四郎的事，還是等我們安定下來再說吧。」

蕭靖嫻在一旁忍了半天，實在忍不住了，便插話道：「那宋娘子有什麼好？一個女子，拋頭露面成何體統？更別說她還和一群大男人一起修城牆……」

「妳當這裡是哪裡？京城嗎？」李氏斥道。「這是邊境！在這裡，女子就得像宋娘子一樣有主見、有膽識，能為家裡出力！若還像往日那樣嬌嬌怯怯，只怕活都活不了幾天！靖嫻，妳看妳四哥現在這麼辛苦，天天起早貪黑地打柴、修房子，屋前屋後地忙活，妳就放下妳的大小姐架子，幫家裡出出力吧！」

蕭定邦的嫡妻——英國公府的大小姐李淑琴，生前和蕭定邦琴瑟和鳴，恩愛非常，生了三個兒子，卻不幸早逝。英國公府為了維持和蕭家的姻親關係，便將李淑琴的庶妹李淑華嫁給蕭定邦做填房。李淑琴嫁給蕭定邦後，在生養上一直頗為困難，第五個年頭才生了蕭靖北，之後一直無生養，便將身邊的丫鬟王玥兒開臉做了姨娘。蕭定邦始終對李淑琴一往情深，對女色淡然，家裡除王姨娘之外，無其他的妾室。蕭靖嫻雖是庶出，但蕭家只有這麼一個女兒，而且又是家中最小的孩子，故此，蕭家上下都對她十分驕縱，也養成了蕭靖嫻刁蠻任性的個性。

此時，從沒被李氏如此嚴厲呵斥過的蕭靖嫻聽了這幾句重話，眼眶忍不住紅了，越想越氣，越氣越口無遮攔。「我看那個什麼宋娘子，一派小家子氣，長得也一般，哪裡有資格跟四哥相提並論，哪裡又及得上我四嫂十分之一？」

「住口！」李氏忍不住拍了一下桌子，震得蕭靖嫻打了個哆嗦。

李氏怒道：「以後不准再提那個拋夫棄子、沒有良心的女人！妳四哥早已與她和離，她又是妳哪門子的四嫂？」

蕭靖北的妻子孟嬌懿是榮國公府的嫡女，在蕭家將傾之時，孟家便迫著蕭靖北與她和離，將孟嬌懿接了回去。

蕭靖嫻忍不住嘟囔。「那也是孟家逼的，又不是四……又不是她自願的！」

「孟家拿刀逼她啦？拿繩子綁她啦？她不願意的話孟家再怎麼逼她也沒有用！侯爺和大郎、二郎、三郎被……被……」她嘴唇抖了半天，「斬首」兩字始終無法說出口。「別說妳大嫂、二嫂以身殉夫，單說妳三嫂，人家可是縣主，平時驕縱跋扈，我一向不喜她，可我真是錯看了這孩子。穆王府來人接她的時候，她硬是一頭撞柱身亡，說什麼『生是蕭家人，死是蕭家鬼』。唉，要不是長公主和皇后娘娘以自己的性命保下了四郎和鈺哥兒，保下了蕭家最後的血脈，我老婆子還苟活個什麼，還不是隨侯爺一起去了？」她說著說著，老淚縱橫，聲音哽咽，語氣一轉，又面帶嘲諷地說：「也只有妳那好四嫂，家裡富貴時，巴心巴肝地嫁進我們家，可家裡一落難，逃得比誰都快！」

四個嫂嫂中，蕭靖嫻和孟嬌懿年歲相近，很是交好。她嘟著嘴，還想說些什麼，卻見王姨娘不住地衝她使眼色，再看到李氏面色悲戚、臉色發白，似乎又要忍不住咳嗽，便快快住了嘴，走到李氏身後，輕輕撫著她的背。

第七章　柳大夫的喜事

宋芸娘此時正和蕭靖北一前一後慢慢走著，蕭靖北調整著腳步，默默配合宋芸娘的步伐，始終保持落後她半步的距離。他高大的身形穩穩地走在宋芸娘身側，芸娘覺得自己籠罩在他的保護之下，格外心安。

此時太陽已經偏西，將兩人的身影拉得老長，斜斜地鋪在地上，好似緊挨在一起。

宋芸娘不小心看到地上糾纏在一起的影子，不覺有些面紅心跳，她忙穩住心神，輕輕開口。「蕭大哥，我看令堂似乎病得不輕，不知是否找大夫看過了？」

蕭靖北眉頭緊蹙，顯得既為難又自責。「我打聽過了，整個張家堡就只有一名醫士，我去找過他好幾次，可每次都吃了閉門羹。」

芸娘垂眸想了想，笑得輕鬆。「蕭大哥，如果你信得過我的話，我可以推薦一名大夫。這位大夫姓柳，雖然現在和我們一樣是軍戶，但他以前是行醫的，醫術也很高明，如果可以的話，我明日便請柳大夫給令堂診病。」

蕭靖北聞言有些激動，那雙深邃的眼眸也泛出了閃亮的光彩。「真的？如此便謝謝宋娘子了。」

蕭靖北送宋芸娘到永鎮門後，芸娘停住了腳步。「蕭大哥，進了這城門，我閉著眼睛都可以走回家去。你家裡都是老弱婦孺，事情那麼多，快回去吧。」

蕭靖北深深看了宋芸娘一眼，他雙手抱拳衝宋芸娘行了一禮。「那蕭某就不多送了，今日感謝宋娘子的饋贈，明日還煩請宋娘子為我母親請那柳大夫……」

宋芸娘笑著打斷了他。「蕭大哥，不用如此多禮。到這張家堡的，個個都有說不出的苦痛，咱們軍戶之間不互相幫助、彼此照應，還能指望誰來體諒咱們呢？」

蕭靖北看著這名巧笑倩兮、充滿活力的女子，覺得她身上有一股不屈的勁頭感染著自己，便覺得再艱難的日子也不能失去希望，也要好好過下去。

傍晚，宋家的飯桌上又坐了四個人，除了宋家三人，柳大夫現在已經是宋家的常客了。

前些日子，宋芸娘去下東村尋柳大夫時，看到他家裡雜物遍地，冷鍋冷灶，想著柳大夫一個孤老頭子哪裡會自己照顧自己，便經常去柳大夫家幫忙收拾，並邀請柳大夫常到宋家吃飯。

於是，柳大夫常常過來，倒非常受宋家的歡迎。宋思年喜歡和他談天，芸娘和荀哥兒喜歡纏著他問些醫理。

吃罷飯，芸娘將蕭家的情況說了一遍。

「沒問題，我明天就去看看。」柳大夫很乾脆地說，他想了想，又露出促狹的笑容。「芸娘，我怎麼覺得妳對這蕭家的事情好像格外上心啊？」

芸娘笑著反問道：「柳大夫，難道我對您的事情就不上心了嗎？滴水之恩，當湧泉相報，只要是對我宋芸娘有恩之人，我自然會牢記在心，盡我所能地報答。」

柳大夫便對宋思年嘆道：「宋老弟，你養了一個重情重義的好女兒啊！自從認識了你們一家人，我孤老頭子的日子可是大變樣嘍！芸娘隔三差五地去我家裡收拾，家裡是乾乾淨淨、整整齊齊，衣服上的大窟小眼也都打好了補丁，不再破破爛爛。我老頭子還經常覥著臉來你們這兒蹭飯……宋老弟，你雖然和我一樣落難於此，但你兒女雙全，孩子們又都懂事聽話，我真是羨慕你啊……」

他沈默了一會兒，似乎在回想，芸娘見狀忙使眼色給荀哥兒，兩人悄悄離席，給宋思年和柳大夫各倒了一杯熱茶端過來。柳大夫欣慰地接過茶杯，接著說：「想當年，我娘子去得早，沒有留下一男半女，我從族中選了一個遠房姪兒帶在身邊，精心教導醫術，當自己親生兒子一樣教養；想不到我一出事，這小子比誰都溜得快……」說罷，他低下頭，半垂著眼睛，用手捋著鬍子沈默不語，有些傷感。

宋思年陪著沈默了一會兒，開導柳大夫。「柳兄，我和荀兒都多虧柳兄的診治，柳兄與我意氣相投，俱是性情中人。你雖然孤身一人，但我宋思年的孩子，就是你的孩子！」

柳大夫抬起頭，腦中突然冒出一個想法，神色一亮，便覥著臉對宋思年笑著說：「宋老弟，我和你打個商量，我看芸娘對我百般照顧，孝順懂事，不如……我認芸娘為義女吧？」

正在收拾碗筷的芸娘一下子愣住，宋思年也稍微怔了下，忙笑道：「好啊，承蒙柳兄看得起我家芸娘，芸娘又多了一個人疼愛，我高興都來不及呢。」他看向芸娘。「芸娘，還不快見過義父？」

芸娘忙放下手中的碗筷，恭敬地給柳大夫跪下磕頭，誠懇地拜道：「芸娘見過義父，義父請受女兒一拜。」

柳大夫忙起身將芸娘扶起，臉上露出開朗的笑容，眼神變得明亮，連鬍子都抖擻了起來。「好啊，好啊，我柳言也有女兒啦，我柳言不再是孤老頭子啦！」他越說聲音越亮，說到最後卻低沈了下來，略有幾分哽咽。

芸娘忙說：「義父，今日可是喜日子，您可千萬別傷心。您放心，我以後一定會好好孝順您的！」

柳大夫又恢復了神色，看了一眼宋思年，笑道：「妳也別太孝順我了，小心妳親爹嫉妒呢！」

芸娘笑嘻嘻地說：「親爹、義父我都一樣孝順，絕不厚此薄彼，如何？」

柳大夫又笑著捋起了鬍子。「那我可是占了便宜嘍，妳親爹含辛茹苦養了妳二十年，卻也只是和我一樣的待遇，我這個義父當得值啊！」他想了想，又說：「可是我這個義父過於落魄，竟然渾身上下沒有一件拿得出手的見面禮。」他沈吟了片刻。「我柳言一生引以為傲的，就是行醫以來積累的經驗，不如我就傳授給芸娘，也好繼承我的衣缽！」

宋思年聞言有些激動，柳言醫術高明，芸娘若能學得一星半點兒，自然可以受益終身。「只是，芸娘縱使學了您的醫術，卻難以傳承和發揚，自古以來多是男子行醫，這女子行醫卻是不大方便……」他不知不覺間，就將心中的憂慮說了出來。

柳大夫也覺得宋思年此言很有道理，便又捋起了鬍子，他突然看到站在一旁一直沈默不語的荀哥兒，此時室內已是昏黃，荀哥兒的一雙眼睛卻顯得越發明亮。柳大夫看向荀哥兒。「荀哥兒，我問你，你對詩書的記憶沒有了，不知你能不能學醫呢？」

宋思年、宋芸娘聞言俱是眼睛一亮。

荀哥兒有些發愣，他遲疑地說：「我……我也不知道，應該是可以的吧？」

「那你想不想學醫呢？」柳大夫又問。

荀哥兒站在那兒思量了一會兒，臉上神色變幻，似乎正天人交戰，良久，他堅定地說：「我想！柳大夫，我想學醫！」

「好！」柳大夫大聲說，他的聲音高昂而興奮，他激動地看著宋思年。「宋老弟啊，我今日不但認了一個義女，還收了一個徒兒啊！」

宋思年忙推了一把猶自站著發愣的荀哥兒。「還愣著幹什麼，還不快拜見師父！」

荀哥兒忙跪下磕頭拜師。柳大夫今日雙喜臨門，興奮莫名，他終於找到衣缽傳人，終身所學不致無人繼承；又認了一個聰慧孝順的義女，他似乎覺得就算在這張家堡待一輩子，也沒有什麼遺憾了。

屋內幾個人面帶喜色，笑意融融，正在開心地交談，卻聽得院門嘎吱一聲，伴隨著室外的一陣寒風吹來，隔壁的許安文走進了屋內。

他進門時一改往日的嬉皮笑臉，面色有些沈重，見到宋芸娘他們幾人喜笑顏開，也感染了他們的氣氛，笑著問：「宋大叔，柳大夫，芸姊姊，荀哥兒，你們怎麼這麼開心，有什麼喜事嗎？」

芸娘笑著告訴了他。許安文拍手笑道：「那可真是喜事！荀哥兒可以跟著柳大夫學醫，也算沒有糟蹋他那聰明的腦袋瓜了。」

荀哥兒不好意思地抿嘴笑，芸娘伸出手指，彈了一下許安文的腦袋，笑著打趣他。「三郎，難道你不聰明嗎？你也要好好讀書，別糟蹋你的腦袋瓜才是啊！」

許安文垮下臉，喪氣地說：「可不是嗎，我就是來向你們辭行的，我明天就要回靖邊城書塾去讀書了。」

芸娘和荀哥兒聞言都有些不捨，荀哥兒忙問：「三郎，馬上秋收在即，你不留在家裡幫你娘嗎？」

許安文苦著臉。「我是想啊，可是我姊夫說，到時候安排兩個軍士過來幫忙，叫我安心在靖邊城讀書，不要老想著跑回來。」

宋思年和柳大夫見這三個孩子分別在即，似乎有說不完的話，便悄悄退到廂房，自去敘話。

正屋裡昏黃的煤油燈光不停地跳動，靜靜守候著正在依依不捨地話別的三個人，窗外呼呼的寒風不斷敲打著窗櫺，拚命擠進一、兩絲細風，圍著屋內的三個人打著旋，帶來了屋外的寒意，也給這離別前夕增添了幾絲不捨的離愁。

次日早上，宋芸娘、荀哥兒和張氏、許安慧一起，在永鎮門外依依不捨地送別了許安文。

回程的路上，許安慧叫住宋芸娘，從懷裡掏出一個沈甸甸的小荷包放在她手上，一改方才送行時的低沈情緒，帶著幾分興奮。「瞧我這記性，昨日就該給妳的。這是賣面脂掙的錢，除去買藥材、小盒子之類的成本，淨賺了近四兩銀子，這是給妳的二兩，我已換成了碎銀和銅錢，妳拿著，省得我再送到妳家裡去。」

宋芸娘本來只是抱著嘗試的心理，卻沒想到居然可以掙這麼多銀子，她捧著荷包的手都有些發抖，很是意外地問：「掙了這麼多？安慧姊妳可別騙我，妳不會把妳自己的那份都給我了吧？」

許安慧伸手點了點芸娘的額頭，佯裝生氣。「是妳的就是妳的，給妳妳就拿著，別推推攘攘的。說實話，我掙了這二兩銀子心裡很有些不安呢！我什麼都沒有幹，就是跑跑腿，平白就掙了二兩銀子。」

「安慧姊，若不是妳跑腿，這銀子也不會從天上掉下來。」

「對，對，咱們姊妹，就不要再說什麼外道話。那錢夫人說啦，這次先用著，用得好的話以後還要再買呢！錢夫人人脈廣，要是她再推薦給別的夫人，咱們的生意可就越做越大了呢！」許安慧似乎想到了未來雙手捧滿銀子的美好畫面，樂得雙眼發亮，臉上放著光。

芸娘看著許安慧眉飛色舞的臉，也忍不住笑道：「好啊，許老闆，生意上的事情妳只管作主，只須告訴我什麼時候做、做多少就行了，今後妳主外，我主內，咱們把這生意紅紅火火地做起來！」

一旁的張氏和荀哥兒也笑咪咪地看著興高采烈的宋芸娘和許安慧，感受著她們的興奮與激動。此時，太陽已經穿破雲層，放射出萬丈光芒，給他們身上染上一層金色的光圈，芸娘她們的臉上也洋溢出了勃勃生機，充滿了希望。

和許安慧分手後，宋芸娘想到昨日答應蕭靖北的事情，便讓荀哥兒帶著銀錢隨張氏先行回家，自己則去尋柳大夫。

宋芸娘和柳大夫到達城牆外的蕭家時，太陽已經高掛在天空，陽光照射著地上的萬物，卻無法照入蕭家低矮昏暗的小屋。

李氏的病似乎又重了，她半躺在土炕上，面色蠟黃，時不時用帕子捂住嘴咳嗽幾聲。蕭靖北焦急地看著正在診脈的柳大夫，心中忐忑不安。昨晚，李氏因白天情緒過於激動，加重了病情，夜裡又是一通撕心裂肺的咳嗽，蕭家幾口人俱是一晚上守著李氏，徹夜未眠。

蕭靖北眼睛裡泛著血絲，很有幾分憔悴，他看到柳大夫垂眼沈思不語，便越發心急，忍不住問：「柳大夫，我母親的病情如何？」

柳大夫抬眼看了看緊張的蕭家幾口人，沈吟片刻，忽然輕鬆地笑道：「應該是風寒，不礙事。我開幾副方子，你們先煎給她喝著，這裡天氣寒冷，平時注意保暖，多靜心，少動氣，明日我再來看看。」

蕭家人聞言都鬆了一口氣。李氏露出如釋重負的笑容，衝王姨娘使了個眼色，王姨娘忙從懷裡掏出一小塊碎銀遞給柳大夫，柳大夫自然推辭不受，他笑著說：「蕭公子對我義女有恩，也就是對我柳言有恩，我怎麼會收恩人的銀錢？你們留著這錢去買些藥材和滋補品吧，李夫人的身體太虛弱，要好好調養。」

蕭靖北只好謝過柳大夫，送宋芸娘和柳大夫出門。行了一段路後，柳大夫臉上的笑意一下子消失了，他肅然盯著蕭靖北，有些遲疑地說：「蕭公子，你要有所準備，令堂的病不像是風寒，倒有些像是肺癆。」

「肺癆！」

柳大夫輕輕吐出的兩個字卻好似晴天霹靂重重劈在蕭靖北的心頭，他腦中一片混沌，卻聽得宋芸娘在一旁焦急地喚著「蕭大哥！蕭大哥！」，一聲聲清脆的聲音宛如清泉滋潤著蕭靖北的心田，慢慢喚回了他的神智。

蕭靖北努力穩住心神，看到芸娘一張俏臉正緊張地看著自己，晶亮的大眼睛裡寫滿了不忍與緊張。

柳大夫忙安慰道：「蕭公子，請不要著急，老夫只是初診，並未下決斷。我看令堂身體底子好，目前雖然咳嗽嚴重，但尚未咳血，病情還不是很嚴重，也許還沒有到肺癆的程度；

即使是肺癆，也只是初期，況且……」他習慣性地捋起了鬍子，面色上有幾分自得，拖長了聲音道：「肺癆而已，別的大夫怕，老夫卻是不怎麼怕的。」

蕭靖北聞言眼睛放亮，他緊緊抓住柳大夫的胳膊，好似抓住最後的救命稻草。「還請柳大夫救救家母！」

柳大夫胳膊被抓得生疼，他掙了兩下卻無法掙開，只好皺著眉頭，苦笑著說：「蕭公子不要著急，你若將老夫這雙手弄折了，老夫卻是無法救令堂了！」

蕭靖北訕訕地放下手，有些手足無措地站在一旁。

柳大夫心知蕭靖北憂心母親，便寬慰道：「蕭公子，老夫方才開的藥方在診治肺病方面很有療效，只是有些藥材張家堡沒有，得看靖邊城有沒有可能買到；除了煎藥，我每日也會來為令堂針灸，紓緩病情。雙管齊下的話，若不出什麼意外，令堂的病半個月可以好轉，兩、三個月便可以斷根。」

蕭靖北聞言大喜，宋芸娘也忙說：「柳大夫，安慧姊認識的人多，需要什麼藥我託她找人去靖邊城買。」

柳大夫看到不遠處蕭家房門口探出一個小腦袋，晃了幾下又閃回去了，想了想，提醒道：「蕭公子，不管令堂是不是肺癆，這肺上的病一般會傳染，我看你家裡人，特別是小孩子，最好還是迴避下。」

蕭靖北面上也顯出為難之色，蕭家一家五口只有三間小小的茅屋，中間一間做正屋，東邊房間稍大一點，住了李氏、王姨娘和蕭靖嫻三人，西邊房間住了蕭靖北和蕭瑾鈺。但蕭瑾鈺懼怕父親威嚴，倒寧願與李氏她們擠在一張炕上，常常賴著不走，故此，蕭家的幾口人竟沒有迴避的可能。

宋芸娘看到蕭靖北面有難色，想到他家的境況確實為難，她想了想，誠懇地說：「蕭大哥，如果你信得過我，可以讓鈺哥兒在我家住幾天，我家裡只有父親和小弟，都是良善之人，鈺哥兒可以和我一間房。你放心，我家荀哥兒都是我一手帶大的，我帶小孩子可是很有一手的！」

蕭靖北聞言神色一震，感激地看著芸娘，目光柔和而泛著水光。柳大夫也捋著鬍子，笑咪咪地看著芸娘，眼裡滿是讚許之色。

蕭靖北對著柳大夫和宋芸娘深深行禮，他面上已恢復平靜，眼神堅毅而鎮定。「柳大夫和宋娘子對我蕭家的大恩大德，蕭某銘記在心。這件事情我回去還是要和母親她們商量一下；只是……家母最是敏感多思之人，若貿然讓鈺哥兒迴避，難保她不會胡亂猜想。」

宋芸娘眼珠轉了轉。「這件事也不難，你只對令堂說，每年秋收之時，韃子都會進犯，你們住在城牆外畢竟不安全，一旦韃子打來，堡外的人都要躲到堡裡去。鈺哥兒太小，只怕韃子打來的時候會拖累你們，不如提前讓他躲到堡裡安全一些。」

蕭靖北怔怔看著侃侃而談的芸娘，既讚嘆她的聰慧，又感嘆她的善良，他默默地將柳大夫和宋芸娘送到永鎮門口，又對兩人深行一禮，目送兩人走進城門後，才毅然轉身，深吸一口氣，邁著穩健的步伐向蕭家走去。

「什麼，把鈺哥兒送到宋娘子家裡去住？」李氏猛地從床上坐起來，滿臉的疑問和不贊同。

蕭靖北慢慢將宋芸娘所提的理由說了一遍。

「可是……這宋娘子和我們非親非故，為什麼要這樣幫我們呢？」李氏半信半疑，語氣卻有所鬆動。

蕭靖北道：「宋娘子是至情至性、知恩圖報之人，她感激我曾經解她鞭撻之苦，見我們有困難便施予援手，那柳大夫也是多虧她幫忙才能請來。」

李氏半靠在床頭，垂首靜思不語。一旁的蕭靖嫻聽聞會有韃子打來，嚇得花容失色，她緊緊拽住王姨娘的袖子，面有懇求之色。王姨娘自然很快明白了自己女兒的擔憂和想法，她不動聲色地拉下蕭靖嫻的手，對她微微搖了搖頭，眼裡露出不贊同的神色。

蕭靖嫻無法，便豁出去地說：「母親，鈺哥兒一個人去宋家住怎麼行，不如我去照顧他吧。」

李氏直直地盯著蕭靖嫻，眼裡又是失望、又是釋然，半晌，突然提高了聲音，冷笑道：「好，好，你們只要有本事，就都去，就留我孤老婆子一個人在這裡守著……」

王姨娘急忙「咚」的跪在地上，雙手緊緊拉住李氏的手，還沒開口眼淚便滾落了下來。

她淚水漣漣地看著李氏。「姊姊，您這是怎麼說的，奴自當盡心盡力伺候姊姊，怎能棄姊姊於不顧呢？」

李氏看著王姨娘，想著自己半生榮華，不論走到哪裡都是人前人後簇擁著，落難後也就只有王姨娘忠心跟著自己，全心全意地伺候著……她看著王姨娘鬢角的白髮、眼角的皺紋和乾枯的雙手，不覺悲從中來。她拍著王姨娘的手，嘆道：「玥兒，當年我讓妳伺候侯爺，既是想抬舉妳，也是我存了私心，捨不得放妳走；想不到卻是害了妳，當年如果將妳配個管事，哪怕是個小廝，哪裡又須跟著我受這般罪？」

王姨娘越發痛哭。「姊姊對奴有恩，奴這條命都是姊姊的，姊姊只管放心，哪怕天下人都棄姊姊於不顧，奴也會守在姊姊身邊。」

李氏緊緊握著王姨娘的手，看著這個既是奴僕，又是姊妹，曾經也算得上是情敵的女人，不覺又是一聲長嘆。

夜晚，蕭靖北待李氏熟睡，蕭瑾鈺也趴在炕上睡著了，便將王姨娘叫到自己房間，壓低了聲音說：「姨娘，柳大夫說，母親可能得了肺癆。」

王姨娘「啊」了一聲跌坐在凳子上，她半張著嘴，眼睛裡滿是害怕和徬徨，半晌才喃喃道：「姊姊得了肺癆，怎麼會？怎麼會？」

蕭靖北接著說：「所以我才要將鈺哥兒送走。這件事一定不能讓母親知道，柳大夫說他有辦法治好母親，只需要我們好好照顧。母親的病就要辛苦姨娘了，只不過這個病會傳染，姨娘平時也要小心。」

王姨娘聽聞李氏有得救，早已喜出望外，哪裡還管什麼傳染不傳染，她忙說：「是要將鈺哥兒送走，他畢竟太小……」

卻聽得門嘎吱一聲被推開，蕭靖嫻出現在門口，她面色惶惶，顫抖著說：「四哥，姨娘，就讓我和鈺哥兒一起走吧，我……我不要得肺癆……」

次日上午，宋芸娘和柳大夫一起來到蕭家。柳大夫自去為李氏診病，宋芸娘則去接蕭瑾鈺，卻意外地看見蕭靖嫻也收拾好包袱，要和蕭瑾鈺一同搬去。蕭靖嫻一改先前的仇視和冷淡，臉上掛著既討好又有幾分尷尬的笑容。

宋芸娘不動聲色地將蕭靖北拉到門外，輕聲問：「蕭大哥，你可是不信我能夠照顧好鈺哥兒？」她看到正蹲在一旁玩耍的蕭瑾鈺，便向他招手。「鈺哥兒，到芸姑姑這裡來！」

蕭瑾鈺邁著短肥的小腿咚咚咚地跑過來，仰頭看著芸娘，一雙烏溜溜的大眼睛忽閃忽閃的，充滿了好奇。

宋芸娘微笑著蹲下，看到蕭瑾鈺白嫩嫩、胖乎乎的小臉蛋，忍不住伸手輕輕捏了一把，心道這蕭家人不管多困難，對這孩子還是照顧得挺好。她柔聲道：「鈺哥兒，你家裡這些天有事情，你去芸姑姑家住幾天好不好？芸姑姑家裡有一個小叔叔，他會做好厲害的小彈弓，可以射小鳥呢！」

蕭瑾鈺眼睛亮晶晶的，充滿了興奮，他雖然和芸娘接觸不多，但莫名地喜歡親近這個觀之可親的姑姑，他高興得邊跳邊拍手。「好啊好啊，我去我去。」說罷，又抬頭看著蕭靖北，有些怯生生地問：「父親，我可以去嗎？」

蕭靖北忍俊不禁，一改平時在蕭瑾鈺面前嚴肅的面孔，柔聲道：「只要你聽話，就去芸姑姑家裡住幾天，不過，不能惹事哦！」

宋芸娘從沒見過這般溫柔的蕭靖北，他的眉眼漾著淺淺的笑意，唇角微微翹起，看向蕭瑾鈺的目光柔和似水，低沈醇厚的嗓音透著濃濃的寵溺。

宋芸娘呆呆看著，似乎覺得心臟漏跳了一拍，她有些不自然地清了清嗓子，接著說：「蕭大哥，你看鈺哥兒跟著我就行。你們家事情這麼多，令堂需要人照顧，家裡裡外外也需要人收拾，就沒有必要讓令妹特意去照顧鈺哥兒了。」

蕭靖北一時語塞，神色有些局促，他有些惱怒蕭靖嫻的自私和任性。蕭瑾鈺怔怔看著變了臉色的父親，有些怯怯地靠在芸娘身前，小手緊緊拽住芸娘的裙襬。

蕭靖北深吸了幾口氣，有些困難地開口。「宋娘子不要誤會，不是我不放心，卻是……卻是靖嫻她身體弱，我們擔心她會被傳染，所以也想讓她避一避。如果給宋娘子造成了麻煩，我……我很抱歉，我們再想想其他的辦法，我會說服靖嫻的。」

蕭瑾鈺半懂不懂地聽了兩人的話，也輕輕拉了拉芸娘的衣裙，細聲細氣地求道：「芸姑姑，讓姑姑也一起去吧，好不好？」

宋芸娘有些愕然，也有些了然，她看著蕭靖北為難的神色，又低頭看了看蕭瑾鈺充滿祈盼的大眼睛，只好說：「既然如此，那就讓令妹和鈺哥兒一同去吧。只是你家裡的雜事繁多，要多辛苦蕭大哥了。」

蕭靖北靜靜看著芸娘，面有動容，良久，才輕聲道：「靖嫻不懂事，給宋娘子添麻煩了。」

蕭靖北一手抱著蕭瑾鈺，一手挎著他的包袱，跟著宋芸娘進堡內，沿著長長的小巷向宋家走去，身後是弱柳扶風般的蕭靖嫻。長巷兩旁的院子裡，時不時有人探出頭來好奇地打量，有相熟的則直接和芸娘打招呼。「宋娘子，妳家來客人啦！」

宋芸娘臉上帶著盈盈笑意，從容地一一回應，蕭靖北目不斜視，緊跟在芸娘身後，只有那蕭靖嫻含羞帶怯地跟在後面，時不時偷偷打量左右，見有幾個男子傻愣愣地看著自己，便紅著臉輕啐一口，越發走得像在風中搖曳的嬌嫩鮮花。

宋家小院裡，宋思年和荀哥兒正在醃蘿蔔，兩人一邊曬著暖暖的太陽，一邊手腳麻利地幹著活，見芸娘推門進來，身後跟著兩大一小三個人，不覺有些詫異。

宋思年忙將蕭靖北幾人迎進正屋，命荀哥兒去倒茶。

「宋大叔。」蕭靖北放下蕭瑾鈺，恭敬地行禮。「小姓蕭，名靖北，字季寧，京城人士。剛剛到張家堡不久，機緣巧合結識了宋娘子。因家母之病，不得不麻煩宋大叔和宋娘子，讓犬子和舍妹來您家小住幾日，感謝宋大叔及宋娘子在我家危難之時施予援手。」說罷，從懷裡掏出一個荷包，恭恭敬敬地遞給宋思年。「這些權作犬子和舍妹的伙食費，還請宋大叔收下。」

宋思年本在感嘆好一個器宇軒昂、風度翩翩的青年郎君，儘管身著粗布衣衫，但神色從容，舉止得體，身上毫無落魄之感，反而自有一身貴氣和威儀，正在心裡暗暗猜測這蕭靖北的來歷，卻見突然遞到身前的荷包，不覺有些手足無措，接也不是、不接也不是。

宋芸娘和荀哥兒一人端了一杯熱茶從廚房走過來，她見狀便將茶杯放在桌上，順勢接過荷包，笑著說：「正好要找安慧姊託人給令堂買藥去，這個錢就先付了藥錢吧。」

蕭靖北忙道：「宋娘子，這是鈺哥兒和靖嫻這些日子住宿的費用……」

芸娘有些生氣，白了他一眼，見蕭靖北愣住，便噗哧一聲笑道：「這裡又不是旅館，還收什麼住宿費？」

蕭靖北有些呆住，只覺得剛才芸娘那一瞥一笑既調皮又俏麗，還帶著幾分風情，他卻不知如何反駁，只愣愣地看著芸娘。

芸娘感受到他的目光，覺得有些耳熱，便掩飾般地扭過身子，去喚已經自來熟地和荀哥兒玩在一起的蕭瑾鈺。「鈺哥兒，芸姑姑帶你去洗臉好不好？你看你的小臉髒兮兮的，手上也都是泥巴。蕭小姐，妳也一起來收拾一下。」

蕭靖北目送芸娘身影消失在門口，卻聽得宋思年清冷的聲音在耳旁響起。「蕭公子，我家芸娘最是單純和善良。她和人交往只憑好惡，不問是非，只說蕭公子是剛遷到張家堡的，聽口音像是京城人，其他的卻俱是不知。她什麼都不問，我這個做父親的卻不能不為她把把關。不知蕭公子是何來歷，為何到了張家堡？」

蕭靖北看著這位面容矍鑠的中年男子，他有著和芸娘一樣清亮的眼睛，神態冷清而淡然。蕭靖北端起茶杯慢慢飲了一口，遲疑了片刻，毅然開口道：「宋大叔，實不相瞞，我們是長公主府僅存的幾口人……前塵往事俱已是雲煙，我們在這張家堡只想重新開始生活。」

「長公主府……」五年前，宋思年在江南為官時，自然曾聽聞長公主府潑天的富貴和權勢，到張家堡後，整日都是埋頭種田、柴米油鹽，哪裡知道長公主府發生了什麼事。不過，既然這蕭靖北說他們是長公主府僅存的人口，又充軍到邊境，想必也是發生了幾乎滅門的慘劇。「唉……」宋思年不禁在心中感嘆，貴為皇親國戚也會招致這般不幸的禍事，自己只是一個小小的知縣，有現在這樣的境地倒也沒有什麼好自怨自艾的了。

蕭靖北和宋思年兩人又簡單寒暄了幾句。宋思年見天色不早，留了蕭靖北用飯，蕭靖北憂心母親的病情，婉拒了宋思年的邀請，囑咐過蕭靖嫻幾句便匆匆離去。

晚上，宋家人在如何安頓蕭靖嫻和蕭瑾鈺時遇到了難題。宋思年將宋芸娘叫到廚房，有些責怪地說：「芸娘，妳做事情太欠缺考慮。昨日妳只說帶一個孩子回來住幾天，怎麼今日又多了一個大人？家裡就兩間廂房，兩個土炕，我房裡的土炕雖然稍微寬一點，但我和荀哥兒睡已經有些擠；妳房裡那個炕本就窄小，多睡一個孩子勉強可以，再加一個大人怎麼擠得下去？」

宋芸娘面色有些凝重，她低沈地說：「爹，不知怎的，我看到他們就想到了當年的我們。當年如果能有個好心人伸手幫我們一把，也許娘和萱哥兒就不會早逝了……」宋思年聞言也面露哀色，他緩緩道：「既然如此，咱們就想辦法好好安置他們兩人吧。」

宋芸娘想了想，將兩條長凳擱到炕邊，上面搭上木板，鋪上被褥，搭了一個小小的床鋪，鈺哥兒看著這新奇的床鋪，倒是樂得在炕上又蹦又跳，折騰了好一陣子才沈沈睡去。

第八章　稻香裡的豐年

秋夜的寒風在北方的曠野上肆虐咆哮，月亮似乎也害怕地躲進了雲層，黑沈沈的天空中，只留下幾顆膽大的星星閃著晦暗不明的微光。遠處的山上時不時傳來幾聲怪異的動物號叫，給這秋夜的曠野更增添了幾分荒涼和可怖。

城牆外的一排茅草屋沒有城牆的庇護，顯得分外孤單和脆弱。呼嘯的寒風　路咆哮著吹來，被高大厚實的城牆擋住，無法繼續吹進張家堡內，便撒氣般地在這一排茅草屋上發洩，單薄的茅草屋在寒風中瑟瑟發抖，茅草屋內，是幾家歡喜幾家愁，眾生百態，各不相同。

此時，屋內最溫暖的是劉仲卿家，屋外咆哮的寒風令他越發抱緊了懷裡的大嫂，不，現在已是他娘子的孫宜慧。他是新來的軍戶中，唯一慶幸來到張家堡的，在這裡，他可以和孫宜慧光明正大地生活在一起，不懼他人的閒言碎語，更沒有沈重的禮教壓迫。室外的寒風拚命敲打著窗櫺，卻無法減弱室內的溫暖和熱情。

徐文軒也睡得很香甜，能幹的徐富貴已經搭好了結實的房屋，購置了全套的家具和生活用品。此刻，徐文軒睡在高床暖枕之上，正作著和父母團圓的美夢。

張大虎也睡得深沈，他白日裡砍了柴，又修了房，累得倒頭便睡，此刻正發出震耳欲聾的鼾聲，和室外咆哮的北風一較高低。

和張大虎一牆之隔的白玉寧，哀怨地看著幾乎快被鼾聲震倒的薄薄牆壁，他忍無可忍，鼓起勇氣踢了幾下牆壁，鼾聲停了片刻，又繼續響起，比之前更響……白玉寧氣苦地用被子蒙住頭，在炕上翻來覆去。

此外，還沒有入睡的，便是蕭家三口人了。

李氏又發出一陣劇烈的咳嗽，白天經柳大夫針灸後病情已經緩解許多，到了夜晚，受了寒風的刺激，李氏又是好一頓咳嗽。蕭靖北忙倒來熱水，餵李氏喝下，又伸手輕輕為李氏撫背順氣；王姨娘則慌著用布擋住窗戶，阻擋從窗子的破縫中鑽進來的寒風。

「四郎。」經過一番咳嗽後，李氏的雙頰潮紅，眼睛卻更加明亮，她愛憐地看著兒子。「真是苦了你了。」

「伺候母親是兒子應當的，是兒子的福分。」蕭靖北緊緊握住李氏的手，似乎生怕自己一鬆手，李氏便會消失。

李氏眼中滿是慈愛和悲苦，她嘴角含著淡淡的笑，輕聲道：「四郎，娘心裡有數，娘這病怕是不好啦，否則的話，鈺哥兒和靖嫻為什麼要慌著避走？」

蕭靖北內心震驚，面上卻不動聲色，他淡然笑道：「母親想到哪裡去了，昨日不是和您說了嗎？主要是擔心秋收之際會有韃子打來，鈺哥兒年紀小，靖嫻又是年輕女子，他二人本是最容易有危險的，提前避到堡裡面去也安全一些。」

李氏輕笑著看著蕭靖北，她對自己這唯一的兒子最為瞭解。蕭靖北為人耿直，不擅作偽，每當說謊言時，眉頭總是輕輕皺起，似在猶豫，又似在深思。

她緩緩抬手摸向蕭靖北的臉，用拇指輕輕撫平他皺著的眉頭。「四郎，你知不知道，娘雖然淪落到這般境地，但是娘的心裡卻歡喜得很……」

蕭靖北聞言驚訝地看著李氏，眼裡滿是不解和疑問。

李氏喘了口氣，接著說：「事到如今，有些事也該對你道明了。」

蕭靖北神色微震，凝神看著李氏，李氏又喘了會兒氣，目光漸漸地飄遠，陷入了回憶之中。

「當年，你父親的原配──你三個好哥哥的親生母親，也就是我的嫡姊李淑琴，她活著的時候，在家裡一直壓著我。她是嫡長小姐，是天上的鳳凰，我是庶出女兒，因生母受寵便一直受到嫡母的忌憚，活得隱忍卑微，恨不得把自己縮成地上的塵埃。」

蕭靖北怔怔地看著李氏，他自記事以來，便覺得母親雍容華貴，淡定大氣，想不到竟有這樣的過往。

李氏歇了一口氣，又接著說：「可李淑琴千好萬好，卻有一樣不好，她命太短，再多的榮華富貴也享受不了。想當年，我姨娘好不容易說服我父親，將我嫁給沐恩伯家的四子，他雖也是庶出，但奮發上進，又和我年貌相當……」李氏臉上浮現淡淡紅暈，似乎又想起了當年那個溫柔的少年。

轉瞬，她面色一冷。「可是，那李淑琴因心思過重，染病難癒，她心知自己命不久矣，擔心旁的人嫁過來會不利自己的三個兒子，便說服我母親將家中妹妹嫁過來作填房。當時，家中唯一沒有訂親的只有我，母親便將我認在她名下，作為嫡女嫁給你父親。

「所有人都道這是我撿了天大的便宜，可我……我卻是極不在乎的。」李氏淡淡說著，面上浮現幾絲冷笑。

「我嫁過來時，你大哥靖東已有十歲，就是最小的靖西也有三歲。婚後五年我一直沒有生養，連長公主都對我多有苛責；後來還是細心的奶娘發現，我的好姊姊留下的心腹居然在我平時保養的湯藥裡下藥，讓我不能生養，免得有了自己的子女後，對你的哥哥們有異心。」

李氏又是一陣冷笑，她喝了口水，接著說下去。「我們識破了他們的詭計，費了千般波折、萬般小心才生下你。我是小心翼翼、戰戰兢兢，和奶娘兩人半步不離你左右。幸好長公主甚是喜愛你，時常命人抱你去她院子裡住上十天半個月，讓那些想害我們的人無從下手。」她愛憐地看著蕭靖北，慶幸自己千辛萬苦守大的兒子已長成了頂天立地的男子漢。她拍拍蕭靖北的手，目光柔和，嘴角帶著欣慰的笑容，轉瞬，卻又沈下了面色，目光也變得冷清。

「你記不記得，五歲那年的春天，你掉入了池塘，差點淹死？」

蕭靖北回憶了下，似乎有些印象，便點點頭。

「我嫁給侯爺後，他一直記掛著逝去的李淑琴，對我們母子兩人都只有淡然。你慢慢長大後，侯爺見你聰慧靈敏，活潑可愛，便開始有些喜愛你。我記得那年春天，你剛剛在侯爺面前背誦了一首長詩，得到侯爺的讚賞，我也十分開心，似乎覺得日子終於有了盼頭。可是，沒過幾天，你就莫名其妙地掉進了池塘裡，幸好被路過的小廝發現救了你，才倖免於難。後來，我命奶娘細細打聽、慢慢追查，最大的嫌疑是你大哥……」

蕭靖北大驚，沒想到母親輕描淡寫的敘述中居然道出了這般驚人的秘聞，他不敢置信地望著李氏。大哥蕭靖東比蕭靖北大十五歲，為人穩重，個性剛毅，處事果斷，在軍中歷練多年，身居要職。蕭靖北對他頗為崇拜，卻沒有想到居然還有這樣的隱情。

李氏冷冷笑了笑。「我知道他們擔心你得父親的賞識，會奪了他們的利益。從那之後，我便常常囑咐你在人前收斂，不可露才，作出平庸的樣子，侯爺慢慢對你不再關注，你的哥哥們也對我們放了心。」

李氏的一番話徹底揭開了遮掩在蕭家父子、兄弟關係上的最後一層面紗。蕭靖北一直感覺到父親不喜自己，幾個哥哥對自己也只是表面有禮，實則冷淡，只有長公主十分疼愛他這個最小的孫兒。小時候，自己一旦才華外露便會受到母親的責罵，時間長了，他便也慢慢變得沈默內斂。長大後，幾個哥哥都在軍中任要職，只有自己在京城的五軍營任著閒散職務，平時便乾脆和京城的幾個侯門公子一道走雞鬥狗、聲色犬馬……因為他發現，自己越在外無所事事，家裡就越平靜，越相安無事。

李氏沈默了片刻，突然發出了嗤嗤的笑聲，在呼嘯著寒風的夜裡，襯著忽明忽暗、微弱的煤油燈光，有些可怖，她語帶嘲諷地冷笑道：「他們父子平時不論謀劃什麼都將我們母子撇在一邊，你的幾個好哥哥更是對你百般防範；現在倒好，家裡出了大事，唯一乾淨的居然只有我們母子……」

蕭靖北痛苦地看著臉上泛著不正常潮紅的李氏，啞聲說：「娘，不要說了，過去的事情就讓它過去吧……」

李氏面上越加興奮。「四郎，這些話憋在我心裡好久了，不說心裡難受，說出來我也鬆快些；總不能把這些秘密帶到棺材裡去，也要讓你明明白白。」說罷又是幾聲咳嗽。

蕭靖北剛聽聞了驚人的秘密，現在見母親神色疲憊憔悴，眼睛卻明亮，閃著亢奮的光芒，很是心痛，他柔聲安慰。「母親，來日方長，您累了，早些歇息吧，不要再說了。」

李氏倔強地說：「你讓我說完。」她越說越興奮，越說眼睛越亮。「當時，蕭家眾人只有你是乾乾淨淨，和他們謀劃的事情毫無干係，長公主和皇后娘娘以自己的性命換取皇上的憐惜，求得保住蕭家一支血脈。我不管他們是真謀反還是受冤屈，我只知道他們當年那般防範我們母子，生怕你嶄露頭角，千方百計壓制你，甚至想謀害你的性命，現在卻也只有我們得以保全……」

李氏說著說著，便低低地笑了起來，笑到後來卻帶了哭音，最後又是一陣咳嗽。

蕭靖北手忙腳亂地給李氏倒熱水，王姨娘也固定好了遮窗布，結束了和室外寒風的鬥爭，抹著眼淚走過來給李氏撫背，邊哭著說：「姊姊，妳不要憂心，柳大夫說了妳這病可以治好，妳要靜心養病，不要東想西想才是。」

李氏緩過了氣，讓王姨娘將自己的夾襖取來，顫抖著手將內側拆開，只見裡面藏著幾十顆大小不等、品質上佳的各色寶石和珍珠。

蕭靖北和王姨娘均目瞪口呆，想不到抄家時那樣匆忙，李氏居然可以做這樣的準備。

李氏喘著氣說：「我本來報了必死的決心，所以什麼也沒有準備，誰知後來事情有轉機，我來不及準備別的，只能將自己首飾上的珠寶拆下，縫在這件夾襖裡面。」她癡癡看向蕭靖北，面有哀色。「四郎，你就拿著這些珠寶，在這裡好好活下去；若娘的病治不好，就不要浪費錢了，給娘買一口薄棺材就行了……」

王姨娘聞言越發捂著嘴痛哭。蕭靖北咚的跪下，眼裡閃著淚光。「娘，兒子無論如何都會醫治好您的，咱們一家人要在這邊境好好活下去，您一定要有信心！」

李氏顫抖著伸出手，摸了摸蕭靖北的頭，欣慰而自豪地看著他，慈愛地說：「四郎，娘相信你的能力和才幹，不用繼續隱忍，不用刻意守愚，好好在這邊境闖出一片天地來！」

一夜的寒風呼嘯後，第二天是一個大好的晴天。

一大早，宋芸娘穿上幹農活的青色窄袖褙子和青黑色長褲，腰繫藍色的短裙，頭髮簡單盤在頭上，包上一塊藍底碎花的頭巾，便是一個乾淨俐落的年輕農婦。她扛著扁擔、鐮刀等工具，鬥志昂揚地向張家堡外的農田走去。

湛藍的天空萬里無雲，太陽高高掛在天空，溫暖地照耀著這片廣袤的大地。一派秋色正籠罩著遠處的青雲山，滿山秋色斑爛，近處的飲馬河靜靜流淌著，無聲地滋潤著兩岸那一片片成熟的稻田。宋家的稻田裡，一株株成熟了的稻穗已經彎下了腰，在徐徐吹來的微風中輕輕點著頭。

此時，一些田裡已經有軍戶們正在收割，他們彎著腰，手持鐮刀麻利地割著稻子，身影在金黃的稻田中時隱時現。

宋芸娘捲起袖子，也加入割稻子的隊伍；只不過，別家的田裡最少都有兩、三個人，多有五、六人一起並肩勞作，只有宋芸娘是一人奮戰。

宋芸娘埋頭一下下地割著稻稈，汗珠一顆顆順著額頭、臉頰滴在稻田裡，衣背早已濕透。她的身體是疲憊的，心情卻是愉悅的，她邊割邊在心裡盤算著，今年的稻子要比往年長得好，稻穗又大又多，看樣子可以收近二十石的稻子，王大人又減了一石的稅糧，夏天的時候家裡收的小麥已經交了兩石的稅糧，交了稅糧後還有餘裕……芸娘越想心裡越開心，越開心便覺得渾身充滿了力量，手下的動作便也越麻利。

「宋娘子——宋娘子——」宋芸娘隱隱聽得似乎有人在叫自己，她伸直腰，順手捶了捶彎得有些僵硬的背，看到田埂上張二郎頭戴斗笠，手持鐮刀，邊喚自己邊向這邊走來。

張二郎有些憐惜地看著芸娘，輕聲道：「宋娘子，怎麼就妳一個人在收割？一個人怎麼割得完？正好我家裡的割得差不多了，兩個姪兒正在田裡忙著，不如我幫妳收割吧？」

宋芸娘微微一愣，她看著張二郎充滿誠意的笑臉，腦中快速地想著如何婉拒的藉口，匆忙間卻只找到了最拙劣的一個。「多謝張小哥，我家已經請好幫手了，他馬上就到。張小哥你家裡田多，不要耽擱時間，快去忙吧。」

張二郎抬頭望了望天，有些疑惑地問：「現在已近午時了，你們家請的什麼幫手，居然到這個時辰都沒有來？」

宋芸娘支支吾吾地說：「他……他有些忙，馬……馬上就到。」見張二郎不置信地看著自己，眼中還有著些許難堪和受傷，芸娘似乎覺得此刻的汗流得比幹活時還要多。

正有些著急之時，芸娘看見遠處沿著田埂慢慢走過來一高一矮、一大一小兩個人，小的那個胳膊挎著一個小籃子，瘦小的身上套著有些大的衣袍，是給自己送飯的荀哥兒。高大的那名身形熟悉，只是在正午強光的照耀下，臉有些看不大清，隨著他們一步步地走近，高大男子的面容慢慢清晰，他有著深邃的輪廓，俊美的五官，陽光照在他高大的身上，形成一道金色的光圈，襯著他英武不凡的身姿，好似天神般降臨在這裡。

宋芸娘怔怔地看著越來越近的兩個人，喃喃喊了一聲「蕭大哥」，突然眼睛一亮，興奮地叫道：「你看，我請的幫手來了。」

秋日正午的太陽正在散發著它最後的威力，陽光下的稻子有些快快地垂著頭，幾隻小鳥落到稻穗上開心地啄著稻粒，卻被正在稻田裡割稻子的人們揮刀驅趕，只好撲著翅膀慌亂地飛起，在天空盤旋著，伺機再飛下來跑餐一頓。

田埂上，蹲了一高一矮、一男一女兩個人，宋芸娘毫無形象地端著碗大口吃著，身旁的蕭靖北也像宋芸娘一樣屈膝蹲著，姿態卻比她優雅許多。他時而扭頭瞟一眼埋頭苦吃的芸娘，時而又將目光投向面前那片金色的麥田。一旁的稻田裡，荀哥兒正蹦蹦跳跳地捉著蚱蜢，時不時發出一、兩聲雀躍的歡叫。

「蕭大哥。」宋芸娘吃完飯，將碗放回籃子，好奇地問：「你怎麼會來這裡，還和荀哥兒一起來？」

蕭靖北愣了下，有些不自然地說：「我想著到明年我家也要種田了，可我對農事一竅不通，所以今日有時間就來田裡看看……我剛剛去妳家看了看鈺哥兒他們，正好碰到荀哥兒要給妳送飯，便和他一道過來了。」

宋芸娘看著放在籃子上的一把鐮刀，扭頭笑咪咪地看向蕭靖北。「哦，只是看看而已，怎麼還帶了一把鐮刀來啊，是要親自演練演練嗎？」

蕭靖北垂下眼簾，微微側過頭，小麥色的臉上居然也有些發紅。「是……是要提前學熟。」

宋芸娘心中暗笑，面上卻裝作惋惜的樣子。「哦，原來是來學習的啊，只是我家的稻子矜貴得很，可不能給你瞎練習，沒得都割壞了；不如你去旁邊田裡問問，看看有沒有哪家願意給你練習的？」

蕭靖北面色大窘，越發的面紅耳赤。宋芸娘看著他微微發紅的臉頰和耳垂，不覺在心中偷笑。剛剛走過來的荀哥兒剛好聽到了兩人的對話，忙叫道：「姊姊，人家蕭大哥聽說妳一人在割稻子，特意過來幫忙的，妳就別為難他了。」

宋芸娘瞪了荀哥兒一眼，他笑嘻嘻地吐了吐舌頭，將籃子裡的鐮刀遞給蕭靖北，嬉皮笑臉地說：「蕭大哥，我先回去了，田裡的事就有勞蕭大哥了。」說罷就撒腿跑開了。

宋芸娘在前面割著稻子，蕭靖北在一旁有模有樣地學著，不一會兒就有些熟練了。兩人不言不語，埋頭幹活，一下午的時間居然割了三、四畝地的稻子。

此時，太陽已快落山，三三兩兩的軍戶們挑著割好的稻子，向堡裡走去。張二郎和他的兩個姪兒路過芸娘家的田，笑著和他們打招呼，張二郎看見宋芸娘和蕭靖北兩人有默契地收拾著割好的稻子，眼裡閃過一絲落寞，他輕輕搖了搖頭，放下心中最後一絲不捨，跟著兩個姪兒離去。

宋芸娘和蕭靖北一邊捆著割好的稻子，一邊輕鬆地說著話。宋芸娘看著蕭靖北纖長優美的手指，笑著說：「蕭大哥，沒想到你這拿慣了刀劍、握慣了筆桿的手，拿起鐮刀來也挺有那麼回事，居然快趕得上我這個老手的速度了！」

蕭靖北奇道：「妳怎麼知道我會刀劍，擅書寫？」

宋芸娘笑道：「這還看不出來，你手上的繭都告訴我了呢。」

蕭靖北翻著手掌看看，也有些失笑，覺得自己怎麼在宋芸娘面前就像是變笨了一樣。宋芸娘看著他呆愣愣的樣子，越發笑得燦爛。

兩人挑著捆好的稻子，一前一後沿著田埂往張家堡走去。蕭靖北呆呆看著走在前面的宋芸娘，兩大捆稻子壓在她單薄的肩上，她卻仍然身姿搖曳地穩穩走著，步履輕盈優美，便很有些吃驚她纖弱的身體裡怎會有這麼大的力量，他覺得自己越接近宋芸娘，就越充滿了驚奇和敬佩。

宋芸娘有了蕭靖北這個得力的幫手，效率自然大大提高了，四、五天的工夫便將稻子收完了，又花了兩、三天的時間脫粒去殼，收完後量了一下，有二十多石的稻穀。

北方邊境土地貧瘠，天氣旱寒，災多收少，每畝能夠收上一石便屬難得。有時候，好不容易收好了糧食，卻又遇上南下搶掠的韃子，一不小心還要落個糧搶人亡。今年天公作美，風調雨順，宋思年又費心耕種，有了難得的豐收，而且一直到稻子收完，都沒有聽到韃子入侵的消息，宋芸娘只覺得是萬事諸順。只盼著宋思年的腿傷快快痊癒，荀哥兒能夠恢復記憶、繼續讀書，那便真的再沒有什麼可以憂心的了。

收完了自家的稻穀，抽時間去旱地播種了冬小麥，宋芸娘又去幫柳大夫收糧。柳大夫去年剛到張家堡，只種了二十畝粟米。他分得的田地大多十分貧瘠，再加上平時也不會伺弄，故此糧食長得很不好，有幾畝地甚至顆粒無收，最後一共只收了四、五石。好在柳大夫還處於不用交稅糧的頭三年，芸娘想著，反正自己家今年收的糧食多，到時候分給柳大夫一些，或者直接讓柳大夫來自己家裡吃飯也行。

傍晚時分，張家堡家家戶戶升起了裊裊炊煙，空氣中瀰漫著誘人的飯香。宋家的小廚房裡，宋芸娘將香噴噴的白米飯從鍋裡盛出來，小心地鏟起鍋裡留下的一層薄薄鍋巴，在鍋壁刷上一層薄薄的油，再將鍋巴翻個面放進去，用小火炕著。蕭靖嫻坐在灶旁一邊添著柴火，一邊輕輕和芸娘聊天。

「芸姊，我什麼都不會幹，老是給你們添麻煩，不如妳教我做點什麼吧？」

宋芸娘撇了撇嘴，心道：我的大小姐，我還敢教妳什麼啊？教妳織布，把我的織布機弄壞了；教妳做飯，飯燒糊了；教妳做菜，家裡的鹽都被妳用光了，菜也無法下嚥……

她見蕭靖嫻還在一個勁地添柴，忙阻止她。「靖嫻，咱們是用小火炕鍋巴，妳再加柴，那就不是鍋巴，直接就變成焦炭了。」

蕭靖嫻有些不好意思地站起來，雙手在裙子上擦了擦，訕訕道：「芸姊，我不知道啊，妳也沒有提醒我……」

宋芸娘心想，得了，又是我的錯，不論妳做錯了什麼，最後都是「沒有教妳」、「沒有提醒妳」的我的責任。她看著穿著自己粗布襦裙的蕭靖嫻，纖弱的身子怯怯地站在那裡，白嫩的臉上還沾有一小塊炭灰，不覺心一軟，嘆了一口氣，緩聲道：「這裡沒有什麼事情了，妳去洗把臉，咱們馬上就有香噴噴的鍋巴吃了。」

正屋裡，宋思年和柳大夫正飲著茶，高談闊論；院子裡，荀哥兒和鈺哥兒正你追我趕地玩著遊戲，宋家小院難得的充滿了歡聲笑語。

「鍋巴好嘍！」宋芸娘笑嘻嘻地端著一盤焦香撲鼻、金黃誘人的鍋巴從廚房裡走出來，荀哥兒和鈺哥兒都眼睛一亮，咚咚咚地跑到芸娘面前，仰著頭，眼巴巴地看著她。

宋芸娘看著他們黑一塊、白一塊的小臉和髒兮兮的小手，忍住笑嚴肅地說：「快去洗臉洗手去，洗不乾淨不准吃！」

兩個孩子又競賽似地跑去洗手洗臉，鈺哥兒邁著小短腿跟在荀哥兒身後，嘴裡不停地喊著。「荀哥哥，等等我。」便又聽到荀哥兒沒好氣的聲音。「跟你說多少遍了，不准叫我荀哥哥，要叫荀叔叔。」

宋芸娘見天氣晴好，便在院子裡搭起桌子，準備在院子裡吃晚飯。兩個孩子早已洗好了手臉，此時站在桌旁，一塊接一塊地吃著薄脆透酥的鍋巴，一時只聽得「嘎叭嘎叭」的聲音此起彼伏。

宋芸娘正收拾著桌子，聽到院門嘎吱一聲被推開，見蕭靖北扛著一大塊肉大步走了進來。這段日子，蕭靖北一改初見時的頹廢和疲態，顯得又精神、又抖擻，雙目炯炯有神，全身散發出一股英氣和銳利。

鈺哥兒撒開腿跑過去，開心地叫道：「爹來啦，爹來啦！」

蕭靖北柔柔看著芸娘，笑著說：「今天砍柴時順便獵了隻麅子，晚上加道菜。」語氣輕鬆自然，好似丈夫在同妻子交代。宋芸娘感覺到這語氣的不適宜，便微紅著臉轉身走進廚房。蕭靖北呵呵笑著，跟隨著芸娘將麅子肉扛進廚房。

蕭靖北走出廚房後，看到一直像尾巴般跟著自己的鈺哥兒，便彎腰抱起了他，柔聲問：「鈺哥兒，今天在這裡聽不聽話？」

鈺哥兒點點頭，又大又黑的亮眼睛一眨不眨。「我很聽話，荀哥哥都誇我呢！」

荀哥兒便又在一旁不耐煩地說：「是荀叔叔，荀叔叔，不是荀哥哥。」

蕭靖北皺起了眉頭。「鈺哥兒，以後不能叫荀哥哥，要叫荀叔叔，不然輩分不對啊！」

鈺哥兒看著父親，似懂非懂地點著頭。

芸娘剛從廚房裡走出來，不在意地說道：「什麼輩分不輩分，又沒有血緣關係。我看他們倆年歲差不多，叫哥哥也沒有什麼關係！」

蕭靖北聞言愣住，他輕輕放下鈺哥兒，沈默了一會兒，突然低沈地說：「宋娘子，過兩日我便要去邊墩駐守了。」

宋芸娘愕然看著他，心中咯噔一下，湧上一股說不出的難受。蕭靖北接著說：「家母多虧柳大夫開的藥，再加上他日日針灸，現在已經好了很多，我想在走之前將鈺哥兒和靖嫻接回去。」

「四哥，我們可以不回去嗎？」蕭靖嫻不知什麼時候出現在院子了，突然出聲問道。

蕭靖北皺起眉頭。「我們打擾宋娘子他們家這些時日，已經很不好意思了，怎麼妳還這麼不懂事？我馬上就要長時間不在家，家裡就只有母親和姨娘兩人，妳不回去為她們分擔，待在這裡幹什麼？」

蕭靖嫻咬著唇，淚珠在眼眶裡打轉，她面色蒼白，嘴唇顫抖著。「四哥，如果你走了，家裡就我們三個女人和鈺哥兒，不是更危險嗎？一旦遇到韃子或其他什麼壞人怎麼辦？住在堡裡豈不是要安全些？我答應你，每日白天回去照看，好不好？」她又可憐兮兮地看著宋芸娘。「芸姊，妳讓我們多住些日子好不好？」

宋芸娘一時語塞。

蕭靖北氣道：「宋娘子和我們非親非故，又沒有血緣關係，照顧了你們這麼長時間已是不易，妳還要麻煩她？」不知為何，他居然帶著惱意將宋芸娘剛說的「沒有血緣關係」又重複了一遍，說完後又是後悔、又是懊惱，卻也無法再收回，只好呆呆站在那裡。

芸娘本性善良，一向與人為善，卻不知為何始終無法和年歲相當的蕭靖嫻成為交心的朋友。她記得那日在蕭家時蕭靖嫻明明是個刁蠻任性、氣勢逼人的大小姐，怎麼當有求於自己時便成了怯怯弱弱、可憐兮兮的小姑娘。

這些天宋芸娘夜夜蜷縮在隨意搭製的木板床上，早起腰痠背痛，還要下田幹活，蕭靖嫻見了也沒有任何表示，讓芸娘有些意冷。而且，她也認為蕭靖嫻在蕭家最需要她的時候，居然打算留在這裡，而不是回去照顧母親，很是奇怪和不妥。若只留下鈺哥兒自是毫無問題，但繼續留蕭靖嫻卻是有些說不過去，故此實在是無法開口說出挽留的話語。

三人各有心事，都各自沈默著。鈺哥兒早已從父親懷裡掙脫下來，此刻正和荀哥兒愣愣地看著僵持住的三個大人，嘴巴裡含著的鍋巴也忘了嚼。

「蕭四郎，讓令妹和鈺哥兒在這裡多住些日子也行，令妹的顧慮也有道理，時屬多事之秋，除了韃子，還有匪患，堡外也確實沒有裡面安全啊！」宋思年和柳大夫不知什麼時候已停止了高談闊論，一起走出正屋，適時打破了僵局。

「對，對。」柳大夫也跟著說：「令堂的病雖有好轉，但離徹底好透還有一段時日，多待一段時間也比較保險。」

蕭靖嫻聞言面有喜色，看到蕭靖北晦暗不明的臉色，忙掩飾住自己的笑意，又小心翼翼地看向宋芸娘。

芸娘心中暗嘆一口氣，只好開口道：「蕭大哥，我爹和義父他們說的都很有道理，就讓靖嫻和鈺哥兒住在這裡吧。你家裡的事情不要太憂心，我一有時間便去照看。」

蕭靖北神色微動，靜靜看著宋芸娘清澈如溪水般的眼眸，不覺有些癡住。突然感覺衣袍被輕輕扯動，低頭看去，卻是鈺哥兒仰著頭可憐兮兮地望著自己，軟軟地說：「父親，就讓我在這裡多住些日子，好不好？我可喜歡芸姑姑和荀哥哥，不，是荀叔叔了。」

宋芸娘燒了一大鍋麅子肉，還沒出鍋，誘人的香味便飄滿了小院，鈺哥兒和荀哥兒不斷吞著口水，眼巴巴地在桌邊等著。

宋芸娘盛了一大盆端到桌子上，又單獨盛了一大盤讓荀哥兒給隔壁的張氏送過去，自己則繼續去廚房炒幾個小菜。

「來來來，快嚐嚐這麅子肉，好久沒有吃過這種野味啦。」宋思年拿出珍藏多時的酒，熱情地招呼著柳大夫和蕭靖北。

柳大夫嚐了一塊肉，又喝了一口酒，美得瞇起眼睛。「老夫有口福啊！一是感謝蕭四郎威武，獵來肉鮮味美的麅子；二是感謝我義女好廚藝，煮得如此美味；三嘛，則是感謝你宋老弟的好酒嘍！」

一桌子的人俱都大笑，一起開懷暢飲，大口吃肉，小小的鈺哥兒更是踩著凳子、趴在桌上吃個不停。院子裡充滿了歡聲笑語，歡樂傳進廚房，正在燒菜的宋芸娘也露出了幸福的笑容。

院子裡吃得既歡樂又熱鬧，院門突然被推開，一個體態窈窕、面容俏麗的少婦走了進來，卻是許安慧。

「喲，好熱鬧啊。」許安慧邊笑邊走了進來，手裡提著宋芸娘託她幫李氏買的藥。宋思年忙招呼許安慧。「快，嚐嚐這麅子肉，肉鮮味美，很是可口。」

許安慧嚐了一小塊肉，自是又大讚了幾句，看到蕭靖北，便問道：「蕭四郎，上次那藥你母親吃得如何？這次的藥仍是在那家藥鋪買的，他家在靖邊城是老字號。」說罷，將手中的藥包遞給蕭靖北。

蕭靖北忙謝著接過，許安慧又從懷裡掏出荷包，數了十幾枚銅錢遞給他。「這是買藥多的錢。」蕭靖北自是推辭不受，許安慧笑道：「我只是受芸娘之託給你帶藥，可不是賣藥的，不好多收你的錢啊！」

蕭靖北推辭了半天，最後只好將錢給了荀哥兒，笑著說：「這多的錢就給荀哥兒吧，你想吃什麼便去鋪子裡買。」

宋思年聽了卻不允。「蕭四郎，荀兒還小，怎可以給他錢，若染上了亂花錢的習性可不好。」

蕭靖北還未語，許安慧卻笑了。「宋大叔，你還能有多少錢可以給荀哥兒亂花啊？我們荀哥兒可是好孩子，你蕭大哥既然給你，你就好好收著，想買什麼紙呀、筆呀的……」她怔了怔，想起荀哥兒失憶的事情，便忙改口。「想買什麼好吃的、好玩的，就去買。」一旁的鈺哥兒也跳著說：「我也要好吃的，我也要好玩的。」

荀哥兒小心翼翼地接過錢，又摸摸鈺哥兒的頭，做出一副小大人的模樣，豪氣地說：「好，你想要什麼，叔叔給你買！」

一旁的宋思年他們俱都大笑。

許安慧走進廚房，見低矮暗沈的廚房裡，蕭靖嫻坐在一旁的小桌子邊獨自吃著，宋芸娘則還在鍋前忙碌。蕭靖嫻看到許安慧進來，有些尷尬地放下碗，起身向她行禮。許安慧略微還了禮，心疼地責怪芸娘。「芸娘，妳也坐下吃吧，妳也是個弱女子，怎麼就像鐵打的，不會累似的？」

宋芸娘用袖子擦擦額上的細汗，不在意地搖搖頭。「沒事，我把這個白菜炒好就行了。」

許安慧想著這男男女女、老老少少一大家子的人，卻只有宋芸娘一人在忙碌，便在心裡微微嘆了口氣，想了想，又換上笑臉。「芸娘，好消息，昨日見到錢夫人，她說上次做的面脂和手膏都極好，過些時用完了還要呢！」

第九章　交糧時的風波

收成之後，便又到了交稅糧的時日。

這日，宋芸娘用板車拖了兩石多稻穀去糧倉交稅糧，糧倉那裡已經站了幾十名軍戶排隊等著納糧。今年風調雨順，大多數軍戶的收成都不錯，再加上王大人之前說過了每戶減一石，故此大家俱是喜氣洋洋。

「劉大人，你搞錯了吧，我交的糧明明夠了，我可是在家裡量好了才來的，你怎麼說我還不夠呢？」前面傳出了一個軍戶憤怒的聲音，宋芸娘他們面面相覷，搖頭苦笑，心知每年交糧時的固定戲碼又要上演了。

果然，就聽到副千戶劉青山細細的、慢條斯理的嗓音。「誰說你交夠了？你家夏天收麥時交了三石，現在還應交兩石，這才一石都不到……」

那名軍戶氣得大嚷。「城牆修好那日，王大人明明說參加修城牆的每戶減一石稅糧的。」

劉青山不疾不徐地說：「王大人說的嗎？我怎麼不知道？他沒有交代我啊？口說無憑，沒有文書什麼的怎麼算數？」

宋芸娘等人聽了十分氣憤，心道這劉青山真真是厚顏無恥，一些軍戶七嘴八舌地吵著。

「王大人那日明明說了的，我們都聽見了，走，我們找王大人去。」

劉青山冷冷哼了一聲。「王大人去宣府城了，沒有十天半個月回不來，走之前交代我三天內收齊稅糧。咱們的將士們正在和韃子作戰，你們還想拒交稅糧，耽誤了軍務，小心斬頭！」

劉青山身後站著幾個高大威猛的男子，都是他養的家丁，此時也都虎著臉喝道：「還吵什麼，還不趕快交糧。」

一旁的軍戶們雖然義憤填膺，可也心知官官相護，胳膊扭不過大腿，又想著反正今年收成好，多交一石就多交吧，於是都唉聲嘆氣地回去取不夠的糧。宋芸娘雖然知道這劉青山每次收糧都要多收一些，故此特意多備了些糧，可想不到他居然厚顏無恥地要多收一石，便也只好跟著回去取糧。

到收糧的時候，劉青山他們又玩起了「淋尖踢斛」的老把戲。

朝廷規定，用斛作為收糧的計量工具，在納糧的時候，本是要用一塊木板刮平斛面，避免尖斛入倉、多收百姓糧米的。但是收糧的時候，各地的收糧官員卻不會認真照做，他們往往將每斛加至三、四指高，刮下的餘米則收入官堆，歸自己所有，這即是所謂的「淋尖」；所謂「踢斛」，則是在將米放入斛斗後，倉官踢動量斛，使糧米之間的空隙減少，以便裝更多的糧食，同時將多餘的部分踢出來，而刮出和踢出去的部分，就以耗損的名義成了官員的合法收入。

「淋尖踢斛」已經成了各地收糧的固定把戲，交糧的軍戶和民戶們俱是敢怒不敢言，只能自認倒楣，回家再取糧送過來。

貪得無厭的劉青山，剛剛訛得每戶軍戶多交一石糧食也就罷了，現在居然還要玩「淋尖踢斛」的把戲，看著第一個交糧的軍戶哭喪著臉回去取糧，宋芸娘忍無可忍，她眉頭一皺，計上心來，轉身拖著糧回家，之後就直接去了防守府。

防守府在張家堡的中間位置，很是高大威武。此時，門口一左一右立了兩名高大的兵士，見到宋芸娘站在門口，便大聲呵斥。「幹什麼的？王大人不在，有事情過十天半個月再來。」

宋芸娘心道：劉青山這回倒是沒有說謊，這王防守果然不在府裡。她臉上帶了笑，對其中看上去和善一些的一位兵士說：「兵大哥，我不找王大人，我找王防守的夫人。」

「妳找錢夫人？」這位兵士上下打量著身穿麻布衣的宋芸娘，面帶疑惑。

芸娘笑著說：「這位大哥，麻煩你向錢夫人稟報一聲，就說做面脂的宋娘子求見。」說著，悄悄上前往他手裡放了幾枚銅錢。

兵士掂了掂手裡的銅錢，好奇地掃了她一眼，還是轉身進去稟報。不一會兒，出來對宋芸娘說：「妳隨我進去吧。」

宋芸娘於是第一次踏入防守府。這防守府雖然比不上父親在錢塘的官衙，但在軍堡眾多低矮破舊的小房子的襯托下，也顯得格外威武挺拔。

穿過幾道門，到了後宅，兵士不好再繼續前行了。一個四十多歲的婆子正站在門口，見到宋芸娘，問道：「可是做面脂的宋娘子？請隨我來。」

宋芸娘隨著婆子又穿過一道垂花門，經過一、兩個小院，只見院子裡種著一些花花草草，佈置得還算雅致。婆子領著宋芸娘來到最裡面一進的院子裡，走到正屋門前，門口垂著厚厚的深紅色門簾。婆子示意宋芸娘等在門口，自己進去稟告。不一會兒，只見門簾掀開，一名俏麗的丫鬟伸手掀著簾子，笑著說：「宋娘子，快請進。」

宋芸娘走進房間，裡面暖意融融，雖沒有入冬，卻已擺上了炭盆；地上鋪了絨毛線毯，堂前擺放著一張花梨木的桌子，上面安放著一座做工精緻的大理石屏風，旁邊的太師椅上端坐一位容貌端莊、面容可親的少婦。她身著精緻的華服，盤著高高的髮髻，上面插著幾支精美的金釵。高高的髮髻下，是一張喜氣的圓臉，眼睛又大又圓，臉上帶著盈盈笑意，應該就是王防守的夫人錢氏。錢夫人身後一左一右立了兩個丫鬟，身邊還站著幾個丫鬟和婆子，屋內人俱都好奇地看著宋芸娘。

宋芸娘從小也是富貴堆裡養大的，見慣了富豪之家的大場面，見到這樣的場面倒也不怵。她輕輕走上前，盈盈跪拜道：「民女宋芸娘，拜見錢夫人。」

錢夫人虛扶了一下，淡淡道：「宋娘子，請起吧。」

宋芸娘起身，垂首肅立在一旁。錢夫人抬眼端詳了宋芸娘一會兒，面露驚豔之色。「好一個水靈的小娘子。宋娘子的皮膚白裡透紅，吹彈可破，真是讓人羨慕啊。」她伸手摸了摸自己的臉。「我用了宋娘子做的面脂之後，也覺得皮膚好上許多呢！」

宋芸娘忙謙虛。「那是錢夫人您天生麗質，皮膚底子好。」

錢夫人微微笑著。「不知宋娘子找我有何貴幹。」

宋芸娘便說：「昨日聽鄭總旗的夫人說您覺得上次的面脂用得好，還想再要，能得錢夫人肯定，民女覺得受寵若驚，下次一定更要盡全力做好；只不過，每個人的膚質有差異，面脂的製作也應因人而異，故而想問問夫人有什麼其他的要求，民女下次好特別為您製作。」

錢夫人聞言越發笑得開心。「上次的就極好，就照著上次的做吧。」

這錢夫人本是宣府城一名千戶的嫡女，嫁給王遠後一直住在王家在宣府城的老宅裡。王遠幾年前到張家堡任職後，她嫌張家堡條件艱苦，一直不願意搬過來，後來見王遠一個小妾接著一個地抬進門，不久前便從宣府城搬了過來，想不到還是管不住王遠的心，居然又讓他納了第四個小妾。

錢夫人本就心急上火，再加上張家堡氣候比宣府城惡劣許多，更加乾燥和寒冷，她住了幾個月便皮膚枯燥，嘴唇乾裂。用了宋芸娘的面脂後，皮膚狀況緩解了許多，她心情轉好，氣色自然也變好，連王遠都多進了她房裡幾次。

錢夫人想了想，又問：「妳除了做這些面脂、手膏之類的保養品，還會做別的嗎，什麼髮膏、胭脂、口脂之類的？」

宋芸娘沈吟了片刻，顯出為難的樣子，低聲說：「也不是不能做，只是民女精力有限……」

錢夫人忙問：「有什麼為難的嗎？」

宋芸娘輕聲說：「民女家中只有老父和小弟，不久前都在修城牆時受了傷。民女父親本來病情已好轉，只是這兩日又加重了，民女又要忙著照顧父親，又要趕著多織些布貼補家用，所以精力有限。」

錢夫人嘆道：「妳一個柔弱女子，擔負家裡那麼多壓力，也是難為妳了。妳父親既然有病，便快些診治啊，一會兒我讓胡醫士去妳家看看。」

宋芸娘掏出手帕擦了擦眼角，帶了些哽咽。「民女父親的病是心病，不好診治。」

「哦，是什麼心病，說來聽聽。」錢夫人饒有興趣地問著，她天天待在內宅，百無聊賴，最喜歡聽些家長裡短的事。

宋芸娘假裝為難地遲疑了片刻，她看了看四周立著的同樣好奇的丫鬟。「這件事情有些不好啟齒，而且也不好讓更多的人知道……」

錢夫人興趣更濃，她示意周圍的丫鬟、婆子們退下，柔聲說：「沒事，說出來說不定我可以幫妳呢。」

宋芸娘小心翼翼地抬眼看了一下錢夫人，忙垂下眼，好似鼓起勇氣般地說：「事情是這樣的，聽我父親說，當日城牆修好的時候，王大人曾許諾參與修城牆的軍戶每戶減一石稅糧；可交稅糧的時候，收糧的劉大人卻說沒有這回事，軍戶們都十分氣憤，說要找王大人評理。我父親最是膽小，心痛家裡要多交一石糧食；又害怕若軍戶們鬧起來，會牽扯到自身，逃不了干係；又擔心軍戶們若因此事寒了心，以後無心征戰，萬一韃子打來，張家堡有危險，所以前思後想，病情便加重了……」

宋芸娘嘴裡輕聲細語地說著，心裡卻在忐忑，畢竟對這錢夫人還不瞭解，不知能否達到想要的目的。她一邊說著，一邊抬眼偷偷打量錢夫人的神色，卻見錢夫人沈下臉，怒火越來越盛。

「好大膽的劉青山！」錢夫人面色一寒，用力拍了一下桌子，氣得站起來。「老爺許下的承諾豈是他可以隨意抹掉的？就是這一幫大膽的滑吏，害老爺名聲有損。」她提高聲音喊了一個丫鬟進來。「秋杏，去請劉青山大人過來，就說老爺走得匆忙，有幾句話忘了交代他，託我轉述。」

語罷，錢夫人又看向宋芸娘，面上露出若有所思的神情，緩緩道：「宋娘子，妳……妳很不錯。」想了想，又似笑非笑地說：「我解決了妳的難題，現在，妳便有精力做我需要的東西了吧！」

錢夫人親自出馬，劉青山自然不得不買帳。只是他真的以為是王遠臨走前囑咐了錢夫人，心裡少不了又將王遠痛罵了一頓，哪裡知曉是一名小小的女子起了作用。

次日，宋芸娘去交稅糧。昨日，劉青山已經被錢夫人逼著將多收的一石糧食退給了交糧的軍戶。今日交糧的軍戶們早已聽聞了昨日的事，此刻都喜笑顏開，排隊等候時，便輕鬆地聊著天。

「你們知道嗎？往年這個時候韃子都會來騷擾一、兩次，今年韃子怎麼沒有來？」一個軍戶問道。

「為什麼？」一旁的軍戶都好奇地問。

「其實韃子前些時候已經去了幾個村堡搶劫，不過遇上了咱們的周將軍，打得韃子落荒而逃，周將軍還率軍追著韃子打了幾百里，把韃子趕回老家去了。要我說，咱們梁國要是多幾個像周將軍這樣厲害的武將就好了。」

其他的軍戶們紛紛點頭贊同，臉上現出敬佩之色。

這些年梁國的武將大多軟弱，在刁悍凶殘的韃子面前，只敢被動地躲在城堡裡防守，哪敢主動出擊。這麼多年也就出了一個周正棋，敢於反其道而行，追著韃子玩命地打，這種不怕死的打法恰恰能將韃子打得潰敗。

周正棋機智勇猛、善於排兵布陣，又治軍嚴謹、善於帶兵，他手下兵將個個武藝高強，能征善戰。只是他出身低微，本是破虜城的一名普通軍戶子弟，靠著赫赫戰功一步步晉升；可惜梁國普通士兵的晉升空間有限，最高也只封了個游擊將軍，這周將軍倒也毫無怨言，繼續精忠報國、奮勇殺敵。

這幾年，因靖邊城一帶連連被韃子入侵，損失慘重，今年春，宣府總兵便將周正棋派到靖邊城一帶，帶領三千餘名游擊軍征戰於靖邊城的幾個子堡之間。周將軍招兵買馬之時，許安平便加入了他的軍隊。

宋芸娘聽聞「周將軍」三個字，不禁豎起了耳朵，她想起了那個充滿活力的少年，只盼望他在周將軍的軍隊裡一切安好，能夠建立更多的功業。

「喂，今年的糧食收得多，你們家多的糧食打算賣嗎？」一個軍戶又說。

「賣啊，賣了糧也給我家婆娘買幾疋顏色鮮亮的花布，省得她老是羨慕別人家的。」另一個軍戶憨憨地說著。

「我告訴你們。」又一個軍戶壓低了嗓門說：「要賣糧的話去靖邊城賣，那邊的糧價比堡裡的要高，其他的日用雜貨也沒有堡裡賣得貴，我打算過幾天借個騾車拖糧去賣。」

張家堡雖也有幾個賣米糧雜貨的店鋪，但基本上都是堡裡一些副千戶、百戶的親屬家人開的，做的都是低價收進，高價賣出的買賣，軍戶們除了交糧時被迫多交出一些，在堡裡交易時又要被盤剝一道。

儘管靖邊城不是很遠，但這些年心懼韃子，張家堡的軍戶們卻也不敢拖糧去靖邊城買賣。今天聽聞有了威武的周將軍鎮守，靖邊城一帶很安全，軍戶們都很是雀躍。

宋芸娘聞言也忙擠過來。「劉大叔，你到時候叫上我吧。」

其他的軍戶也七嘴八舌地吵著要同去，這位劉大叔便說：「好好，到時咱們安排一下，看看怎樣去最好。」

不知不覺，就快輪到宋芸娘交稅糧了。

劉青山大概因為不得不少收一石糧食，一直陰沈著臉，眼睛直直地盯著軍戶們交的糧，恨不得能把糧食盯得變多。往斛內裝糧的時候，明明已經堆得不能再高，還一個勁地讓人繼續裝糧；手下人踢斛時，劉青山嫌他們不夠用力，非要自己親自上陣，用盡全身力氣猛踢一腳，卻幾乎將他的大拇趾踢得折了，痛得在地上直跳腳。一旁的軍戶都低頭抿著嘴悶笑，臉脹得通紅。

宋芸娘交稅糧的時候，劉青山自然又是上演了那一幕醜劇。芸娘明白這件事已是劉青山最大的樂趣，自己也討不了任何便宜，便冷眼任劉青山他們在那裡盡可能的折騰，最後至少被他們多收了兩、三斗。芸娘心想，反正已經挽回一石的損失了，這兩、三斗便任由他們算了吧。

天陰沈沈的，空曠的原野上，犀利的寒風呼嘯而過，捲起地上的枯葉和殘草，猛地掃到半空，在空中打著旋。一條長長的黃土路的盡頭隱隱出現了一個小點，越來越近，隨著踺踺的蹄聲，一輛載滿了大包小包的騾車駛了過來。

駕車的是一個中年男子，他穿著破棉襖，頭戴冬氈帽，兩隻手籠在袖籠裡，聳著肩膀，雙腳垂在車轅旁。他抬頭看了看陰沈沈的天，扭頭對坐在身後的人抱怨道：「天說冷就冷了，拉完了這一趟，我說什麼也不跑了。」

宋芸娘坐在一堆大包小包的袋子間，穿著青色碎花棉襖，頭上包著一塊厚厚的大頭巾，只露出兩隻亮晶晶的眼睛。她伸出纖纖玉手，輕輕鬆開了嚴嚴實實遮住臉的頭巾，露出一張白皙的俏臉。

「劉大叔，還有好些人家沒有去靖邊城賣糧呢，您就多幫他們運幾趟，做做好事吧。」

半個月前，軍戶劉栓財從大舅哥那兒借了一輛騾車，拖糧去靖邊城裡賣，順便再買些所須的雜貨回來。因靖邊城裡糧價賣得高，一些日常雜貨又比堡裡便宜，故此堡裡一些相熟的軍戶們便紛紛找他幫忙，當然也要給個車錢。

劉栓財縮著脖子，哭喪著臉。「宋娘子，我是想多跑幾趟啊，我又不嫌錢咬手，只是現在路上又不太平啦，前日路上差點就遇上韃子了，幸好我跑得快，才躲過了他們。」

宋芸娘有些吃驚。「不是說周將軍的游擊軍把韃子趕走了嗎？怎麼還有韃子？」

「誰知道呢？這該死的韃子，怎麼都陰魂不散啊。我聽說前幾日定邊城遇險，只怕周將軍的軍隊前去援助了。一想到咱們這一塊沒有周將軍的保護，我心裡就慌得很，今天跑了這一趟，說什麼我也不再跑了，賺金子也不幹。」劉栓財說著，又把手從熱呼呼的袖籠裡掏出來，拿起鞭子抽了騾子一下。「快些跑，你這畜牲越來越懶了。」

宋芸娘聞言有些擔憂，她靜靜靠在米袋上，緊了緊棉襖，又包上頭巾，失神地看著灰濛濛的天。

半個月前，宋芸娘用賣面脂掙的錢買了棉花，打了兩床新被子，又給一家老小都做了新棉衣，連蕭靖嫻、鈺哥兒都有分；要不是這新棉襖，宋芸娘只怕要被這寒風吹個透心涼。她倒是嚐到了做面脂掙錢的好處，故此這次去靖邊城除了賣糧、買些常用的雜貨之外，她還準備買些做面脂等護膚品的材料，順便再看看這面脂在靖邊城有沒有市場。

十多天前，蕭靖北被派去邊墩駐守，臨走前因李氏病已無礙，便好說歹說要蕭靖嫻搬回去；可蕭靖嫻不知怎麼竟深得張氏的歡心，居然以張氏要求作伴為由搬到隔壁許家去了。鈺哥兒倒是思念李氏和王姨娘，吵著搬回了蕭家，住了幾天又想念芸娘和荀哥兒，便偶爾去宋家住上兩天。芸娘經常出堡探望，王姨娘也經常進堡看望蕭靖嫻，兩家人並沒有因蕭靖北的離去而疏遠，反而走動得更加頻繁。

宋芸娘還在兀自發呆，突然覺得身子一震，騾車突然停下來。只見劉栓財一臉的緊張和凝重，他勒住騾子，猛地跳下車，俯身趴在地上，耳朵緊貼地面，凝神聽著。

「劉大叔，怎麼啦？」宋芸娘不解地問。

劉栓財伸出食指在嘴唇處「噓」了一下，又豎耳聽了會兒，臉色慘白地爬起來。「宋娘子，咱們有麻煩啦，我聽到有馬蹄的聲音往這邊過來，只怕人還不少。」

「那怎麼辦？」宋芸娘也很緊張，她猛地坐直了身體，臉色發白。

「別慌，說不定是咱們自己的軍隊呢。不過以防萬一，咱們還是先找個地方躲起來。」劉栓財看了看四周，垂眼想了一下。「想起來了，這兒離咱們張家堡的一個邊墩近，我家大兒子就在裡面，我給他送衣服的時候曾經去過。」

天仍然陰沈沈的，呼嘯的北風一陣緊似一陣，疲憊的騾子拉著車拚命地往前跑著，劉栓財一鞭又一鞭地用力抽著，鞭子「啪、啪」地抽在騾子身上，也抽在劉栓財和宋芸娘的心上。騾子邁開四蹄賣力地跑著，可是身後負擔太重，卻怎麼也快不起來。

前方遠遠的出現了一座高高的墩臺，周圍是一道厚實的土築城牆。此時，一名士兵正在城牆上防守眺望，看到劉栓財他們，忙慌著喊人開城門。

劉栓財神色激動，一邊用力抽著鞭子，一邊大喊。「快開門，柱子，我是你爹——」

可是越跑越近的時候，本來虛掩著的門不但沒有打開，反而一下子合攏，關得緊緊的。

只聽得墩臺裡傳出一聲撕心裂肺的聲音。「爹，你快跑，後面有韃子，爹，他們不讓我開門啊——」

劉栓財忙回頭，宋芸娘也緊張地張望，卻見後方一陣塵土飛揚，遠遠的有數十匹人馬奔來，馬蹄陣陣疾馳而來，地面也隨之不停地震動，馬上的人發出陣陣怪叫，看身上衣著，竟然真的是韃子。

這是宋芸娘在邊境生活了五年第一次和韃子近距離相遇，她只覺得心跳咚咚如擂鼓，幾乎要跳到嗓子眼，滿身的血一下子湧上頭頂，腦子發懵。她一邊慌著將騾車上的米袋扔下車，一邊和劉栓財一起高喊。「快開門，快開門。」

轉眼劉栓財的騾車到了門前，城門仍關得緊緊的。突然，城頭上冒出一個腦袋，扯著嗓子喊。「不是老子不開城門，是你們運氣不好，誰讓你們把韃子招來的？是你們的命重要還是老子的命重要？」嗓音粗嗄，竟是已經消失了一段時間的胡總旗，不，現在已是駐守邊墩的胡小旗。

宋芸娘又氣又急又怒，心道自己怎麼這麼倒楣，不但遇上韃子，還碰到了冤家對頭、見死不救的胡勇。

此時，韃子也越來越近，他們一個個馬肥人壯，馬速飛快，一邊揮舞著馬鞭，一邊發出怪叫，呼嘯的北風似乎也咆哮著為他們助陣。跑在前面的幾個韃子看到宋芸娘是女子，越發興奮，連臉上的獰笑都看得清清楚楚。

芸娘又驚又怕，看著緊閉的城門，她心中滿是憤恨和絕望，覺得自己今日只怕就要命喪於此。她腦海瞬間閃過無數景象，江南的溫馨、張家堡的艱辛、父親慈祥的臉、母親溫柔的臉、萱哥兒俊朗的臉、荀哥兒可愛的臉、柳大夫睿智的臉、蕭靖北堅毅的臉……電光石火間，她反而鎮定了下來，她掏出懷裡藏著的一把小匕首，緊緊握在手裡，咬緊牙關，神色堅定，心中暗自下定決心：若今日難逃此劫，便殺得幾個韃子算幾個，最後一刀就留給自己吧。

正在宋芸娘下定了決心，準備和韃子一拚死活的時候，突然，只聽「嘎嘎」一陣響，城門居然慢慢打開了。劉栓財和宋芸娘還坐在騾車上發愣，卻聽城門裡傳出焦急的大喊。

「爹，快進來，快進來！」

劉栓財如夢初醒，慌忙以鞭子用力抽著騾子。騾子似乎也感受到了緊張的氣氛，撒開四蹄拚命地跑，騾車終於趕進了墩臺內，兩個守兵趕忙合上門，只聽到門外一陣馬蹄聲響，一直追趕著的韃子已經到了門前。

宋芸娘癱軟在騾車上，儘管天氣寒冷，北風呼呼吹著，可她卻渾身是汗，背襟濕透。她愣愣看著這個圍牆裡小小的天地，終於死裡逃生地鬆了一口氣。儘管危險並沒有遠走，韃子就在一牆之外，可有了這高高圍牆的庇護，有了墩臺裡這些守兵的保護，芸娘便覺得閻王不再離自己那麼近。

墩臺裡鴉雀無聲，只聽得門外韃子不斷叫囂的聲音，幾個守兵都面色慘白，神色惶惶。突然，不遠處傳來胡勇顫抖的聲音。「放……他們進來了，你……你還不把刀放下……」

芸娘聞聲望去，面露驚喜之色。只見十幾天未見的蕭靖北居然在這裡，他穿著一身士兵的紅色鴛鴦戰襖，頭戴盔帽，身披鎖子甲，很有幾分威風凜凜的氣勢。此時，他面色寒冷，目光凌厲，正將一把刀架在胡勇的脖子上。

芸娘明白了城門到最後關頭居然會打開的原因。她感激地看著蕭靖北，目中有淚光閃動，蕭靖北又一次在她最危險的時候，如天神般降臨，拯救了她。

蕭靖北也驚訝地看著宋芸娘，他這才發現遇險進來躲避的這名女子居然是芸娘。他眼中滿是震驚，震驚過後卻是後怕，再之後則是深深的惱怒。他一把推開胡勇，怒氣沖沖地向芸娘走來，手裡還提著一把大刀。

蕭靖北走到芸娘面前，一把扯起她的胳膊，怒聲道：「芸娘，妳怎麼在這裡？妳知不知道剛才有多危險？現在外面這麼亂，妳一個女子在外面瞎跑什麼？」

蕭靖北一直對宋芸娘以禮相待，始終彬彬有禮地稱呼「宋娘子」，這是他第一次情急之下喚「芸娘」，這稱呼雖然親暱，但此情此景卻是這般不適宜：門外，是叫囂的韃子，身旁，圍了一群目瞪口呆的守兵，蕭靖北的眼中不見溫情，只有怒意。

芸娘的胳膊被蕭靖北拽得生疼，但她毫不在意，只是怔怔望著蕭靖北，盈盈美目裡水光瀲灩，她喃喃道：「蕭大哥，你在這裡，真好，真好……」她這才徹底放鬆了下來，什麼危險、什麼韃子、什麼生死，她已全然不在乎，只有面前這既惱怒又焦急地看著自己的蕭靖北。

他們兩人目光膠著在一起，似乎完全聽不到門外韃子的叫囂聲，旁邊的人可都急得抓耳撓腮。胡勇怒氣沖沖地走過來，掄起胳膊要朝蕭靖北打去，蕭靖北頭也不回，反手將手中的刀劈向身後，堪堪停留在胡勇的面前一寸。

胡勇臉色慘白，氣得破口大罵。「姓蕭的，你小子是不是活得不耐煩了？現在韃子就在門外，你說怎麼辦？」

蕭靖北淡淡地說：「你是小旗，這裡是你主管，你說怎麼辦就怎麼辦。」

胡勇看了看宋芸娘，眼珠轉了轉，陰沈沈地說：「我看韃子只怕就是追著這名女子過來的，只要將她交出去就可以了。」

「誰敢！」蕭靖北一聲怒喝，他猛地轉身，怒視胡勇。「你身為梁國將士，不但不保護百姓，危難之時居然還要將一名弱女子推出去。胡小旗，你可真是我大梁的『好兵』啊！」

這時，城牆上一名正在看守的士兵顫抖著大喊。「不好了，韃子要撞門！」

墩臺裡的人都大驚，胡勇狠狠看著蕭靖北，吼道：「你放他們進來的，你說現在怎麼辦？」

蕭靖北冷冷一笑，他環顧了四周，看到了一直鎮定地站在一旁的張大虎。此次和蕭靖北一起派到邊墩駐守的，還有和他一起充軍到張家堡的張大虎、白玉寧和劉仲卿等人，只有徐文軒以身體病弱為由留在張家堡。

蕭靖北神態輕鬆地看著張大虎，笑問：「張大哥，你怕不怕？」

張大虎傲然一笑，粗聲道：「老子自生下來就不知道什麼叫怕！」

「很好，那咱們兄弟今日便好好會一會這韃子。」蕭靖北又看向其他的幾個守兵，只見除了白玉寧懶洋洋地靠在一旁，似乎置身事外，其他的守兵或是面色蒼白、目光躲閃，或是垂著腦袋、雙腿打顫，那胡癩子更是躲在一旁，恨不得將高大的身軀縮成一團，雙腿如篩糠一樣不住地抖動。

蕭靖北嘆口氣，對緊緊站在劉栓財身旁的劉大柱說：「柱子，你去點狼煙報警。」隨後，他看了看芸娘，猶豫了片刻，卻對白玉寧說：「白兄，一會兒若有人對宋娘子不利，還請白兄出手相護。」白玉寧訝異地看著他，嘴張了張，卻還是抿住嘴堅定地點了點頭。最後，蕭靖北又對張大虎說：「待會兒我將上城牆射殺韃子，韃子見有死傷一定會逃跑，我擔心他們身後還會有其他人馬，因此一定不能讓他們回去搬救兵。韃子一旦逃跑，還請張大哥隨我一起出門斬殺韃子！」

一旁的胡勇等人都像是看著瘋子一般地看著蕭靖北，只有張大虎神色自若地笑道：「那哥哥我就在下面等著。」

宋芸娘怔怔地看著蕭靖北邁著穩健的步子一步步蹬上城牆，他身姿挺拔，穩穩立在城頭，飛快地拔箭拉弓，只聽得「嗖」的一聲，弓箭破空而出，門外叫囂的韃子發出一聲慘叫，片刻停頓後，叫囂聲更加高亢。

蕭靖北神色不變，繼續挽弓搭箭，一支接一支地射向韃子，只聽得門外慘叫連連。突然，蕭靖北快步走下城牆，對張大虎說：「還有幾個韃子要逃走，咱們快出去攔住他們。」說罷，便命守門的士兵開門。

胡勇戰戰兢兢地命守門的士兵開門，自己則趕緊躲在一旁，蕭靖北和張大虎早已一人騎上一匹馬，傲然相視一笑。「咱們兄弟就出去殺個痛快。」

他們兩人策馬衝出城門，胡勇命守門的士兵趕緊關上門。宋芸娘看著越來越小的門縫中蕭靖北他們策馬遠去的身影，覺得心似乎也跟隨著縮成了一團，她看著緊緊合攏的城門，只覺得又是絕望、又是茫然，忍不住對胡勇怒道：「你就這樣讓他兩人孤身出去殺敵，你們難道都是死的？」

胡勇大怒，他在弱小的宋芸娘面前又恢復了暴虐和霸道，他掄起拳頭，劈頭蓋臉就要向芸娘打去，一隻白皙修長的手懶洋洋地伸過來攔住了他，看似懶散的動作卻蘊藏著強大的力量，牢牢地箍制住胡勇的胳膊。胡勇怒目看去，卻見白玉寧一雙桃花眼似笑非笑地看著自己。「胡小旗，這位娘子可是蕭兄的心上人，蕭兄現在正在外面奮勇殺敵，你卻在這裡欺凌他的人，別的人懼怕你，我可是不怕的。」他嘻嘻笑著，手上的力量卻是沒有半點減弱。胡勇怏怏地放下手，衝白玉寧大喝一聲。「你小子給老子等著！」白玉寧無謂地衝他挑挑眉毛，胡勇便氣沖沖地站到一旁，和其他的守兵們一起靜靜等候外面的消息。

宋芸娘聽到方才白玉寧的話，特別是「心上人」幾字，覺得心突地一跳，心中又是緊張、又是甜蜜。她雙手緊緊絞在一起，只覺得等待的時間那麼漫長，只聽到自己的心撲通撲通跳得劇烈和緊張。

良久良久，宋芸娘似乎覺得已經等了一輩子那麼長，忽然聽到門外一陣馬蹄的聲音，越來越近，聲音嘈雜，響成一片，聽上去遠遠不止兩匹馬。墩臺內的人面面相覷，眼中充滿了恐懼，似乎看到了死亡在向自己逼近……

肆虐的北風有些收斂，風聲漸小，墩臺前，兩名高大的男子穩穩坐於馬上，身後，用繩子套了七、八匹韃子的戰馬，馬背上馱著韃子的盔甲、刀劍之類的兵器，一匹馬上還掛著五、六個韃子的頭顱。在他們周圍的地上橫七豎八地躺著四、五個韃子，均是一支羽箭正中咽喉。

張大虎臉上、身上沾滿了血跡，手上拎著一把已經砍缺了口的大刀，刀身上還有鮮血緩緩滴下。他面色凶惡，臉上又刺了字，此刻沾上血跡，宛如凶神惡煞一般，他仰天大笑幾聲，看向蕭靖北。「蕭老弟，今日可殺得痛快？」

蕭靖北也同張大虎一樣沾滿了血跡，卻無損他俊美的容顏，他燦然一笑。「自然是痛快，張大哥好身手。」

張大虎道：「蕭老弟你也不弱啊，想不到你看著文文靜靜的，居然不但箭法好，武功高強，殺起人來也毫不手軟。」

蕭靖北以前被幾個兄長忌憚和排擠，只能隱忍收斂，但習文練武卻一樣沒有落下，在京城時無法展現的才能在這裡反而可以盡情地展現。他看著張大虎怡然而笑，臉上一掃晦暗之色，顯得意氣風發。

張大虎便也豪氣地大笑。「痛快，真是痛快，好久都沒有這般殺人了！誰說韃子厲害，我看都是那幫膽小的龜孫子們自己嚇自己。」說罷，策馬騎到門前，朝墩臺內匪氣十足地大喊。「開門，開門，爺爺們回來啦！」

墩臺內正在等死的人們聽到這聲音，宛如天籟，門慢慢打開了一條縫，胡勇的大腦袋從裡面探出來，小心地打量了下四周，見只有蕭靖北和張大虎兩人立在門口，這才命人將門推開，一馬當先地衝出來，驚喜地看著兩人和他們的戰利品，難以置信地問：「你們……你們居然活著回來啦？這……都是你們殺的？」

墩臺內的士兵都衝了出來，興奮地圍在蕭靖北和張大虎兩人左右，也有膽小的，如劉仲卿等人，看到韃子的屍體和頭顱都嚇得臉色發白，彎下腰猛吐。

宋芸娘緊張地看著蕭靖北，見他雖然滿身血跡，髮絲凌亂，衣袍也割破了好幾處，但神色如常，周身還多了一股勃發的意氣，便徹底放下一直懸著的心，只呆呆地望著高高坐於馬上的蕭靖北。

蕭靖北目光掃到芸娘，快速地翻身下馬，走到芸娘身前，緊張地問：「芸……宋娘子，妳可還好？剛才可有人欺負妳？我之前一時情急，對妳太粗暴，妳……不要生氣。」

芸娘連連搖頭，心有餘悸地說：「蕭大哥，剛才……剛才我好擔心你回不來……」說到後來，淚水都在眼眶裡打轉。

蕭靖北定定看著芸娘，面色變得柔和，嘴角微微彎起，笑容如春水般漸漸漾開。他柔聲說：「傻丫頭，我現在不是好好站在這兒？放心，我從來不做沒有把握的事情。」

一旁的人或驚訝、或嫉妒、或後悔，胡勇更是忙著點算蕭靖北他們帶回的戰利品，數完之後，他哈哈大笑。「好，好，我要趕快回堡裡報功。」他看向蕭靖北和張大虎。「放心，我一定會在王防守大人面前提一提你們的。」

宋芸娘聞言鄙夷地看向胡勇，不覺又氣又急，大聲道：「胡小旗，今日我們可都是看得清清楚楚，是誰見死不救，拒不迎敵；又是誰奮勇殺敵，帶回了戰利品……若胡小旗在王大人面前說得不清楚，我們不妨去幫你說一說？咱們這麼多雙眼睛、這麼多張嘴，總可以幫你補充清楚的。」

「妳……」胡勇被道破了心思，面色一沈，正要發作，卻見蕭靖北穩步走到宋芸娘身前，牢牢護住她，淩厲的目光向自己掃來，不禁打了一個寒顫。再看看其他神色各異的幾個人，張大虎怒目圓瞪，白玉寧似笑非笑，劉仲卿等人則目露鄙夷之色，胡勇一張醜臉不禁青了又白、白了又紅，難得的窘在那裡啞口無言。

第十章 蕭靖北的回歸

突然，遠方又傳來一陣馬蹄聲，一群人循聲望去，只見道路的盡頭，漫天的塵土飛揚，一支看上去人數不少的騎兵隊伍向這邊疾馳而來。

胡勇等人不禁嚇得轉身就往墩臺裡跑，蕭靖北一把將芸娘托於馬上，自己也翻身上馬，將芸娘牢牢護在胸前，一雙眼睛瞬也不瞬地盯著遠方的馬隊，全身肌肉緊繃、蓄勢待發。芸娘感受到蕭靖北火熱堅實的胸膛，不禁心跳加快，面紅耳赤，正在又羞又慌之時，聽見劉大柱驚喜的喊聲。「是自己人，是自己人。」

只見領頭的騎兵身穿梁國軍士的盔甲，眾人這才放下心來，快跑進墩臺內的胡勇等人又挪著發軟的腿轉身過來。

轉眼間，這支騎兵已疾馳到眼前，一馬當先那名威武的男子正是張家堡的副千戶嚴炳。嚴炳勒住疾馳的奔馬，驚訝地看著立馬站在墩臺前的蕭靖北等人，又看看地上韃子的屍體、一旁韃子的戰馬以及馱在馬背上的韃子頭顱和武器，面上露出又驚喜、又質疑的神色。他沈聲問道：「剛才可是你們這裡燃起狼煙？這些地上的韃子是怎麼回事？那些韃子的頭顱又是怎麼來的？」

胡勇急忙上前，臉上堆著笑，畢恭畢敬地說：「嚴大人，剛才有一隊韃子入侵，下官命士兵燃狼煙示警，又帶領士兵們殺敵，這些都是我……我們斬殺的韃子和收繳的戰馬、武器。」

「好！好！好！」嚴炳神色激動，一連說了三個「好」，他跳下馬，大步走到胡勇面前，重重拍了一下他的肩膀。「好一個勇猛的將士！若我大梁國多一些像你這樣的將士，何愁韃子不滅！你……你好像姓胡，這裡由你負責駐守？」

胡勇小心看了看蕭靖北等人的神色，見他們雖然面露不屑之色，卻並沒有開口反駁，便大著膽子道：「回嚴大人，屬下胡勇，是駐守這墩臺的小旗。驅除韃虜，保家衛國是屬下應盡的責任。」

宋芸娘此刻已被蕭靖北扶著下了馬，她聽見胡勇厚顏無恥地自吹自擂，嘴角一撇，正要出言嘲諷，胳膊卻被蕭靖北輕輕拽住。芸娘不解地抬頭看向蕭靖北，卻見他輕輕搖了搖頭，便只好沈默地立住。

嚴炳看了看地上的韃子咽喉處的羽箭，又是大吃一驚。「好精準的箭法，這是哪位將士射殺的？」

眾目睽睽之下，胡勇再厚顏無恥，也不敢搶此功勞，只好有些不甘地指了指蕭靖北。「是他。」

蕭靖北從容走到嚴炳面前，單膝跪地行禮。「屬下蕭靖北，參見嚴大人。」

嚴炳看著面前不卑不亢、從容不迫的英武男子，不禁又驚又喜，面露賞識之色。「全部都是你一人射殺的？全都是一箭封喉啊！想不到，想不到我張家堡還有這般箭法精深的兵士！」他又看向掛在馬上的韃子頭顱，問：「這些韃子又是誰斬殺的？」

粗中有細的張大虎這回沒有等胡勇開口，便也上前學蕭靖北單膝跪地回道：「屬下張大虎，參見嚴大人，這幾個韃子是蕭靖北和屬下一起斬殺的。」

嚴炳大大褒揚了胡勇等人，並命他和蕭靖北、張大虎隨騎兵隊一起將戰利品運回張家堡。宋芸娘自然和劉栓財一起坐上騾車，跟著浩浩蕩蕩的騎兵隊伍向張家堡而去。

回到張家堡，一行人騎著高頭大馬，拖著戰利品，威風凜凜、器宇軒昂地沿著南北大街向防守府走去，一路收穫了無數震驚和讚嘆。

宋芸娘將糧食拖回家中後，便和荀哥兒隨著看熱鬧的軍戶們一起趕去防守府。防守府門前的空地上已經裡三層、外三層地圍了許多人，都在驚訝地看著蕭靖北他們帶回的戰利品，嘖嘖稱奇。

防守官王遠一一查看了戰利品，更是喜笑顏開，他重重拍著胡勇的肩膀，大聲道：「好樣的，不愧是我親自選出來的一員猛將。」他環顧左右的副千戶、百戶等官員，呵呵笑道：「當初我就看出這小子既聰明機靈，又膽大勇猛，故此才派他去最邊遠的邊墩駐守，我果然沒有看走眼。」

此言一出，一旁圍觀的人回想起當日胡勇被降職派去邊墩的緣故，有的心裡暗自發笑，有的不屑地撇撇嘴，宋芸娘則氣得火冒三丈，恨不得即刻揭穿胡勇的謊言。她心急地看向蕭靖北，卻見蕭靖北靜靜站在一側，神色淡然，張大虎本有憤憤之色，見蕭靖北如此淡定，便也垂眼肅立一旁。

王遠又誇讚了蕭靖北和張大虎，聽聞他兩人的功績，更是又驚又喜。他頗有氣勢地說：「雖然你們只是剛到張家堡不久，但立下此等功勞，大大鼓舞了我張家堡的士氣；不管你們之前是何等身分，犯下何種罪行，只要你們勇猛殺敵，立下軍功，我一律論功行賞。」

此言一出，胡勇等人都面露喜色，王遠身後一名個子瘦小的小老頭伸手輕輕拉了拉他的胳膊，這位老者名葉清，是張家堡專管軍紀的鎮撫，他悄悄在王遠耳邊說：「這兩個新來的軍戶，叫張大虎的那個本是土匪，倒也罷了；只是這蕭靖北據說是謀反罪，得罪的可是皇上，剛來就給他升職，會不會怕上頭不高興？」

王遠皺眉想了想，卻不在乎地說：「英雄莫問出處，來到這張家堡的，大多是有罪之人，莫非都獎賞不得？只是給他們升一個小小的小旗而已，上頭怎麼會知道？再說，本地將士一向軟弱怕事，好不容易出了幾個勇猛無畏的，不好好獎賞一番，鼓舞士氣，豈不是寒了將士們的心。」

最後，他對三人都進行了獎賞：胡勇官復原職，仍為總旗，留在張家堡另行安排；張大虎升為小旗，頂替胡勇駐守邊墩；至於箭術高超、武藝高強的蕭靖北，自然要安排在最需要他的位置，發揮最大的作用，也就是保護以王大人為首的大多數人的安全，他和張大虎一樣升為小旗，負責駐守永鎮門。

王遠又獎賞了他們每人十兩銀子、五石糧食和兩疋布疋。白撿了便宜的胡勇最為開心，樂顛顛地捧著獎賞就回家報喜；蕭靖北和張大虎也謝過封賞，向王遠告退。王遠聽聞他們都居住於城牆之外，不禁皺起眉頭。「你們如今已是小旗了，再住在堡外確實不大適宜。不過目前堡內卻沒有多餘的空房……」

這時，站在一旁的嚴炳適時地插話。「大人，堡外已經住了三、四十餘戶軍戶，除此之外，還有這兩年流落在此的一些流民，也均在堡外搭了茅屋，大概也有一、二十家。聽聞韃子前不久又搶掠了附近好幾個村莊，說不定還會有新的流民過來。屬下建言，能否考慮擴大城堡？」

王遠沈吟片刻，認同地說：「嚴大人所言極是，此事我將去靖邊城同守備大人稟告。我看就沿著西城牆在外側建一座子堡，此外，牆外住著的流民如願意入軍籍，便可留在堡內，否則一律驅逐。至於主持建子堡的事情……」他環顧了四周，看到正站在一旁的蔣百戶，笑道：「蔣百戶上次將城牆包磚工程做得很好，這次建子堡就仍由你主持吧，剛好你原來的手下胡總旗也回來了，你也添了一個助手。」蔣百戶一愣，回過神來忙上前領命。

一群軍戶們簇擁著蕭靖北和張大虎向城堡外走去，大家臉上都是喜氣洋洋，神色興奮。經過宋芸娘身旁時，蕭靖北苦於無法下馬，便只能高高坐在馬上，隔著人群望著芸娘，眼中充滿了說不清、道不明的情愫。宋芸娘含笑點頭示意，朝他輕輕揮手，蕭靖北便安了心般和張大虎並轡而去。

宋芸娘看著意氣風發、英姿不凡的蕭靖北騎在馬上慢慢遠去，一直陰沈的天在此時居然也放晴了，隱隱露出陽光，照著蕭靖北遠去的背影，也照上了宋芸娘的心頭。芸娘便也覺得自己心頭的陰霾一掃而光，自蕭靖北離開後便一直悵然若失的心一下子又充實了，脹得滿滿的，又是甜蜜、又是安心。

臨近傍晚，柳大夫、宋芸娘和荀哥兒一起來到蕭家，一起同來的還有一直未回家的蕭靖嫺。

柳大夫為李氏診脈後，宣佈李氏的病情已徹底控制，以後只須多加保養便不會復發。眾人聞言大喜，一個個眼神明亮，神色興奮，連蕭瑾鈺也感受到了這歡樂的氣氛，邁著小短腿在屋裡屋外不停地穿梭，發出格格的笑聲，雙喜臨門的蕭家似乎連昏暗的茅屋都變得寬敞明亮。

王姨娘喜不自勝地拉著蕭靖嫺的手。「靖嫺啊，現在妳四哥也回來了，妳就搬回家來住吧，老是麻煩別人多不好。」

蕭靖嫺面露猶豫之色，這段日子她在堡內吃得飽、住得暖，身材更出挑了些，面色瑩白如玉，飽滿紅潤，早已沒有初到張家堡時的枯黃乾瘦。她看著遠不如堡內舒適和安全的茅屋，正在苦思如何委婉拒絕的藉口，居然又一次有人為她解了難。

蕭靖北皺眉看了看蕭靖嫺，有些猶豫地說：「我看如果許家的張嬸子同意，靖嫺最好還是在她那裡再多住一段時日。今日聽王大人說咱們這兒要建子堡，到時候做工的都是男子，靖嫻一個年輕女子進進出出的不大方便。只是，又要麻煩張嬸子，實在是過意不去。」

蕭靖嫻聞言甚喜，忙說：「張嬸嬸一人住很是孤獨，有我作伴，她不知多歡喜呢。」

王姨娘慈愛地看著蕭靖嫻，面上又是不捨、又是欣慰。李氏想了想，嘆道：「四郎所言甚是，只是叨擾張氏許久，我們實在難以心安，這樣吧，過兩天你安置好了，娘隨你一起前去向她道謝。」她又看向蕭靖嫻。「靖嫻，妳今日既然已回來了，就在家裡住幾天吧，妳四哥也回來了，咱們就團團圓圓地吃頓飯。妳這孩子也真是狠心，一住十幾天不回家看看，妳姨娘天天擔心妳，連夜裡都睡不安穩。」

蕭靖嫻面露尷尬之色，她支支吾吾地說：「其實……我一直想回來，只是……一直有些忙……」

芸娘等人見狀便忙告辭，蕭靖北乘機提出送他們回城，留下母女三人敘話。

此時已近黃昏，天邊紅霞映著枯黃的草地，好似烈火在燃燒。芸娘想到了初見蕭靖北的那天，也是和現在差不多的時辰，滿天紅霞的映襯下，他含笑看著自己，卻不知是不是從那天起，便映進了自己的心。

柳大夫早已頗有眼色地拉著荀哥兒遠遠地走在前面，宋芸娘和蕭靖北無聲地並肩走著，靜靜走了一會兒，宋芸娘出言打破了沈默。「蕭大哥，今日你為何不揭穿胡勇，我一想到他那副小人得志的嘴臉就噁心。」

蕭靖北側頭看了一眼芸娘，面上浮現淡淡的笑容。「宋娘子，這個世上有很多事和很多人都是我們看不慣和忍不了的，但是卻不得不看，不得不忍。今日我若貿然指責胡勇，只會讓王遠等人認為我桀驁不馴、居功自傲，軍中需要的是既能立功、又不居功之人，忍一時之氣，方能成長久之功。」

宋芸娘聞言既佩服蕭靖北的隱忍和豁達，又慚愧自己的急躁和短視，便又默默地垂頭走著。蕭靖北便問：「今日妳為何會出現在張家堡外，若不是剛好遇到我，真不敢想像會發生什麼……」

宋芸娘想想也是一陣後怕，她慶幸自己總能在危急之時遇到蕭靖北，並且化險為夷。她簡單講述了自己進靖邊城賣糧的緣由和經過，蕭靖北沈吟了片刻，笑道：「這有何難，過兩日我得閒了，陪妳一道去靖邊城賣糧。」

熱鬧的街道上人來人往，街道兩旁是林立的店鋪，雜貨店、糧店、布疋店、當鋪、茶館、酒樓……林林總總的店鋪令人目不暇接。雖及不上江南的繁華，但對於已在偏遠孤寂的張家堡生活了五年的宋芸娘來說，已經足夠她興奮地逛老半天了。

靖邊城作為宣府重鎮的衛城，比張家堡大了數倍，已具有小城市的規模，它的城牆更為高大牢固，街道更為筆直寬闊，房屋也更為堅固寬敞。這裡更加繁忙，更具活力，街上往來的人們行色匆匆，衣著比張家堡的人們鮮亮整潔許多，還時不時可以看到一、兩個衣著華麗的貴人慢慢踱過。

宋芸娘一人興沖沖地走在前面，後面是拎著大包小包的蕭靖北、荀哥兒和劉栓財。剛剛賣了大米掙得了十兩銀子，現在正熱呼呼地揣在宋芸娘的懷裡，她興奮地在一個個鋪子裡逛著，激動地發現，這裡的各色物品比張家堡那幾個簡陋的小商鋪裡陳列的商品要齊全豐富得多，也便宜許多。她已經買了一些布疋、麵粉、油鹽調料、日雜百貨等生活必需品，現在還在意猶未盡地逛著。

「宋娘子……等等我……」劉栓財氣喘吁吁地跟在後面，一手提著一壺油。「老頭子我實在是走不動了，你們去逛，我就在這裡歇歇吧。」

宋芸娘歉意地看著滿身大汗、喘著粗氣的劉栓財，不好意思地說：「劉大叔，都怪我逛得急了，勞您受累了。」她看到路旁一家茶館，忙請劉栓財進茶館喝茶，替他付了茶錢，又將幾人手裡的大包小包託付給劉栓財。「劉大叔，您就在這裡稍事歇息，喝喝茶，聽聽說書，我們辦完了事情就過來和您會合。」

劉栓財爽快地答應，看了看天色，他囑咐道：「宋娘子還請稍微快一點兒，晚了又怕回去的路上不大安全了。」

劉栓財自上次遇險後，本是死活不願意再出堡拖運了，宋芸娘好說歹說了半天，將運費加到三百文，又搬出蕭靖北來，劉栓財見這個武藝高強的神射手也一起同行，這才勉強答應。荀哥兒見有蕭靖北保駕護航，便也想一同前來逛逛，於是，蕭靖北帶著荀哥兒騎馬，宋芸娘坐著劉栓財的騾車，一行四人一大早就從張家堡趕到了靖邊城。

到了靖邊城後，劉栓財熟門熟路地將宋芸娘引至一家糧鋪，宋芸娘的十石大米一共賣了十兩銀子，付了劉栓財的三百文運費後，還餘九兩多。若只在張家堡賣，最多賣個七、八兩銀子，更何況這裡的其他日雜百貨要比張家堡便宜得多，就算是冒些風險過來也是值得的。

宋芸娘幾人又逛了一會兒，看到一家中等大小、裝飾得比較雅致的店面，招牌上寫著「玉容閣」幾個大字，剛剛走近，便聞到一股幽香撲鼻而來，想著應該是賣脂粉之類的鋪子，進門一看，只見好幾個姑娘正東挑西選，時不時發出陣陣格格的笑聲，便知道果然沒有走錯，興沖沖地向櫃檯走去。

蕭靖北看到裡面嘰嘰喳喳的一群女人，遲疑地愣住，正要跨進門檻的腿又收了回來，他對荀哥兒說：「荀哥兒，裡面都是女子，我們不好進去，就在門口等一會兒吧。」

荀哥兒懂事地點點頭，和蕭靖北一起站在門口，好奇地東張西望。蕭靖北無聊地四處打量時，發現對面有一間首飾鋪子，他猶豫了下，還是對荀哥兒說：「我去對面看看，你就在這兒等一會兒。」

首飾鋪裡的首飾不少，可大多造型簡陋、製作粗糙，蕭靖北皺著眉看了半天，覺得沒有一件能夠襯得上宋芸娘清麗脫俗的氣質。他想起當年在京城時家裡女眷的滿頭珠翠，再想想宋芸娘一副「清水出芙蓉，天然去雕飾」的模樣，髮髻上半點飾物也無，或乾脆紮一條髮辮，頂多繫上一、兩條絲帶；若能簪上一、兩件精緻的髮簪，一定可以為她秀美的容顏增色不少。

「老闆，你們店裡還有沒有好一點的首飾？」蕭靖北失望之餘，不禁發問。他活了二十多年，還是第一次為女子買東西，面上很有些不自然和尷尬之色。

「有、有。」一個半百小老頭忙彎著腰從裡間小心翼翼地捧出一個小盒子。「這位客官一看就是識貨之人，這裡都是本店的鎮店之寶，這可是只有達官貴人們才用得起的。」做生意之人最是勢利，他見蕭靖北雖衣著普通，但周身自有一股凌人的氣勢，心裡暗自揣度蕭靖北應該是哪家簡裝出遊的富家公子，便忙拿出店裡最為貴重的首飾。

小盒子一打開，一陣金光閃閃，只見黑絲絨的底布上，擺放了十幾支金簪和金鐲，只是用金厚重、造型誇張，濃濃的暴發戶氣息撲面而來。

店老闆見蕭靖北面露失望之色，眼珠轉了轉，又從裡間拿出一個小盒子，輕輕打開，卻是幾件雕工精美的玉飾。

店老闆諂媚笑道：「這位公子氣質脫俗，想必看不上那些金銀俗物。這幾支玉簪雕工精美，只有見到公子您這樣真正識貨的人我們才會拿出來。」

蕭靖北凝神看了看，只見這幾件玉飾雖然玉質一般，但雕工精美，特別是一支玉簪，通身潔白，散發著一層瑩潤的光澤，簪頭雕著一朵栩栩如生的白蓮，花瓣紋路清晰細膩，蕊間一點暗黃，巧妙地利用玉石天然的色澤，使得蓮花更為逼真。

蕭靖北不由自主地拿起這支玉簪，彷彿看到了宋芸娘戴上這支玉簪，巧笑倩兮地望著自己。店老闆眼神一亮。「公子，您可真是有眼光，這支玉簪雕工精緻，玉質通透純淨，可是難得的佳品。是送您心上之人的吧，公子如此脫俗，想必您心上人也是一樣謫仙般的人物，這支玉簪真是絕配……」

蕭靖北不耐煩地打斷了他。「多少錢？」

店老闆想了想，猶豫地說：「十兩銀子？」見蕭靖北皺了皺眉，又試探著說：「八兩？」一見蕭靖北仍不動聲色，便說：「七兩。」

蕭靖北哪裡耐煩這討價還價的磨蹭，他從懷裡掏出錢袋，取出五兩銀子放在櫃檯上。「不必再多說了，給我包起來。」

店老闆心中暗喜，臉上卻露出猶豫的神色，正想再討價還價一番，可抬眼看到蕭靖北俊臉一沈，威目一瞪，露出不耐煩的神色，便忙收了銀子，樂顛顛地去取盒子包裝。

蕭靖北將錢袋放回懷裡，正要去拿放在櫃檯上的玉簪，突然從旁邊斜伸過來一隻手，將玉簪拿了過去。

「老闆，這支玉簪多少錢？」蕭靖北身旁一個年輕男子興沖沖問道。

「這位兄台，不好意思，這支玉簪剛才我已經買了。」蕭靖北側頭看去，只見身側站著一名二十多歲的男子，他一身戎裝，身材高大挺拔，面容清俊，表情剛毅，臉上有風霜之色，周身一股勃勃的生氣。

「哦，不好意思。」青年男子訕訕地放下了玉簪，對蕭靖北微一頷首，歉意地笑笑，便低頭看櫃檯裡的其他飾品。

蕭靖北將包裝好的玉簪放進懷裡，正要舉步出門，剛才那位男子卻追了過來。

「這位兄台，剛才那支玉簪很適合我的一個朋友，不知兄台可否割愛？我願意出高價。」

蕭靖北怔了下，微微笑道：「軍爺，這支玉簪也很適合我的一個朋友，實在是不好意思。」他見這位男子面露失望之色，便又說：「這家店裡還有些飾品沒有擺出來，你可以讓老闆拿出來看看，說不定有適合你朋友的。」

蕭靖北穿過馬路，來到玉容閣門前，卻看不到荀哥兒，只聽得店裡面傳出爭吵的聲音，一名男子似在大聲呵斥，另有一名女子在爭辯，聲音清脆悅耳。

只聽宋芸娘說道：「老闆，我只是讓你比較一下我手裡的面脂和你店裡最好的面脂哪種更好一些，你若同意的話我可以給你供貨，價格絕對要低於你最好面脂的進價。」

店老闆冷冷看著身穿粗布棉衣的宋芸娘，不屑地撇撇嘴。「去去去，一身窮酸樣，買不起就別在這裡搗亂。我這裡的脂粉都來自京城，『玉容堂』聽說過嗎？連宮裡的娘娘們都在用，賣的就是個品質和牌子。妳供貨，瞧妳那樣子能供什麼貨？誰買啊？」言罷便要伸手去推芸娘，手還沒有碰到，一隻強勁有力的胳膊攔住了他。

店老闆抬頭一看，只見一位高大男子將剛才那位小娘子擋於身後，他正要出口大罵，卻見那男子從懷裡掏出一錠銀子，擱在櫃檯，淡淡地說：「把你們店裡最好的面脂拿出來。」

店老闆忙滿臉堆笑，拿出店裡最好的面脂遞給那位男子，卻見他接過後轉手遞給剛才那位小娘子，高聲道：「宋娘子，妳看看這店裡最好的面脂有沒有妳的好。」

宋芸娘感激地從蕭靖北手裡接過面脂，打開聞了聞，又塗抹了一些在手背上，同時又塗抹了一些自己做的面脂在另一隻手背上，將兩隻手背並在一起舉到店老闆面前。「老闆，您看，您這個面脂雖然好，卻不夠滋潤，咱們這裡的氣候寒冷乾燥，要用我這種添加了更多油脂的面脂才行。」

店老闆見剛才那位男子居然和這小娘子是一夥的，頓時垮下臉，他冷冷道：「去去去，我這裡是多年的老字號，來歷不明的東西我不敢要。」宋芸娘還要說什麼，蕭靖北卻攔住了她。「咱們走吧，此家不需要，自有需要的店家。」

宋芸娘和蕭靖北走出門，想了想卻又回到店裡，抬頭看著店老闆。「老闆，你這個面脂要不了這麼多的銀子吧？」

店老闆面色一沈，正要出言相稽，看到芸娘身後蕭靖北那不怒自威的臉，便只好將多餘的銀錢找給芸娘。

宋芸娘把錢還給蕭靖北，蕭靖北怔了下，只好哭笑不得地收下。兩人一起出了店門，剛才在店裡看熱鬧的幾名女子也追了出來，好奇地問宋芸娘。「這位姑娘，妳的面脂真的比這店裡最好的面脂都要好嗎？妳賣多少錢？」

宋芸娘笑吟吟地看著她們。「我的面脂只要五百文一盒，至於好不好，妳們看看我的臉就知道了。」

這幾位女子圍著宋芸娘端詳了半天，都道：「姑娘的皮膚又光滑、又白嫩，就像白玉一般呢！妳的面脂現在有嗎，我要一盒。」

宋芸娘皺眉想了想，便道：「我的面脂都是我自己做的，還需要幾天的工夫，這樣吧，如果妳們確實想要的話，五日後，到這裡找我。」她想了想，又覺得在人家店門口賣只怕會引起麻煩，便改口道：「到街口找我吧。」

那幾名女子走後，蕭靖北無奈地看著芸娘。「妳怎麼能和她們約定五日後再來，妳不知道現在路上不太平嗎？妳忘了前幾日遇韃子的事了嗎？今日已是破例讓妳出來，妳居然還想再來？」

宋芸娘吐了吐舌頭，她一心想掙錢，倒真的忘了這碼子事。她狀似無辜地看著蕭靖北，水盈盈的大眼睛眨呀眨的，蕭靖北心裡便一軟，無奈地笑著說：「罷了，到時候少不得又是我陪妳來吧。」

宋芸娘搞定了這一心頭大事，這才猛然發現荀哥兒居然不見了，急得臉色發白，她顫聲問：「荀哥兒呢？」蕭靖北環顧了四周，沒有看見荀哥兒，也十分焦急，他忙穩住心神，安慰芸娘。「荀哥兒大概在這附近逛呢，我們分頭去找，宋娘子千萬不要著急。」

宋芸娘忙和蕭靖北分頭去尋荀哥兒，她沿著店鋪挨家地找，特別是一些孩子們感興趣的賣小吃、新奇玩意的鋪子，仔細看了個遍，卻始終沒有找到。

宋芸娘又急又悔，只覺得一顆心懸著，既驚且怕，連呼吸也急促起來，折返回來遇到蕭靖北，見他也是一臉的失望和焦急，便越發心急如焚。

兩人一籌莫展，只好再次沿著店鋪一家家找，邊找邊大聲喚「荀哥兒」，可街上萬頭攢動，聲音嘈雜，他們的聲音掩沒在鼎沸的人聲中，消失得無聲無息。

沿街找了兩遍，仍然沒有找到荀哥兒，他們又回到和荀哥兒分散時所在的玉容閣。蕭靖北還記得和荀哥兒分開時，他一人乖巧地站在門口好奇地四處張望的樣子，可現在門口已沒有那個小小、單薄的身影。

宋芸娘累得不顧形象地蹲在地上，腦子裡一團亂麻。她突然想到荀哥兒眉清目秀，萬一被壞人拐去了……剛一有此念頭，芸娘便嚇得腿腳發軟，眼冒金星。

蕭靖北在一旁擔心地看著急得團團轉的芸娘，心裡也在後悔當時不該留荀哥兒一人在那裡，他想安慰芸娘，卻又無從開口，只好繼續焦急地四處張望。

突然，隔壁一家店裡傳出男子大聲訓斥的聲音。「你這個窮小子，沒有錢買就不要看，你把我的書都翻爛了，我還怎麼賣？」

宋芸娘腦子裡突然閃現一絲亮光，她猛然站起來，踉蹌著向隔壁店跑去，蕭靖北忙跟著芸娘，他的手下意識地想去攙扶芸娘，可又強迫自己生生收回來。

兩人進到店裡，只見這是一家書店，店裡的書架上擺放著各色書籍，一排書架前，一位男子正在訓斥一個半大的少年，那少年垂著頭，脹紅著臉，縮著身子，正是他們苦苦找了半天的荀哥兒。

「老闆，小弟不懂事，給你添麻煩了，他剛才看了哪幾本書，我給他買下來。」蕭靖北大步走到店主面前，以保護者的姿態護住荀哥兒。

店主愣了下，隨後喜笑顏開，忙東挑西選拿了一堆書，一股腦兒塞進蕭靖北手裡。「這都是他看的，一共二兩銀子。」

荀哥兒在一旁小聲道：「哪有那麼多？我只看了幾本。」

蕭靖北看了看手裡的一堆書，除了四書五經之類的書籍有翻過的痕跡，其他幾本嶄新的書籍大多書名生僻，大概是店老闆藉機將幾本難賣的書塞給自己。

蕭靖北瞟了一眼店老闆，老闆一見他凌厲的眼神，便有些畏縮地躲閃了視線。蕭靖北又對荀哥兒柔聲道：「你剛才看了哪幾本，都拿出來；若還有什麼喜歡的書也一併選出來，蕭大哥買給你。」

荀哥兒小心翼翼地看了一眼一直站在門口發呆的芸娘，有些猶豫，垂著頭不敢出聲。蕭靖北便替他作主，將手裡幾本有翻過痕跡的書挑出來，又在書架上選了幾本類似的書籍，一起買了下來。

店老闆見剛才那幾本難賣的書雖沒有推出去，但也另外多賣了其他幾本，便樂呵呵地收了銀錢，將書包好，恭恭敬敬地遞給蕭靖北，嘴裡還不忘說著。「歡迎再次光臨。」

三人出了書店，宋芸娘對蕭靖北道了謝，並再三堅持要將書錢還給他，蕭靖北自然堅持不收，兩人推辭了半天，宋芸娘無心在此事上過多糾結，便只好暫時作罷，因為她還有更重要的事情要解決。

宋芸娘沈下臉，怒氣沖沖地將荀哥兒扯到街邊一個僻靜的角落，劈頭蓋臉地一通責罵。「荀哥兒，你是怎麼回事？知不知道我剛才都快要急死了。」

荀哥兒低下頭，喃喃地說：「姊姊，對不起，我剛才看書入迷了……」

宋芸娘更氣。「你小小年紀，居然欺瞞我和爹爹。你不是不能讀書了嗎？你是什麼時候恢復記憶的？我想著你不可能進書店，所以來來回回找了兩遍都沒有進書店去看看，想不到你居然在裡面看書。你……你……」

宋芸娘高高揚起巴掌，可看著荀哥兒可憐兮兮的小臉，卻怎麼也打不下去，只好嘆一口氣，無力地垂下來。

荀哥兒一張小臉青一陣、白一陣，眼神躲躲閃閃，他沈默了一會兒，突然哭道：「姊姊，我對不起妳、對不起爹，我……我一直在欺騙你們，其實……其實我根本就沒有失去記憶……」

「什麼？」宋芸娘聞言大怒，忍不住揚手打了荀哥兒一個耳光，「啪」的一聲脆響，愣住了荀哥兒，呆住了芸娘，連一直避嫌站得有些遠的蕭靖北也忍不住探頭一看究竟。

「你知不知道，因為你失去記憶，不能讀書，爹有多傷心，我又有多難過。你……你怎麼忍心這樣欺騙我們……」芸娘說著說著，眼淚忍不住滾落了下來。

「姊姊，對不起。」荀哥兒慌忙伸手擦著芸娘的眼淚，自己也抽泣個不停。「為了我讀書，爹和姊姊都那麼努力地攢錢，姊姊還不能嫁個好人家，那我就算讀出來又有什麼意思。」

芸娘聞言只覺得心裡酸澀不已，她心疼地摸著荀哥兒被打紅的臉龐，輕聲說：「你若能好好讀書，將來走仕途之路，重振家風，不但是我們宋家的希望，是爹和我的希望，也是你最好的出路。你如此聰慧好學，不要荒廢了自己。」

荀哥兒賭氣道：「讀書有什麼用？爹讀了那麼多書，又當了官，還不是淪落到這裡？當年還不是眼睜睜看著娘和大哥離去？讀書還不如學醫，若當時家裡有人懂得醫術，娘和大哥就不會那麼早死了！我現在跟著柳大夫學醫，既可以當軍醫治病救人，又可以繼承爹爹的軍職，姊姊也不用因招贅的緣故無法找到好姊夫，豈不是三全其美？」

芸娘愣愣看著荀哥兒，想不到荀哥兒小小年紀，竟然藏著這麼多的心思，竟然這麼有心機地瞞住了爹爹和自己，可是……芸娘嘆了口氣。「荀哥兒，你果真喜歡學醫，不想再讀書了嗎？」

荀哥兒猶豫了下，隨即堅定地點了點頭。

「但是，你剛才在書店裡看得入迷的書，卻沒有一本是醫書。荀哥兒，你騙得了所有的人，卻騙不了你自己的心。」

荀哥兒張口結舌地看著芸娘，小臉脹得通紅，淚水在眼眶裡打轉，卻倔強地忍住，不讓淚水滾落下來芸娘沈默了半晌，緩緩說道：「荀哥兒，爹曾經教導過我，在決定自己的親事時，不管做出什麼樣的選擇，都要遵循自己的心。現在，姊姊也同樣教導你，在決定你自己的人生時，不論是學醫也好，繼續讀書也罷，不管你做出什麼樣的選擇，都要遵循你自己的心。」

荀哥兒呆呆立住，似乎左右為難。宋芸娘便又柔聲道：「你不用擔心家裡，現在爹身體已經好了很多，姊姊也找到了掙錢的法子，將來要供你到靖邊城讀書也不是不可能。你要知道，我們家三個人是一體的，只有你好，我和爹才會好。」

站在一旁的蕭靖北零零星星聽到了一些隻言片語，他有些詫異，想不到看似平靜和諧的宋家，居然也有這般不為人知的隱情。他明白了端莊秀麗又能幹的芸娘為何這般年齡卻還雲英未嫁。「招贅……招贅……」他將這兩個字默默在心裡唸了兩遍，內心突然覺得一陣茫然無助和刺痛。

宋芸娘結束了對荀哥兒的訓話，看看已近正午，三人便沿著來路折返，去茶館尋劉栓財，準備一起回張家堡。

沿路經過一家藥店，芸娘想起和那幾個女子的約定，便又買了些做面脂需要的藥材。走到茶館門口，劉栓財早已等得不耐煩，見他三人返回，他臉上笑成了菊花，忙樂顛顛地收拾起大包小包走出來。他見芸娘三人一改之前的興高采烈、談笑風生，都變得神色黯然，沈默不語，便只當他們逛街累了，也收斂了滿臉的笑意，默默跟著他們往城門走。

四人到城門處的車馬驛取寄存在那裡的馬匹和騾車，只見這裡熱鬧非凡，一支騎兵隊伍正要出行，幾十匹戰馬正不耐煩地跺著蹄，打著響鼻，時不時發出一陣陣嘶鳴。身旁的一隊士兵均是全副武裝，旌旗飄舞，盔帽上的紅纓在風中飄舞，頗為壯觀。

芸娘等人小心地從旁邊繞過，取了馬匹和騾車，正準備離去，突然聽到不遠處傳來一聲驚喜的叫喊聲。「芸姊姊，荀哥兒。」聽上去很是耳熟。

宋芸娘循聲望去，只見那支騎兵隊伍中，有一個瘦小的身影，正是許安文，只見他正踮著腳，高高舉起手對自己揮舞著，他身旁站著一名身材高大健壯的男子，一身戎裝，卻是快有一年未見的許安平。

許安平也看到了宋芸娘，臉上露出了不敢置信的神色，隨後又轉為驚喜，他使勁揉了揉眼睛，似乎這才回過神來，激動地大踏步向芸娘走來，步伐越走越快，到最後幾乎是疾跑，地上的塵土也隨之震動，伴隨著他的，似乎還有一股硝煙戰場上的肅殺之氣，迎面撲來。

宋芸娘愣愣看著越來越近的許安平，覺得他和自己記憶中的那個青澀少年判若兩人。大概是經歷了戰火的洗禮，許安平身材更加高大挺拔，整個人更為成熟穩重，他神色堅毅，周身張揚著一股凜冽的氣質。

許安平怔怔站在芸娘身前，低頭癡癡看著她，堅毅的目光轉為柔情似水，又變回那個熱情洋溢、含情脈脈的少年。

宋芸娘在這滾燙的目光下有些局促，她忙開口打破沈默，驚喜地說：「安平哥，你怎麼在這裡？」

許安平看著魂牽夢縈的人兒就站在眼前，恨不得一把摟在懷裡，卻只能控制著自己牢牢立住，用目光纏繞著她，柔聲說：「我為周將軍送急報過來，馬上便要啟程了。」

「那……你不回張家堡？張嬸嬸很想你。」

許安平眼神一黯。「如今戰事嚴峻，我還要趕去定邊城和周將軍會合，不能久待，我娘平時就有勞芸娘妳照看了。」他語氣一轉，又變得熱情而激動。「今天居然能在這裡見到妳，我真的是太意外，也太開心了。」

芸娘也笑道：「我也沒有想到能在這裡見到你，看到你這般安好，我便也放心了。」

許安平目光膠著在芸娘身上，怎麼也捨不得移開，他只覺得芸娘比自己記憶中更嬌俏美麗，更讓人魂牽夢縈。他呆呆站在那裡，身後氣喘吁吁地跑過來的許安文拍醒了他。「二哥，太……太好了，真……真沒想到居然……在這裡可以碰到芸姊姊，這真……真的是老天爺的安排。」他彎腰喘了會兒氣，又說：「正好，你要送給芸姊姊的禮物就不用託我轉送了吧，你親自送給她吧。」

許安平一愣，似乎這才注意到芸娘身旁還站著幾個人，居然也難得地臉紅了，他不好意思地拍了一下許安文的肩膀，小聲道：「你小子說話也不看看場合。」

許安文大大咧咧地說：「怕什麼，咱們北方兒郎哪有那麼多講究和避諱。你今日一去，也不知什麼時候能再回來，現在碰到了芸姊姊，不趕快親自送給她還等什麼？」說罷從懷裡掏出一個小盒子遞給許安平。

宋芸娘難為情地低下頭來，正有些手足無措，就見一個精緻的小盒子遞到自己面前。許安平結結巴巴地說：「芸娘，這是我……我今日剛買的，選得匆忙，希望妳喜歡。」

不等宋芸娘伸手，許安文早已一把接過盒子塞進她手裡。「芸姊姊，快收下吧，妳的生辰不是馬上就要到了嗎？這是二哥精心為妳選的禮物。二哥今天一到靖邊城辦完差事，便馬不停蹄地去為妳選禮物。二哥說，首飾鋪裡本來還有一件更適合妳的，可是不巧被別人選走了，很是遺憾呢！」

一直靜靜站在一旁的蕭靖北自然早已發現，這許安平便是在首飾鋪裡遇到的那名男子。他心裡感觸良多，想不到自己和他居然在同一時間、同一家店裡為同一名女子挑選禮物，居然還看中了同一件，幸好，自己早到了一步……他想到這裡，情不自禁地將手放在胸前，按了按裝玉簪的小盒子，便似有些安心。

許安文也看出了蕭靖北是在店裡遇到的男子，他愣了一下，也立刻拱手行禮。「在下許安平，不知兄台……」

蕭靖北忙回禮。「在下蕭靖北，方才在店裡買了兄台心中所愛，多有得罪！」

「哦，你是蕭大哥！」許安文這才認出了蕭靖北，他叫道：「原來二哥看中的那支玉簪是你買去了。」

宋芸娘聞言不解地看向蕭靖北，心想，他不是一直和自己在一起嗎，什麼時候去買了玉簪？

蕭靖北見芸娘面露疑惑之色，卻誤解了她的意思，只好支支吾吾地解釋。「我……我見那支玉簪很適合……靖嫻，便買下送給她。」

許安文對許安平眉飛色舞地介紹道：「這位蕭大哥很厲害，那日胡勇那小子用鞭子打芸姊姊時，多虧他出手相救。」

許安平聞言，心痛地看著芸娘，急道：「芸娘，竟有這樣的事情？妳有沒有傷到？」又咬牙切齒地說：「我一定不會放過胡勇那小子！」

芸娘笑著搖了搖頭，輕聲寬慰道：「沒關係，早就好了，安平哥你不用擔心。」

許安平面色稍緩，又對蕭靖北拱手道：「多謝蕭兄仗義相助。」

蕭靖北忙笑著回禮，心中卻很是納悶：不知這許安平和芸娘是何種關係，許安平一看便是對芸娘情根深種，芸娘雖然神色始終淡然，但是卻一口一聲親熱地叫著「安平哥」，看上去似乎十分親密……他心中不覺湧現出一股酸澀之意，看著意氣風發的許安平，想到自己的戴罪之身，想到低矮的茅屋裡那一家子老小，特別是京城裡還有一個和離了的妻子，便覺得有些自慚形穢，雖然內心很不願意，但腿還是下意識地往旁邊挪開了幾步。

時間緊迫，許安平軍務在身，已有士兵過來催促了好幾次，他再捨不得也只能和芸娘道別；不過，居然能在靖邊城見到芸娘一面，並且親手送她禮物，實在是意外之喜，足夠許安平回想、甜蜜好一陣子。他騎在馬上隨著騎兵隊伍向遠方馳去，遠遠地還勒住馬，回過頭不停地揮手，戀戀不捨地告別了芸娘。

第十一章　荀哥兒的決心

回到張家堡，蕭靖北和宋芸娘在永鎮門分手，他本領著守門的差事，今日只請了半日假，現在已耽擱了些時間，自是趕著回去銷假。

宋芸娘他們則直接坐騾車回到了宋家。宋思年早已在家裡翹首盼望了老半天，見芸娘和荀哥兒平安回來，這才放下一顆懸掛的心，忍不住埋怨道：「芸娘啊，妳這孩子太膽大妄為了，現在人人都說外面不太平，妳還往外跑，不但自己去，還帶著荀哥兒去，爹在家裡擔心了大半天啊。」

芸娘暫時放下滿腹的心事，露出輕鬆的笑容。「爹，別自己嚇自己，沒事兒，我聽安慧姊說，現在大隊的韃子兵被周將軍牽制在定邊城！更何況，還有蕭大哥的保護呢！我們今日去靖邊城賣糧不但多賣了幾兩銀子，還以便宜的價錢買了麵粉、布疋什麼的，比在堡裡面買划算得多呢！」說罷，興致勃勃地將買回的物品一一指給宋思年看。

宋思年也饒有興致地看了一會兒，突然發現荀哥兒牢牢抱在懷裡的一摞書，好奇地問：「妳還為荀兒買了書嗎？是不是都是醫書？荀兒你現在看書要不要緊，頭還疼不疼？」

荀哥兒又心虛、又難受地低下頭，卻支支吾吾無法開口。芸娘看著父親擔憂的眼神，很是心酸，她瞪了荀哥兒一眼，笑著對宋思年說：「爹，告訴您一個好消息，荀哥兒的記憶恢復啦。他買的全都是四書五經的書，咱們荀哥兒又可以好好讀書啦！」

荀哥兒聞言一震，抬頭愣愣地看著芸娘。

宋思年卻是喜出望外，他激動地大聲道：「荀兒恢復記憶了，太好了、太好了，真是祖宗保佑啊！」他忙慌著到廂房給妻子的牌位上香，芸娘在門外聽到宋思年對亡母低低的敘話，聽他說著說著，發出壓抑不住的哭聲。芸娘不禁悲從中來，她恨恨看著荀哥兒，小聲罵道：「你小子再耍花樣，不好好讀書，小心我饒不了你。」

荀哥兒目瞪口呆地站在一旁，他沒想到這件事對父親的打擊如此之大，不禁後悔萬分。他不知道將來自己究竟會走上哪一條路，眼下只暗自下定決心，一定要按父親的期望好好讀書，絕對不能再讓他傷心了。

傍晚，宋思年差荀哥兒去請柳大夫過來吃晚飯，今日剛到靖邊城採購了一番，晚飯自然頗為豐富。

飯桌上，宋思年喜笑顏開地告訴柳大夫。「柳兄，告訴你一個好消息，荀兒的記憶恢復了，他又可以讀書啦！」

柳大夫聞言也十分歡喜，隨後又疑惑地問：「荀哥兒是什麼時候恢復的？怎樣恢復的啊？」

宋思年當時只顧驚喜，也沒想到這一層，便也跟著問：「對啊，是怎樣恢復的啊？」

荀哥兒目光躲閃，求救般地看向芸娘，芸娘便嘆口氣，隨即笑著說：「今日上馬的時候，荀哥兒不小心從馬上摔下來，頭磕了下，吵了一路上的頭昏，到靖邊城後，居然就好了，還說想看書，蕭大哥便給他買了好些書。」

宋思年自然是口唸阿彌陀佛，連聲感謝上天保佑。柳大夫卻是將信將疑，他給荀哥兒診脈，又仔細看了看他的頭，面露疑惑之色，思量了一會兒，若有所思地看著荀哥兒。

柳大夫見荀哥兒神色躲閃，心中已了然，他本就對荀哥兒失憶的症狀感到懷疑，現在越發證實了自己的推斷，便也笑著說：「我看荀哥兒大概是摔了一跤後，將當時頭腦中堵塞住的部分又摔通了，所以恢復了記憶。宋兄，真是可喜可賀啊！」

宋思年聞言越發笑得開心，宋芸娘和荀哥兒自是感激地看著柳大夫。

柳大夫又說：「荀哥兒雖是我徒弟，在學醫上也很有些天分，但學醫是失憶之時的權宜之計，現在既然恢復了，是繼續學醫，還是重新讀書，也應當好好思量思量。」

宋芸娘面露震撼之色，心知做師父的人怎能捨棄聰慧好學的徒兒，實在是因為柳大夫是善良大度之人，全然為荀哥兒考慮，沒有自己的半點私心。

宋思年還沒有開口，荀哥兒已雙膝一沈，跪在柳大夫面前。「師父在上，請受徒兒一拜。」他恭敬地拜了拜後，挺直腰背堅定地看著柳大夫說：「一日為師，終身為師，徒兒一定會繼續跟著師父學醫，將師父的醫術繼承下去；但是……」他看了一眼滿臉緊張的宋思年，接著說：「還請師父允許徒兒在學醫的同時，能跟著父親讀書。徒兒認為，學醫和讀書兩事並不矛盾，只要徒兒勤奮好學，一定兩不相誤。」

三人聞言俱面露驚異之色，宋思年和芸娘眼裡閃著淚光，柳大夫欣慰地捋起了鬍子，緩緩頷首贊同。「荀哥兒，做事不半途而廢，重情守信，都是難得的品格，你小小年紀能做到如此，為師很欣慰。只是，你以後要付出比常人更多的艱辛，你……做得到嗎？」

荀哥兒挺直背，昂著頭，目光堅定地大聲道：「徒兒一定可以做到，敬請師父放心！」

「好！好！」柳大夫忍不住擊掌叫好，宋思年也自豪地看著兒子，百感交集。芸娘悄悄用手背擦了擦眼角滲出的淚珠，她笑中帶淚地看著荀哥兒，覺得荀哥兒好似破繭成蝶一般，經歷了這一番挫折，整個人變得更加意志堅定，鬥志昂揚，反而進入了一個更高的境界。

宋家人說開了心思，此刻正開開心心地吃著豐富的晚飯，你給我挾一塊肉，我給你挾一筷子菜，小小的餐桌上氣氛溫馨祥和，其樂融融。

離宋家不遠的城門處，蕭靖北剛剛和下一班守城的士兵們換了崗，正拖著站麻了的雙腿向家中走去。

此時早已經過了晚飯時刻，深秋時節的天黑得格外早，沈沈暮色已經籠罩了張家堡，堡外城牆邊的茅屋大都漆黑一片，住在堡外的軍戶和流民比堡內更為貧苦，自然是捨不得點煤油燈，往往天一黑便早早上床歇息。

蕭靖北走過一間間靜寂無聲的茅屋，感覺像走在一片荒蕪人跡的曠野中，陣陣呼嘯的寒風迎面襲來，他又冷又餓，不禁連腳步都帶了些虛浮。蕭靖北今日勞累了一整天，從早上到此刻粒米未進。清晨趕著出門走得匆忙，中午又錯過了中餐，傍晚時分，負責下一班守城的幾個士兵吃酒忘了時間，耽誤了好長時間才匆匆趕來換崗。

又餓又寒的蕭靖北本就心情鬱悶，冷著一張臉走近家門，遠遠便聽到廂房裡傳出蕭瑾鈺的哭聲，他心情更加煩躁，沈著臉走進正屋。昏暗的煤油燈光下，小小的鈺哥兒趴在王姨娘懷裡，撅著小屁股，哇哇地哭著，一旁的李氏臉氣得通紅，手裡高高揚起一根雞毛撣子，想打卻無法狠心打下去；王姨娘一手緊緊護著鈺哥兒，一手忙著攔李氏，正急得跳腳，看到蕭靖北走進房門，如看到救星般地叫道：「四爺，快勸勸姊姊。」

蕭靖北本就心情煩躁，見到這亂糟糟的場面，不禁大喝了一聲。「不准哭！」鈺哥兒身子猛地一震，回頭懼怕地看了看父親，一下子止住的哭泣變成了抽泣和打嗝，小小的身子一抽一抽地，淚汪汪的大眼睛可憐兮兮的，李氏見狀心疼地放下了手裡的雞毛撣子，王姨娘便乘機抱著鈺哥兒出了正屋。

「母親。」蕭靖北坐到凳子上，有氣無力地揉了揉眉頭，疲憊地問道：「鈺哥兒惹您生氣啦？」

李氏嘆了口氣，指了指桌子上擺放的一堆物品，蕭靖北這才看到簡陋的桌面上堆著大包小包用油皮紙包著的物品，好奇地問：「這是什麼？哪裡來的？」

李氏苦笑著說：「這是隔壁的徐富貴送過來一些糕點之類的，說是看我病了這麼長時間，探望我的。」

蕭靖北聞言不解地揚了揚眉頭，李氏接著說：「我們兩家雖然相鄰挨著，又是一道充軍過來的，可我病了這麼長時間，他家什麼時候來看過？你現在一當上小旗，那徐富貴馬上就過來了，說的是看我，其實還不是討好你。」

蕭靖北厭煩地皺了皺眉頭。「那您怎麼還收下？」

李氏氣道：「我哪裡肯收，那徐富貴放下便要走，打的又是探望我的幌子，只說是一些糕點之類的吃食。我們兩家畢竟是鄰居，我想著若過於推辭又傷了和氣，只好勉為其難地收下，結果那徐富貴走到門口卻說，希望你能好好照應徐文軒，給他在城門處安排個輕鬆的差事。」

蕭靖北聞言有些錯愕，隨即冷笑道：「真是無利不起早的商人，他倒是慣會鑽營；只是這次打錯了算盤，我只是一個小小的小旗，哪有什麼能力安排徐文軒去城門守城？」

李氏卻笑了。「你還真是小看這徐富貴了，人家早就找通了路子，將徐文軒安排在城門駐守了，不然怎麼會你們五個人一道充軍來，四人都去了邊墩，卻只有徐文軒一人留在堡裡？徐富貴只怕是看我們是鄰居，好打交道，便想將徐文軒安排在你負責的那一班，這才上門套套近乎呢。」

蕭靖北不覺氣極反笑。「這個徐富貴，還真是有一手，怪不得他們家老爺派他一路跟著徐文軒過來。」又問：「不過，這又關鈺哥兒什麼事？」

李氏想到可憐兮兮的鈺哥兒，不覺又心酸又生氣。「我知道拿人手短，吃人嘴軟，徐富貴所託之事萬一令你為難，他的東西我們還是不要為好；哪曉得我千叮嚀、萬囑咐，剛轉了個身，鈺哥兒便將一包糕點偷偷拆開吃了。吃了還不算，他怕我發現，還將吃不完的悄悄塞在床底下，要不是我看見他嘴角的殘渣，還真被這小子給瞞過去了。」說罷，想起鈺哥兒那又可憐、又狡黠的小模樣，又忍不住捂著嘴笑。

蕭靖北也忍不住彎了彎嘴角，卻又肅然道：「這小子真的要管教，只是他還這麼小，還是要慢慢跟他講道理才好。」

李氏也嘆了口氣，她想到鈺哥兒畢竟還是小孩子，又這麼長時間吃些粗糧，看到美味的糕點自然嘴饞，自己剛才也是心急，卻有些過了……想到這裡，又有些後悔。猛然想起王姨娘和鈺哥兒出去這麼久，便起身想出去看看。

剛走到門口，卻見王姨娘端著一碗熱騰騰的麵片湯進來了，鈺哥兒邁著小短腿亦步亦趨地跟在她身旁，小心翼翼地端著一盤饅頭，看到李氏站在門口，腿便有些哆嗦，停住腳步怯怯地看著李氏。

李氏嘆口氣，彎腰接過盤子，和王姨娘一起走進房裡，將麵片湯和饅頭放在桌上，又心疼、又自責地對蕭靖北說：「瞧我，淨顧著拉你說話，都沒想到你還沒有吃飯，還是玥兒心細，快趁熱吃點吧。」

蕭瑾鈺也鼓起勇氣走到蕭靖北身邊，細聲細氣地說：「父親，快吃東西吧，是我和姨奶奶一起做的。」他又看向李氏。「祖母，您別生氣，我知道錯了，以後再也不敢了。」

蕭靖北拿起筷子，雖然腹中饑餓難耐，此時卻有些食不下嚥。他放下碗筷，彎腰扶住蕭瑾鈺小小的肩頭，看著他水汪汪、黑漆漆的大眼睛有些怯怯地看著自己，只覺得心一下子軟了下來，便輕聲問：「鈺哥兒，你知道自己錯了嗎？」

蕭瑾鈺奶聲奶氣地說：「知道。祖母說這是別人的東西，要還給別人的，不能動；可我還是忍不住拆了一包吃了……父親，我錯了，我以後再也不敢了。」

蕭靖北有些心酸，卻還是板著面孔教導。「我以前和你說過，非禮勿視，非禮勿聽，非禮勿言，非禮勿動。你雖然年幼，但也要慢慢懂事，學會克制住自己，不屬於自己的東西絕不能動，不能任性妄為，你明不明白？」

蕭瑾鈺望著父親，似懂非懂地點了點頭。

張家堡的上西村，住的大多是百戶、總旗、小旗等官員和少數家境略好的軍戶。比起宋芸娘住的上東村，這裡的石板路更寬闊平整，兩側的房屋更高大寬闊，連路上的行人衣著也更鮮亮整潔。

宋芸娘挎著小籃子，熟門熟路地來到一家小院，推開虛掩的院門走進去，院子平整寬闊，十幾隻雞正在空地上歡快地啄著稻穀，院子的一側還開闢了一小塊菜地，種著一些時令蔬菜。

鄭仲寧的寡母劉氏正在小菜地裡忙活，看到宋芸娘走進來，忙笑著走過來，一邊招呼芸娘，一邊衝西邊廂房大喊。「安慧，芸娘來啦！」

許安慧忙從房裡匆匆走出來，她穿著家常的藍色粗布襖裙，髮絲凌亂，面色憔悴，眼睛裡布滿血絲，眼下是深深的黑眼圈。宋芸娘一向看到的都是精神煥發、容光滿面的許安慧，此刻，乍一看到蓬頭垢面的許安慧，猛然嚇一大跳。

許安慧看到芸娘，馬上露出笑容，儘管精神疲倦，還是歡喜地將芸娘迎進正屋裡坐下說話。

宋芸娘心疼地看著許安慧。「安慧姊，這才幾天沒見，怎麼累成這個樣子了？」

「齊哥兒這幾天發燒，我不眠不休地守了好幾天了。」許安慧用手捂住嘴打了個哈欠，有氣無力地說。

「齊哥兒嚴不嚴重？我去看看。」宋芸娘面色一下子緊張起來，急忙起身要去廂房。

許安慧忙攔住她。「燒了幾天，已經退燒了，現在正睡著呢。這兩天吃了柳大夫開的藥，又用他教的方法降溫，好得很快。」

芸娘忙安慰道：「小孩子三病兩痛總是有些的，只要好轉就應該不礙事。我也是昨日才聽義父提起，不然早就過來看看了。」

許安慧反倒不好意思起來。「小孩子生病而已，妳還這般鄭重地過來看，反而折煞了他。這事我連我娘也沒有告訴，免得她擔心。」

兩人說著話，劉氏已端過茶來，芸娘忙謝著接過，許安慧便對劉氏道：「婆婆，大妞妞去隔壁家玩了大半天，您去看看，她有沒有惹事。」劉氏便忙出了院門。

鄭仲寧家人口簡單，只有一個寡母。當年本是附近村子裡的村民，後來整個村子遭韃子搶掠屠村，劉氏因帶著年幼的鄭仲寧在山中打柴才得以倖免於難，鄭仲寧的父親、兄長卻未能逃脫厄運。母子兩人投奔到張家堡時，時年才十歲的鄭仲寧同意永遠入軍籍，張家堡才肯接納這對母子。

他們家剛來時住在上東村，後來鄭仲寧連連立功，升為小旗，彼時張家堡還沒有現在這麼擁擠，鄭家便搬到了張家堡的「富人區」。再後來，許安慧嫁了過來，生了一兒一女，鄭仲寧也升了總旗，一家人過得和和樂樂，甜甜蜜蜜。宋芸娘看著這一大家子，常常心生羨慕。

「對了，我昨日去靖邊城賣糧，看到街上有賣小孩子的玩意兒，很是有趣，便給大妞妞和齊哥兒各買了一個。」宋芸娘說罷，從籃子裡拿出一對虎頭虎腦、樸拙可愛的瓷娃娃和一個木身羊皮面的撥浪鼓，笑吟吟地說：「大妞妞肯定喜歡這娃娃，齊哥兒便玩這撥浪鼓吧。」

許安慧笑著接過，忙謝了芸娘。「妳還真是有心，對了，現在外面這麼亂，妳去靖邊城幹什麼？」

宋芸娘便將昨日去靖邊城賣糧一事告訴了許安慧，特別提到遇見許安平和許安文的事情，許安慧聽聞這兩兄弟一切安好，也拍著胸脯口唸阿彌陀佛。芸娘又聊了聊荀哥兒恢復記憶的事，許安慧聽得張口結舌，唏噓不已。最後，芸娘又談起了做面脂生意的事情。「其實，我今日來也是想和妳商量商量，怎麼將面脂的生意做到靖邊城去？」

許安慧聽完後沈下了臉。「妳膽子也太大了，現在外頭是什麼境況不知道嗎，妳一個女子還往外跑？妳之前遇韃子的事情都忘了嗎？」

宋芸娘委屈地說：「前些日子妳不是說韃子的大隊人馬被周將軍的軍隊拖在了定邊城嗎？」

「前些日子是前些日子，這戰場上的事情瞬息萬變，說不定今天韃子就打到咱們這兒來了。」許安慧嚴肅地說。

宋芸娘忙道：「昨日是蕭大哥送我們去的，他還答應五日後再陪我去……」

許安慧打斷了芸娘的話。「怪不得我家官人昨晚回來說，他聽蕭靖北的上峰萬總旗抱怨，新任的蕭小旗沒當幾天差就請假，還遲了銷假的時間；所以晚上換崗的時候，他特意安排接崗的幾個士兵一起吃酒，拖延換崗的時間，好給蕭靖北一點顏色看看，故意刁難刁難他。說起來，我家官人也是幫凶，他還去陪了酒呢，我昨晚聽了好一頓說他。」

宋芸娘聞言愕然，想不到蕭靖北輕描淡寫地說陪自己去靖邊城，背後卻還要承受這樣的壓力和責難。她不覺又羞又愧，心裡一陣難受，臉也發起燒來。

許安慧接著說：「妳讓他五日後陪妳去也是太不妥當，且不說路上不安全，只說孤男寡女的同行這麼長一段路，也不方便。」

宋芸娘張口結舌，她當時就只想著掙錢，並沒有想到這麼多，她深恨自己怎麼就鑽到錢眼裡去了，慚愧地說：「安慧姊，我思量得太不周全了，多虧妳提點了我。只是……我答應了靖邊城那幾名女子，五日後送面脂去賣，這可如何是好？」

許安慧想了想，便道：「這也不難，反正經常有士兵往來靖邊城傳遞消息，妳做好面脂就交給我，我託人帶給我舅母，讓舅母幫著賣，若真賣出來了，這倒又是一條財路。」

宋芸娘神色一亮，感激地說：「如此就太謝謝安慧姊了。」

許安慧笑道：「我們兩姊妹有什麼好謝的。」她想了想，又說：「對了，前幾日錢夫人託人帶話給我，說上次的面脂快用完了，想再買幾盒；還說，妳上次說有精力的話，可以再多做些胭脂、口脂之類的，問妳現在是否能做，價錢都好說。」說罷疑惑地看著芸娘，問道：「妳什麼時候見過錢夫人？」

宋芸娘微微一怔，她覺得和錢夫人的那番交談，只屬於自己和她的秘密，因此哪怕親近如許安慧，卻也不是很想告訴，因此便有些支支吾吾，正巧西邊廂房裡傳出齊哥兒的哭聲，許安慧匆忙起身走向廂房，芸娘也跟著一起走了過去。

宋芸娘見許安慧忙著照顧齊哥兒，不好多待，略坐了會兒便告辭離開了鄭家。她沿著長長的小巷走到南北大街上，儘管在心裡不停地告誡自己「不要去，不要去」，可是雙腿卻不受控制地轉了個彎，朝著與家裡相反的方向——城門處而去。

方才在路上，芸娘細細回想許安慧的話，越想越覺得自己的自私和任性，腳下的步伐也越走越快，只想快點見到蕭靖北，好好跟他道歉。

高高的城門一側，蕭靖北正在接受萬總旗的訓話。萬總旗四十多歲，也是一名勇猛慓悍的北方漢子，靠著一身好武藝和膽量升上了總旗的位置，負責張家堡的城門防守事宜。他長著一臉的大鬍子，眼睛明亮有神，身材高大魁梧，嗓門高昂洪亮，此刻剛剛結束了訓話，還有些意猶未盡。他拍了拍蕭靖北的肩頭，大聲道：「好好幹，小子，咱們這裡只要肯闖肯拚，就不怕不能出頭。」話音一轉，又意有所指地說：「我知道你來這裡之前身分只怕不低，定是個使喚人的主兒，但是到了這裡，就得聽從上司的命令，乖乖遵守紀律，軍令大於天，知不知道！」

蕭靖北神色一凜，他明白這萬總旗又拿昨日之事在作文章，便挺直了腰背，大聲道：「屬下謹遵大人教誨。」

萬總旗滿意地點了點頭，又側頭對一直呆立在一旁的徐文軒擺了擺頭，徐文軒會意地走過來。萬總旗又對蕭靖北說：「這個徐文軒是和你一道充軍過來的，好像還住在你家隔壁，你應該認識吧？」

蕭靖北想起徐富貴的禮品，心中已經微微明白，他點點頭，道：「回大人，徐文軒正是住在屬下隔壁。」

萬總旗便笑著說：「我看這小子身子虛弱，不如就安排在你這一班裡，你和他熟悉，又是鄰居，平時也多關照一下。」

蕭靖北忙肅容道：「大人愛兵如子，體恤下屬，屬下佩服萬分，一定遵辦。」

萬總旗手下的五個小旗和五十名士兵，身負守城的重任，因此都是精心選出身材高大、武藝高強的精英。五個小旗及其手下管轄十名士兵，分為五個班，輪流負責駐守城門和巡查城牆。徐文軒本安排在另一名姓張的小旗手下，因他身材單薄，膽小怯弱，又是透過不正當管道進來的，常常受到其他士兵的排擠和嘲笑。徐富貴見蕭靖北做了守城的小旗，想著蕭靖北本是公道正派之人，又比較相熟，便想方設法將徐文軒調入蕭靖北的轄下。

萬總旗走後，蕭靖北看了看徐文軒，儘管在張家堡已有數月，但他一直處在徐富貴的保護之下，神色仍顯得稚嫩，此刻正呆愣愣地看著自己。蕭靖北想了想，便將徐文軒安排在一處相對輕鬆一點的地方站崗，風不吹、雨不淋、太陽曬不著；倒不是因為徐富貴送的禮，主要是他看這徐文軒太過文弱，難堪大用，只能安排在此等清閒一點的地方。

安置好了徐文軒，蕭靖北又去其他站崗的士兵處一一查看，他登上城牆，卻見秋色已濃，純淨的藍天白雲下，張家堡外那片廣袤的原野滿目金黃。遠處萬山紅遍、層林盡染，如一條白玉帶般鑲嵌在原野上的飲馬河也放慢了腳步，靜靜地流淌，在陽光的照耀下，泛著碎玉般的光芒。蕭靖北第一次發現原來張家堡居然有著這般宜人的景色，在這廣闊的天地之前，胸中一股鬱鬱之氣也消散了許多。

蕭靖北憑樓遠眺，靜靜想著心事，一名士兵上前打斷了他。「報告蕭小旗，城樓下有一名女子要找您。」

蕭靖北聞言心裡咯噔一下，他馬上想到莫非是家中出了什麼事，急匆匆走到城樓下，卻見高大的城牆下，宋芸娘靜靜站在那裡，看到自己，神色一亮，露出燦爛的笑容，似乎連身後灰暗的城牆也變得明亮。當蕭靖北一步一步走近她時，宋芸娘的笑容卻慢慢淡下去，變得有些局促和緊張。

蕭靖北靜立在宋芸娘面前，低頭看著她，目光柔和，嘴角含笑，面上帶著淡淡的詢問之色。

宋芸娘低下頭，半垂著眼，突然有些手足無措，路上想好的話語此刻卻一句也說不出，只覺得臉越來越燒。她恨恨地暗罵了自己一句「沒出息」，便跺跺腳，鼓起勇氣道：「你……」

「妳……」同時響起了一聲低沈渾厚的嗓音，卻是蕭靖北也開了口。

兩人俱一愣，又道——

「我……」

「我……」

卻又是異口同聲。

蕭靖北愣住，宋芸娘愣了下，也噗哧笑了，緊張的心情頓時消散了很多。她抬頭看著蕭靖北，眉眼彎彎，笑意盈盈。「蕭大哥，你先說吧！」

蕭靖北輕笑著問道：「宋娘子，妳找我有何事？」

芸娘猶豫了下，輕聲道：「蕭大哥，我聽聞昨日你因請假一事受到了責難，心裡很過意不去，是我思慮不周，害你受累了。」

蕭靖北忙道：「宋娘子千萬不要如此客氣，妳對我……對我蕭家有恩，妳的事就是我的事，能為宋娘子出力，蕭某兩肋插刀，在所不辭。」

宋芸娘心中越發難受，喃喃道：「可我聽說他們故意刁難你，害得你……害得你……」

蕭靖北毫不在意地笑了。「些許小事，不值得提。妳蕭大哥我也不是紙糊的，妳看我連韃子都不怕，誰還能刁難得了我？」

芸娘聞言越發不安，她再三道歉，又道：「聽說現在堡外不是很安全，你們一家住在外面萬事要小心。另外，關於去靖邊城賣面脂一事我已託付了安慧姊，鄭姊夫可以託人帶去。你剛剛回到堡裡，有空閒的時間還是將家裡安頓安頓，不要再為我的事情耽擱了。」

蕭靖北聞言有些訝然，只覺得心頭湧上一股說不清、道不明的感覺，既像是失望，又像是煩惱，還有一股淡淡的酸意，他本來很有些期盼幾日後能陪著宋芸娘去靖邊城，甚至還想著乘機將昨日買的那支白玉簪送給芸娘，可是現在芸娘卻已不需要他的保護。他覺得芸娘和他的距離似乎又一下子拉開了，變得生疏，他想，莫非是昨日遇到許安平的緣故，越想越覺得煩躁，面上也有幾分顯現了出來。

宋芸娘見蕭靖北沈下面孔，眉頭緊鎖，只當蕭靖北在怪自己考慮事情輕率，隨意更改主意，正躊躇著準備開口解釋，卻見一名士兵有事上前稟報，她遲疑了下，只好先行告辭。

第二日天氣晴好，宋芸娘和宋思年、荀哥兒又在小院裡開起了手工作坊，一家人歡歡喜喜地做起了面脂。

自從上次嚐到做面脂掙錢的甜頭後，本有些半信半疑的宋思年也變得興致勃勃，聽芸娘說還可以拿到靖邊城去賣，更是勁頭十足，荀哥兒自然更是興致勃勃地參與其中。

忙了一整天，到傍晚的時候，第二批面脂終於做好了，除了二十幾盒面脂，還有幾小盒帶有嘗試性質的口脂。有了第一次的經驗，這次的面脂做得更成功，此時的面脂已經冷卻凝固，膏體細膩，色澤潔白瑩潤，芳香宜人，再配著精美的小瓷盒，看上去還真不比那玉容閣裡賣的面脂差。宋家三口人笑咪咪地看著這些小盒子，彷彿看到這一堆盒子變成了一堆白花花的銀子，不覺都面色泛紅，眼睛閃著興奮的光芒。

宋芸娘想起那日錢夫人還提出需要手膏、髮膏和胭脂。手膏和髮膏倒好說，製法和面脂差不多，用香料浸香酒加油脂調和即可，今日天已不早，且宋思年和荀哥兒看上去雖然興奮，但畢竟折騰了一天，也有些累，她打算明日再做些。只是胭脂卻有些為難，需要紅色鮮花，可現在已是深秋，萬物凋零，馬上又要進入天寒地凍的嚴冬，要到哪裡去找紅色鮮花？到時只能和錢夫人解釋一下了。

晚飯過後，宋芸娘將做好的面脂和口脂取了一、兩盒給隔壁的張氏和蕭靖嫻送去。

蕭靖嫻在許家住慣了一人一間房，回到蕭家和王姨娘她們擠了幾晚後，怎麼也不習慣，便隨便找個理由搬回許家。張氏倒甚是喜歡，她一個人孤單寂寞，突然多了一個乖巧懂事的小姑娘天天陪自己說話，自然是求之不得。更何況這小姑娘出身高貴，談吐文雅，又貌美如花，張氏還存有不可告人的私心，她心想著，若蕭靖嫻能將許安平的心從宋芸娘身上吸引過來，那便是最好的了。

此時夜涼如水，一輪彎月如鈎般掛在天空，一會兒害羞地躲進縹緲的雲層，只露出一小半，猶抱琵琶半遮面，一會兒又悄悄從雲層裡滑出來，低垂著頭，靜靜看著夜幕中的張家堡。

宋芸娘推門走進許家小院，只見張氏的廂房裡燈光閃爍，蕭靖嫻和張氏正坐在織布機前一邊織布，一邊說笑。見芸娘走進來，兩人急忙起身，笑著迎芸娘坐下。

蕭靖嫻和張氏試用了面脂，將宋芸娘狠狠誇讚了一番，三個女人一臺戲，又很是熱鬧地聊了一會兒，嘰嘰喳喳的聲音充斥了整個房間，讓沈寂許久的許家小院充滿了生氣。

「哦，對了。」蕭靖嫻突然想起來。「芸姊，過兩天是我十五歲生辰，想辦個及笄禮，到時想請妳做贊者；此外，也邀請你們全家到時一起去觀禮。」

這一日，一向冷清的蕭家小院裡，熱鬧非凡，十幾個男男女女站在籬笆圍成的小院子裡，嘰嘰喳喳地交談，臉上充滿了好奇和興奮的神色。

蕭家小小的正屋裡，也擠滿了人。柳大夫和荀哥兒反而只能站在門外，一邊用力拉住扭著小身子、一個勁兒地要闖進屋內的蕭瑾鈺，一邊伸著腦袋往裡看。

張家堡的軍戶們生活貧苦、終年忙於生計，一般女子到了十五、六歲便匆匆嫁人，很少會舉行及笄禮，更別說如此鄭重其事地邀請了齊全的參禮人員和觀禮者。故此，門外除了受邀請的柳大夫等人，還有附近一些看熱鬧的軍戶們也好奇地探著腦袋。

矮小的正屋裡，李氏端坐在上首，蕭靖北站在她身側，兩人都面帶欣慰的笑容，笑咪咪地看著端正地跪坐在正屋當中的蕭靖嫻。蕭靖嫻微微低垂著頭，披著一頭緞子般順滑的秀髮，作為正賓的張氏剛剛高聲唸過祝詞，此刻跪坐在一旁，輕輕挽起蕭靖嫻的秀髮，盤成一個秀麗的桃心髻。髮髻盤好後，王姨娘便將手裡端著的盤子遞向站在一旁的宋芸娘，宋芸娘見盤子裡擱著一支光澤溫潤的碧玉簪，暗想這大概便是蕭靖北當日在靖邊城所買的吧。她小心拿起玉簪，輕輕簪在蕭靖嫻的髮髻上，青翠欲滴的玉簪襯著那一頭烏溜溜的秀髮，顯得秀髮越發烏黑亮麗。

隨後，蕭靖嫻姿態從容優雅地起身，轉身走向門口，去廂房換衣，宋芸娘也隨她一道走出正屋。

屋外圍觀的人只見兩名面容姣好、身材窈窕的女子一道娉婷而來，俱都自覺地向兩側讓開。蕭靖嫻昂首挺胸地走在前面，彷彿又成了當年京城裡的那位嬌貴傲氣的大小姐；宋芸娘緊隨她身後，她雖然衣著簡樸，但容貌秀美，神態祥和，周身的氣勢一絲也不弱於蕭靖嫻。兩名女子一個嫵媚秀麗，一個端莊俏麗，圍觀的人都嘖嘖讚嘆，只覺得這兩名女子好似下凡的仙子，和這破敗、簡陋的環境是那般格格不入。

蕭靖嫻回房換了新衣後，重新出現在眾人面前，只見她上身一件鵝黃色的短襖，下身是齊腰的淺粉色襦裙，穠纖合度地包裹著她嬌美的身軀，好似春天裡俏然挺立的一枝桃花。她的衣襟和裙襬上繡滿了精美的花邊，裙襬微微散開，隨著款款蓮步綻放出絢爛的花朵。

屋外圍觀的人均驚豔地看著蕭靖嫻，只覺得她此刻更加豔麗動人。被徐富貴拉著前來套近乎的徐文軒站在人群中，呆愣愣地看著蕭靖嫻，怎麼也沒有想到那個一路上灰頭土臉、面黃肌瘦、身材單薄的小姑娘居然搖身一變，成了眼前光彩奪目的大美人。他的心怦怦跳著，眼珠子定在蕭靖嫻身上一眨不眨，生怕一不小心眼前的美人就眨不見了。

蕭靖嫻目不斜視地走進正屋，恭敬地行跪拜禮，一絲不苟地完成了剩下的儀式。禮畢後，李氏激動地站起來，向前來觀禮的各位賓客致謝。她微微定了定神，高聲道：「感謝各位好友前來參加小女的及笄禮。我們一家初到張家堡，雖人生地不熟，卻能有幸得到各位無私援助，幫我們一家度過難關，助我們在此安居，老身實在是感激不盡。今日，藉此機會，我要好好拜謝各位。」說罷，便深深彎腰向柳大夫、張氏等人行禮。

「使不得，使不得。」張氏忙攙扶住李氏。「大家都是鄉親，走到一起就是緣分，互相幫助都是應該的，李夫人太客氣啦。」

李氏感激地拉著張氏的手。「張嬸子，我早就想上門拜謝妳，只是這身子不爭氣。我家靖嫻不懂事，給妳添麻煩了。」

張氏忙道：「靖嫻乖巧懂事，又懂得逗我開心，為我解悶，我是喜歡得不得了呢。」她見看熱鬧的人已散得差不多了，蕭靖北也出了正屋，在院子裡和柳大夫說話，此刻屋內只有一眾女子，便戲謔道：「不如就把靖嫻送給我家吧，我家還有兩個兒子呢，大的那個今年二十一，小的十一歲，都沒有說親，不論靖嫻看上哪一個，都行！」

李氏愣了一會兒，不置可否地笑了。王姨娘是今日除了蕭靖嫻之外，第二個歡喜和興奮的人，她聞言面露喜色，輕輕拽了拽李氏的袖子，卻被李氏不動聲色地推開了。

「張嬸嬸，妳——」蕭靖嫻害羞地啐了一口，轉身回了廂房，宋芸娘也忍住笑地衝屋內幾人微微屈膝行了禮，隨蕭靖嫻去了廂房。

廂房裡，蕭靖嫻依依不捨地脫下了衣裙，換上家常的粗布衣裙。她小心地將換下的衣裙疊好，伸手在光滑的布料上輕輕摩挲，發出一聲微嘆。以前在京城時，這樣的衣裙她是看都不會多看一眼的，現在卻是難得的華服。李氏本不同意大張旗鼓地操辦及笄禮，卻耐不住蕭靖嫻軟磨硬磨，只好託徐富貴當了幾顆珠寶。那徐富貴正是討好蕭家的時候，自是不遺餘力地換了個高價，還幫著買了布疋和碧玉簪。李氏和王姨娘便花了幾個日夜，趕製出了這身精美的衣裙。

宋芸娘看著蕭靖嫻髮髻上那一支碧玉簪，笑道：「想不到蕭大哥看似粗心的一個大男人，還挺會買東西的。妳看這支碧玉簪和妳多配，襯得妳肌膚雪白，秀髮黑亮，不知多美。」

蕭靖嫻得意地笑了笑，卻道：「這才不是我四哥買的，我四哥從未為女子買過東西，又怎麼會為我買。」

宋芸娘聞言很是奇怪，不明白當日蕭靖北為何說謊，當時蕭靖北明明買過玉簪，那他的玉簪又是為誰所買？不是買給蕭靖嫻，還能是誰？難道是他的娘子？她猶豫了一會兒，又輕聲問：「難道……難道也沒有給妳四嫂買過嗎？」

蕭靖嫻微微瞟了一眼宋芸娘，看似不在意地說：「我四哥雖與四嫂感情深厚，但他行事粗放，從不懂得買些小東西討四嫂歡心，四嫂私下裡不知偷偷對我埋怨過他多少次呢。」說罷便捂嘴格格笑。

宋芸娘心中一痛，似有針刺了一般，她神情恍惚地問：「妳四嫂既然和妳四哥感情深厚，為何沒有和你們一起？」

蕭靖嫻愣了愣，沈下面色，略帶惱意地說：「不是她不想來，是他們家的人將她強帶回去了。哎呀，大好的日子，不說這些傷心的往事了。」

宋芸娘怔在那裡，她見蕭靖北的妻子沒有一同前來，蕭家人也從來閉口不提蕭瑾鈺母親一事，甚至連鈺哥兒也沒有提及過自己的母親，因此芸娘只當她或已不在人世，沒想到她居然還在京城，蕭靖嫻還一口一聲「四嫂」，芸娘突然覺得心底湧出一股深深的難受和羞惱。

第十二章　王大人的鍾情

宋芸娘趕製出了面脂、手膏等護膚品，想著和靖邊城那幾名女子的五日之約，便將做好的護膚品用籃子裝好，去了許安慧家。

宋芸娘取出籃子裡的護膚品，一一擺在桌子上指給許安慧看。「這二十幾盒面脂和手膏是帶到靖邊城裡去賣的，我當日和那幾名女子約的是明天在街口見。」

許安慧點點頭。「我馬上託人帶給我舅母，讓她明日去街口等著。此外，我這裡也留幾盒，上次還有幾個副千戶、百戶夫人用了也說好，說不定她們也會再要。」

宋芸娘聞言越發笑意盈盈。「她們要的話我再做，現在是不怕沒有貨，只怕沒人買啊。」

宋芸娘又拿出幾個稍大一些的盒子，單獨放在一邊，笑道：「這是特意給妳的面脂和手膏，分量裝得足一些。我這次還嘗試著做了妝粉和口脂，看妳最近面色憔悴，我可是給妳雪中送炭來啦，妳趕快用用，小心鄭姊夫嫌棄妳了。」

許安慧笑嘻嘻地點了點芸娘的額頭。「瞧妳這張嘴。我這人老珠黃之人用不用都無所謂，反正已經有了著落，妳鄭姊夫嫌不嫌棄都得受著；倒是妳這小姑娘要好好打扮打扮，用心找一個好兒郎。」

宋芸娘羞得垂下頭，心裡莫名湧上一股煩惱，她不做回應，只是又取出略微精緻的幾盒。「這是給錢夫人的，妳看妳什麼時候有工夫送去？」

許安慧想了想，面露為難之色，皺眉道：「我這兩天家裡走不開，婆婆老毛病又犯了，齊哥兒也沒有好全，不如妳自己送去吧。其實錢夫人挺和善，對了，她還說起過妳，我聽錢夫人的意思，妳好像見過她？」

宋芸娘支支吾吾地轉移了話題，許安慧便又和宋芸娘敘起話來，她收斂了笑意，語重心長地說：「芸娘，玩笑歸玩笑，妳現在也不小了，倒真應該為自己好好打算一下，女孩子再拖下去就不好找人家了。」她見芸娘神色平淡，便試探道：「我家安平……」

宋芸娘想到許安平那雙充滿熱情的眸子，想到他上次送的，令她一直深藏箱底、不知如何處理的那只玉鐲，心裡有些心虛和歉意，她輕聲道：「安慧姊，我與安平哥是不可能的……」

許安慧面色一沈。「妳還堅持那入贅的傻念頭？芸娘，說句不怕妳怨我的話，前段時間荀哥兒出事，我雖然難過，但聽聞他不能讀書改學醫，倒在心裡暗暗為妳歡喜，想著他將來可以在軍中做醫士，繼承妳爹爹的軍職，妳便也可以心無旁騖地尋一門好親事。可現在……哎，妳呀……」

離開了鄭家，宋芸娘帶著滿腹心事，去了防守府。

錢夫人這次接見宋芸娘要隨意許多，她見到這一批護膚品，又驚又喜，一時高興，居然給了宋芸娘五兩銀子。

宋芸娘領了銀子，告別錢夫人，在一名粗使婆子的帶路下往外走。路上那婆子偷懶，記掛著廚房裡和幾個婆子的賭局，出了小院便覥著臉說廚房裡還有事，要芸娘自行出去。宋芸娘無奈，只能笑著應允，自己沿著院子裡的石板小道慢慢往外走。

此時秋色正濃，院子裡的花草樹木也大多凋零，顯現枯敗頹唐之色。宋芸娘抬頭看看陰沈沈的天，覺得自己的心情也如這天空一般灰暗沈重，她回想起剛才在鄭家時許安慧的勸導，又想到宋思年的憂心和焦急，想到荀哥兒的前程，尤其想到蕭靖北晦暗不明的態度，便覺得心情越加煩悶。她突然才明白蕭靖北和自己之間隔著一條巨大的鴻溝，不說他複雜的家庭，單說入贅一事，他也絕不可能做到；而且，直到昨日，她才知道他還是有娘子之人。自己為什麼前段時間居然生出了些不該有的遐想，莫非她也和安慧姊一樣，因為荀哥兒的失憶而隱隱看到了新的希望，竟然對未來有了不切實際的憧憬……

宋芸娘因自己的這個想法感到羞愧和震驚，她一邊在心裡狠狠痛罵自己，一邊垂著頭加快腳步，走近官廳和內宅分界的垂花門時，卻不慎撞到門外匆匆走進的一人身上。此人個子雖不高，可身材頗為壯實，芸娘的額頭撞到了他的鼻子，只覺得眼冒金星，額頭生痛，抬眼看去，卻見一名身穿青色千戶官服的男子捂著鼻子疼得跳腳，嘴裡破口大罵。「他娘的，是誰活得不耐煩了？」卻正是張家堡的最高長官——防守官王遠。

宋芸娘心中驚駭，忙跪下告罪。「民女不知大人進門，不慎撞到了大人，罪該萬死。」

王遠剛才痛得眼冒金星，模模糊糊只看見撞到了一個身穿灰暗粗布棉袍之人，還以為是家中下人，正舉起腿準備一腳踹去。此刻聽到如出谷黃鸝般清脆的嗓音，不覺愣住，他定定看著跪在身前的人，只見她烏溜溜的髮髻上沒有金銀飾物，只插了一支紅木簪子，烏黑亮麗的秀髮泛出健康的光澤。她的頭低垂著，露出優美纖細的脖子和潔白細膩的肌膚，粗布棉袍包裹著她玲瓏的身軀，越發顯得纖弱嬌柔，楚楚動人。

王遠心中一動，放下了抬起的腿，清了清嗓子，放低了聲音，柔聲道：「妳是誰家的小娘子，抬起頭來。」

宋芸娘無奈，只得微微抬頭回道：「民女是軍戶宋思年之女，今日進府是給錢夫人送面脂，方才衝撞了大人，請大人恕罪。」

王遠呆呆看著芸娘，面露驚豔之色，想不到在自己轄下還有這般清麗脫俗的女子，怎麼自己居然沒有發現？他定定站著，視線牢牢黏在芸娘身上，腿也不願邁動。

宋芸娘又驚又怕，王遠的好色之名人人皆知。芸娘越想越怕，她慢慢垂下了頭，身子開始不可抑制地顫抖。

王遠身後的一名隨從輕輕提醒了他。「大人，您不是還有要事嗎？」

「哦，哦。」王遠回過神來，又擺出一副鎮定的神色，柔聲道：「宋娘子，妳不要害怕，本官最是愛民如子，妳本是無心之過，我怎麼會怪罪妳呢！妳回去吧。」

宋芸娘急忙磕頭謝恩，匆匆爬起來，頭也不回地出了防守府，一路上惶惶不安。

王遠望著宋芸娘婀婀娉娉的背影，伸手摸了摸方才撞痛的鼻子，似乎覺得鼻子上還留有芸娘肌膚上的滑膩和幽香，不覺摸著鼻子回味地笑。他回過頭對身後的隨從說：「你去打聽打聽，這宋娘子家是什麼樣的情況？她許配人了沒有？」

宋芸娘一陣小跑，急匆匆回到了家。走進院門，她看到宋思年關切的眼神，只好壓抑住內心的驚懼，換上輕鬆的笑臉。「爹，面脂已經全部讓安慧姊送到靖邊城給她舅母代賣了；還有錢夫人的也已經給她送去了，她居然給了五兩銀子。」說罷，將銀子從懷裡掏出，遞給宋思年。

宋思年雙目圓瞪，面露驚喜之色，他欣慰地笑道：「芸娘，這銀子妳自己留著，準備自己的嫁妝。妳也不小了，要操辦自己的終身大事了啊。」

宋芸娘聞言越發難過，她假裝羞澀地躲進了廂房，關上門，只覺得後背都是冷汗，全身發軟。

芸娘呆呆地靠在炕上，雙目失神地盯著黑漆漆的屋頂，覺得頭頂似乎出現了一個黑不見底的漩渦，越漩越急，越漩越深，似乎有一股巨大的力量要把她拽進去，就好像她未知的命運。她絞盡腦汁地想著對策，每想出一個辦法便又馬上否決了它，她狠狠地捶了幾下土炕，深恨自己為什麼要是一名生如浮萍的女子，為什麼不能決定自己的命運……

第二天早上，宋芸娘精神很有些萎靡不振，無論是幹活還是吃飯，都魂不守舍，宋思年莫名萬分，上前小心地問道：「芸娘，妳有什麼煩心的事嗎？」

芸娘有些愣住，難道自己的表現已經明顯到讓爹爹都看出了嗎？她猶豫了一會兒，正準備開口解釋一番，卻聽到門口有男子的聲音。「宋思年在家嗎？」

宋思年聽得聲音陌生，不覺一愣，急忙拄著枴杖向院門走去。只見門口站著一名小兵，穿著下等兵的服裝，滿臉不耐煩的神色，看到宋思年出來，便傲慢地問：「你就是宋思年？」

宋思年忙點頭。小兵又道：「防守府的錢夫人請你家宋娘子去府裡坐坐，請宋娘子務必快一些，錢夫人可不耐煩等人的。」

宋思年一驚，回身對宋芸娘叫道：「芸娘，防守府的錢夫人請妳去府裡。」

宋芸娘只覺腦中一片混沌，緊張得手足無措，她猛地站了起來，只覺得心跳加快，腿腳發軟。她扶住門框靜靜地想了想，卻又慢慢冷靜了下來，她心裡想著，該來的總是要來，既然躲也躲不過去，就要好好應對。

宋芸娘下定了決心，懸了許久的心便終於落定下來。臨出門前，她猶豫了下，還是帶上了那把防身用的匕首，緊緊揣在懷裡。

進了防守府，小兵腳步不停，繼續領著宋芸娘往後宅而去。芸娘有些疑惑，她本以為是王遠假借錢夫人之名尋自己過來，可他怎麼會在後宅見自己？芸娘內心不停地猜測，腳步緊跟著小兵，來到後宅的門口後，小兵止步不前，卻見芸娘熟悉的那名婆子已守在門口，婆子面上沒有往日的笑意，她似乎不敢正視芸娘，神色很有些驚慌。芸娘心中驚疑不定，只好隨婆子走進後宅。

錢夫人的偏廳裡已沒有了昨日的暖意，顯得肅靜而冷清。錢夫人冷冷地坐在太師椅上，杏眼圓瞪，雙唇緊閉，面色發白，呈現淡淡的疲態。

宋芸娘驚訝地發現錢夫人一反常態，她脂粉未施，臉色有些蠟黃，兩頰淡淡的色斑、下垂的嘴角顯出了幾分老態，頭髮也只是隨意綰著，斜插一支鳳釵，鳳釵上的黃金鳳凰高昂著頭，似乎也和它的主人一樣，冷冷注視著宋芸娘。

芸娘見狀又驚又疑，卻還是按禮儀下跪叩拜。

錢夫人沒有像以前那樣速速命芸娘起來，而是靜靜坐著，默然不語，屋子裡一片寂靜，只聽得到輕輕的呼吸聲。

良久，宋芸娘已覺得脖子發痠、雙膝發麻，方才聽得錢夫人冷冷道：「起來吧。」

宋芸娘緩緩起身，又聽得錢夫人冷笑道：「宋娘子，妳好得很啊。」

芸娘想了想，不知如何回應，乾脆裝聾作啞，向錢夫人討好地笑了笑。「謝錢夫人吉言，民女這陣子吃得飽、睡得暖，昨日得錢夫人青睞和厚愛，又多掙了點銀子，民女的好也是託夫人您的福。」

錢夫人盯著芸娘冷冷看了半晌，氣極反笑。「好一個巧嘴的宋娘子。我只當妳是個自立自強的女子，憐妳小小年紀，勞心家事，又愛惜妳做面脂的精巧手藝，故此幫襯妳一二；想不到我反而是引狼入室，妳居然也和那些個不要臉的女子一樣，存了攀龍附鳳之心。」

芸娘已有些明白了，不管是王遠行動快速，立即告知了錢夫人，還是錢夫人耳目眾多，親自發現了此事，此刻，錢夫人已經知道了王遠對自己的心思，並且心中極為不喜。

只要錢夫人極力反對，這事情就有了回轉的餘地，芸娘心中隱隱有了希望，她雙膝一沈，又跪在錢夫人面前，不卑不亢地說：「錢夫人這是怎麼說的？民女怎麼有攀龍附鳳之心了？」

錢夫人呵呵笑了。「妳自己心裡不清楚嗎？妳昨日前腳剛走，後腳老爺就過來，提出要納妳為妾。我就納悶了，這老爺心繫軍務，怎麼就突然知道了有妳這樣一個人物，還一門心思要納進門來。後來將下人們好一番查問，才聽看門的婆子說，妳故意在門口和老爺拉拉扯扯，勾引老爺，是也不是？」

芸娘吃驚地看向那事前偷懶耍滑，事後又無中生有、搬弄是非的婆子，眼中噴出怒火，不明白她為何胡亂說話，陷害自己，她只能大聲辯解。「夫人冤枉，昨日民女出門時，因無人帶領，路線不熟，本就十分慌亂，走得急了些，不慎在門口撞到了王大人，此事是民女的無心之失，卻絕不是有意為之。」

錢夫人聞言淩厲的目光掃向昨日帶路的婆子，見她面色蒼白，眼神躲閃，便也有些心知肚明。她又盯著芸娘看了半晌，冷然道：「無心之失也好，有意為之也罷，現在老爺執意納妳為妾，卻又當如何？」

芸娘又氣又急，臉脹得通紅，身上生出一陣寒意，她大聲道：「回夫人，民女雖然身分低微，家境貧寒，但也是好人家的女兒，絕不願與人為妾。」

錢夫人半信半疑，她面色一緩，卻仍是冷冷道：「現在老爺已經起了這個心思，卻已是容不得妳願不願意了。」

宋芸娘急得跪伏在地上。「還請錢夫人出手相救。」

錢夫人嫁給王遠後，一直沒有生養，故而在王遠納妾一事上，往往沒有開口，便先軟了幾分。她見宋芸娘神色焦急，不似作偽，沈吟了會兒，便問：「宋娘子，我見妳年歲也不小了，但看妳的裝束卻還是女兒打扮，應是未嫁人，不知訂親了沒有？」

宋芸娘一愣，突然有些明白錢夫人的想法，只覺得茅塞頓開；可惜自己的確沒有訂親，此事在上東村隨便找一個人都可以問明，卻也做不得假，只好坦白道：「回錢夫人，民女尚未訂親。」

錢夫人面露失望之色，她深吸一口氣，緩緩開口。「老爺為人剛愎，我也不好過多勸誡，以免傷了夫妻和氣。妳若已經名花有主，倒有緩和的餘地，我家老爺最是注重名聲之人，從不做強拆人家婚姻的事情；只是妳現在尚未婚配，哎，哪怕是訂了親也好啊……」

宋芸娘埋頭跪在地上，腦子飛轉，聽聞錢夫人此言，急中生智，忙道：「民女已有商議訂親之人，只是前段日子家中出了些事，耽擱了下來。」

錢夫人神色一亮，面上露出喜意。「真的？若果真如此，倒有緩和的餘地。老爺昨晚接到靖邊城守備的緊急軍令，連夜進城了，臨走前囑託我抓緊辦好納妳為妾之事，妳如果真有對象，最好趕快訂親，此事宜早不宜遲，時間長了我也不好再為妳過多周旋了。」

宋芸娘聞言鬆了一口氣，可馬上又生出新的難題，短短幾日內，她又到哪裡才能尋出一個可以與自己訂親之人？

出了防守府，宋芸娘心情沈重，腳步虛浮。

若是在幾日之前，那時還以為荀哥兒既然已經絕了仕途之路，最好的出路是在軍中做一名軍醫，那麼自己也許還有可能籌謀一下自己的親事。可是，現在已然知道荀哥兒從未失憶，也知道他對做學問有著熱情和極大的天分，爹爹對他又寄予厚望，為著荀哥兒的前程，自己就更不能捨下爹爹和他，貿然出嫁。所以若要訂親的話，必定還是得按以前的打算招贅才行，可是眼下哪裡有合適的人選？

宋芸娘絞盡腦汁，冥思苦想，只覺得想破了腦袋也是毫無頭緒，不知不覺間，已經到家門口。走進院門，只見宋思年一個人坐在院子裡，身旁堆著一堆犁、鎬、鋤頭等農具。這些農具有的生了鏽，有的接頭有些鬆動，宋思年幾次三番地要拿出來修，都被宋芸娘攔住了，沒想到，他見家中無人，居然一人跛著腿，將這些農具一一找出來，自己默默地修理。

宋芸娘看著父親伸直了受傷的那條腿，另一隻腿彎著，正費力地彎著腰，埋頭打磨著手裡的一把鐮刀，不覺眼睛有些模糊。她悄悄擦了擦淚水，快步走過去，嗔怪道：「爹，您這是幹什麼？」她拿走宋思年手中的鐮刀，又遞過枴杖，小心地將他扶起來，嘴裡埋怨著。

「您腿上的傷還沒有好呢，小心又加重了。」環顧了下四周靜悄悄的院子，又問：「荀哥兒去哪兒了，怎麼由著您瞎折騰。」

宋思年吃力地拄著枴杖站起來，臉上帶著濃濃的自責。「荀兒跟柳大夫一起出診去了，讓他跟著學學醫術也好。」他嘆了一口氣，沮喪地說：「爹真是沒有用，什麼活兒都幹不了，都快成了吃閒飯的了。芸娘，這些日子真是苦了妳。」見芸娘一改往日的輕鬆笑顏，而是面色沈重，心事重重，又小心問道：「剛才錢夫人叫妳過去，是不是有什麼事情啊？」

宋芸娘看著宋思年關切的眼神，不覺內心酸楚，她默然不語，眼眶一下子紅了，嘴唇微微顫抖著，沈默了半天，卻再也無法忍住，眼淚也忍不住湧了出來。她心想，此等大事，瞞是瞞不住了，靠自己一己之力更是解決不了，便一五一十地告訴了宋思年。

宋思年聞言有如晴天霹靂，不禁打了個踉蹌，要不是宋芸娘趕緊伸手扶住他，只怕都要跌倒在地。他又驚又懼，拄著枴杖的手骨節發白，隱隱在顫抖，連聲道：「怎麼會遇上這樣的事情？怎麼辦？怎麼辦？這可如何是好？」

看著惶惶不安的父親，芸娘內心充滿自責，她覺得自己不但未能為父親分憂，反而給家裡增添了新的麻煩。看到比自己更焦急、更六神無主的宋思年，芸娘突然發現，不知從什麼時候起，這個家的主心骨兒不再是父親，而是自己；不論遇到多麼難的事情，父親可以慌、可以亂，可以問怎麼辦，可是自己卻不能。

想到這裡，芸娘反而鎮定了下來，她輕聲安慰宋思年。「爹，天無絕人之路，以前那麼難我們一家都熬過來了，這個坎也一定可以過得去。我剛才不是已經跟您說了嗎，錢夫人答應我了，事情也不是沒有回轉的餘地，只要我盡快訂親，她就幫我周旋。」

宋思年神色一亮，茫然的眼神也慢慢找回了焦點，他盯著芸娘，喃喃道：「對，訂親，訂親；可是……」他怔怔看著芸娘，問道：「和誰訂親？」

宋芸娘頹然低下了頭，她若知道和誰訂親便不會這般為難了。以前，她將自己的親事視為支撐宋家的手段，現在，親事又成了脫困的途徑；似乎，她的親事從來與她的心願無關，與她的幸福無關。她對親事的嚮往只存在於久遠的過去，存在於遙遠的江南：春暖花開的江南，空氣中瀰漫著春天的清新和暖意，那個懷春的少女，坐在粉色的紗帳裡，一針一線繡著嫁妝，時不時怔怔想一會兒心事，又低頭羞澀地傻笑……不知為何，她居然又想起了表哥，想起了那個溫潤的少年。表哥此刻應該已是娶妻生子，圓圓滿滿了吧，那個說過會照顧自己一輩子的人此刻卻不知在照顧誰……宋芸娘悵然想著，只覺得眼淚再一次湧了出來。

宋思年突然冒出一個想法，他眼睛一亮，面露激動之色，急切地說道：「芸娘，我去和隔壁的許家嫂子說說，憑我們兩家的交情，她一定會幫我們的；再說，許二郎也很是不錯，對妳也極好……」

「爹——」芸娘忍不住打斷宋思年。「不要去！許家越是對我們有恩，我們越是不能利用他們。」

「利用？什麼叫利用？」宋思年氣道，語氣也生硬起來。「當年我和許二郎他爹早就有結成兒女親家的打算，若不是後來出了那麼多的事情，只怕妳和二郎早就成了婚，說不定我連外孫都添了。我看，這件事就這樣辦，我這就去隔壁。」說罷，拄著枴杖急匆匆要出門。

「爹——」芸娘拉住了宋思年，面帶乞求之色，緩緩屈膝跪下。「許家一家對我們有恩，我們絕不能傷害他們，如若貿然和他家訂親，以後豈不是耽擱了安平哥……」

宋思年低下頭，怔怔看著芸娘，滿腹疑惑。「芸娘，妳……妳是什麼意思？什麼叫耽擱？妳不願意嫁給許二郎？莫非……妳喜歡蕭四郎？」

宋芸娘哭笑不得。「爹，我誰也不想嫁。現在荀哥兒已經好了，他有著大好的前程，我這個做姊姊的勢必要全力支持他，讓他沒有後顧之憂。」

「哎，妳這個傻孩子……」宋思年愣愣盯著芸娘看了一會兒，嘆了一口氣，頹然地閉上眼，搖了搖頭，沈默了片刻，又道：「可是現在這種情形，已經容不得妳方方面面的周全。荀兒還小，以後的事情誰也說不準，他若能有所成就，是他的造化，如若不能，也是我們宋家沒有那個福分。此時的當務之急，是先解決妳的事情，妳若不想幾日後被抬進防守府，現在就聽爹的話。我知道許家嫂子這幾年在這件事情上有些怨氣，妳放心，我會好好和她說的。」

宋芸娘急得緊緊拽住宋思年的衣襟。「爹，不要去，我不能和安平哥訂親。爹，我的主意已定，如若不能找到可以入贅之人，我便要找一個可以假訂親的人。只是這人絕對不能是安平哥，我欠他太多，絕不能再傷害他。」

宋思年十分惱怒，他氣得掙脫了芸娘的手。「主意！主意！妳哪兒來的那麼多主意！我最大的失誤，就是將妳慣得太有主見！現在妳什麼也不准想，什麼也不准做，妳的親事，爹說了算！」

「爹，您這是要逼死女兒嗎？」宋芸娘又氣又急，一時口無遮攔，話剛一出口便後悔萬分，只好垂下頭，倔強地沈默不語。

宋思年怔住，顫抖著手舉起枴杖，指著芸娘，氣極反笑。「好、好，我不逼妳，妳自己惹的事情，自己想辦法解決吧！」

芸娘抬頭呆呆地看著滿臉苦痛的宋思年，艱難的歲月在他的臉上刻上了深深的皺紋，邊境的風霜將他折磨得蒼老憔悴，現在自己的事情又令他憂心著急……芸娘跪在地上，無言地深深磕了個頭，輕輕站起來，轉身出了門。

宋芸娘失魂落魄地離開了家，腳步虛浮地走著，卻不知究竟要走向何方。深秋的寒風毫不憐惜地吹在身上，芸娘只覺得渾身發冷，內心更是冰涼一片。

不知不覺間，芸娘來到南北大街，此時已是農閒時分，大街上的行人比往日多了許多，他們大多行色匆匆，或推著小車，或挑著擔子，急急為生活奔波著。腳步遲緩、神色茫然的宋芸娘垂著雙手走在他們其中，顯得格格不入。

宋芸娘走著走著，發現眼前出現了一道高高的屏障，猛然抬頭，才驚覺自己居然走到了城門處。芸娘不禁搖頭苦笑，正準備轉身，忽然聽到熟悉的聲音大聲叫著。「宋娘子。」循聲望去，蕭靖北疾步走過來，他身著戎裝，高大英挺，此刻卻一改往日從容的步伐，臉上也帶著急切之意。

「宋娘子，妳怎麼了，我看妳好像有心事？」蕭靖北停在芸娘身前，定定看著她，深邃的眼睛裡充滿了關切之色。

芸娘怔怔看著他，嘴無聲地張了張，只覺得滿腹辛酸齊湧出來，淚水如斷了線的珠子般滾下。

蕭靖北看著哭得梨花帶雨的芸娘，不覺心中一痛，他又急又慌，伸手在懷裡胡亂掏了半天，掏出一塊手帕，小心翼翼地遞到芸娘面前，柔聲道：「宋娘子，不……不要哭，有什麼事情說出來，看看我能否幫得上忙？」

自從那日從靖邊城回來後，蕭靖北便覺得宋芸娘對自己冷淡和疏遠了許多，他只當是因為許安平的緣故，便越發暗自心酸。雖然只有短短數日未見到芸娘，他覺得似乎已隔了一輩子般久遠。方才在城牆上，蕭靖北一眼就看到在南北大街上踯躅獨行的宋芸娘，他心中暗喜，恨不得一步衝到芸娘身旁；可是想到宋芸娘對自己的疏遠，卻硬生生縮回了腳步。他的目光緊緊盯在芸娘身上，看著她腳步沈重，神態恍惚，毫無目的地隨意走著，看似心事重重，這才忍不住從城牆上快步走了過來。

蕭靖北領著宋芸娘來到城牆下一僻靜處，輕聲道：「宋娘子，此處無人，妳有什麼心事說出來吧，有事情不要悶在心裡，說出來的話，說不定我也可以為妳分擔。」

宋芸娘眼淚已經止住，此刻雙目紅腫，鼻頭、雙頰通紅，襯著白生生的肌膚，越發顯得楚楚動人，讓人心生憐意。芸娘抬眼望著蕭靖北，只見他面上充滿了關切，讓人心生暖意，他高大英武的身軀擋在自己面前，讓人覺得倍感安全。

不知為何，芸娘在蕭靖北面前往往可以卸下心防，充滿了放鬆和依賴。她垂下眼，緩緩將這兩日在防守府的遭遇細細說了一遍。

「豈有此理！」蕭靖北恨恨地一拳砸向城牆，俊臉上充滿怒意，只覺得陣陣怒火沖向頭頂。他心道，這王遠好大的膽子，居然敢覬覦芸娘，恨不得立馬衝到防守府將王遠好好教訓一頓；可是轉瞬想到自己此刻身分低微，王遠若想對付自己，就好像捏死一隻螞蟻那般容易。蕭靖北自家中劇變後，一直咬牙堅挺著，努力撐著這個脆弱不堪的家，始終保持著京中貴胄的那股傲氣和自信；可是此時，他第一次覺得自己的身分是如此低微，自己的力量是如此脆弱，居然無法保護自己心愛的女人。

芸娘看見蕭靖北砸牆的手背即刻紅腫，出現了傷口，幾滴血珠也慢慢從傷口滲出來，只覺得自己心中也是一陣刺痛。她忙從懷中掏出一塊乾淨的手帕，輕輕包住蕭靖北的手，埋怨道：「蕭大哥，你怎麼這麼傻，疼不疼？」

蕭靖北溫柔地看著低頭悉心包紮的宋芸娘，覺得芸娘若有還無的碰觸，令受傷的手上產生微微的戰慄，漸漸又出現了麻麻的熱意，一直熱到心頭，便有些口乾舌燥。他沈下心想了想，努力組織著自己的語言。「宋娘子，妳……妳剛才說錢夫人答應幫妳周旋，只要妳能快速訂親？」

宋芸娘點點頭，面露為難之色。

蕭靖北又小心翼翼地詢問。「莫非妳沒有可以訂親之人嗎？那許安平……」

宋芸娘惱怒地瞥了蕭靖北一眼，鬱鬱地說：「安平哥是我家的鄰居，他們全家對我們一家十分照顧，我只將他當作自己的哥哥。」

蕭靖北聞言只覺心中狂喜，他在心中大喊：太好了，太好了，她心中沒有人！沒有許安平！面上卻不動聲色，遲疑了會兒，低低地說：「其實……其實，如果妳願意的話，我可以和妳訂親……」

宋芸娘猛然抬頭，盈盈美目看向蕭靖北，眼中閃過一絲驚喜，隨後卻是失落和惱怒，她垂首埋怨道：「蕭大哥，你開什麼玩笑，你可是有娘子的人，怎麼可能和我訂親？」

蕭靖北張口結舌地愣住，傻呆呆地問：「誰說我有娘子？」

宋芸娘氣道：「你若沒有娘子，那鈺哥兒又是從哪兒來的？我聽靖嫻說，鈺哥兒的娘親正在京城，待在她娘家。」

蕭靖北心頭一鬆，輕聲道：「我在京城時，確是有妻有子；只是我家遭難之時，鈺哥兒的母親便已與我和離，她此刻除了是鈺哥兒的生母之外，已與我沒有半點關係。」

宋芸娘見蕭靖北面上似有憂傷之色，想到鈺哥兒那般年幼，他母親居然捨得拋下他，不覺心中充滿了同情和憐意。可是，就算蕭靖北沒有娘子，與自己又有什麼關係，他的情況，怎麼可能允許他入贅？想到此處，宋芸娘覺得有些絕望，她顫聲道：「可是，蕭大哥，我家的情況有些特殊，我的夫君，可是要……」

「要入贅妳家，繼承妳爹的軍職，是不是？」蕭靖北接過宋芸娘的話語。

宋芸娘愣愣看著蕭靖北，呆呆地點頭不語，蕭靖北不在意地笑著說：「傻丫頭，這算什麼難事，看妳把自己愁成什麼樣子？」見芸娘仍是愕然看著自己，便接著道：「大梁律法規定，軍戶如無病痛，六十歲時方可將軍職交由家中子孫繼承。妳父親現在頂多四十出頭，還有一、二十年的時間，不知會有多少變數？況且，荀哥兒才十歲，他天資聰慧，誰知將來又會有怎麼的造化？哪怕能夠除去妳家的軍籍也未可知？」他看著芸娘，放低了聲音，柔聲道：「退一萬步說，就算不能除去軍籍，荀哥兒也不能繼承軍職，一、二十年後，我們的兒……」他猛地停下，差點咬到自己的舌頭，臉也有些紅了，改口輕聲說：「妳的兒子，繼承妳爹的軍職也是可以的。」

蕭靖北自那日在靖邊城得知宋芸娘要招贅一事，便陷入苦惱，反覆思量對策，這一套說辭在心中不知醞釀了多少遍，此刻有了機會，自是一股腦兒地說出來。

宋芸娘怔怔看著蕭靖北，她沒有想到，困擾自己和父親四、五年的難題，在他面前居然不值一提，隨便幾句話便似乎解開了一團亂麻，令一切問題變得迎刃而解。

蕭靖北俊朗的臉上帶著溫暖和煦的笑容，柔柔地看著芸娘，他輕聲道：「妳放心，妳我訂親後，一切由妳，妳願意嫁，我便歡歡喜喜娶，以後一心一意待妳；妳若不願意嫁，以後另有心儀之人，我便任妳解除婚約，自由嫁娶；妳若只想以一紙婚約保護自己免受王遠的覬覦，其他一切維持現狀，我也可以全力配合。」

宋芸娘愣愣看著蕭靖北俊朗堅毅的面容，心裡又是酸、又是甜、又是苦、又是澀，只覺得五味雜陳，百感交集。一天之前，她還在為蕭靖北在京城有娘子而感到失落和傷心，為自己暗暗心儀蕭靖北而感到羞愧和自責，為王遠的色心而感到害怕和絕望……可是現在，蕭靖北為她闢出了一條充滿希望的金光大道。她知道，也許蕭靖北剛才的建議還有許多漏洞，也許並不行得通；可是此刻，她累了，她什麼也不願想，什麼也不能想，她只想放縱自己好好享受一次，享受一次來自他人的呵護。她看著蕭靖北，破涕為笑，露出了幸福的笑容，淚水又一次湧了出來。

蕭靖北看著芸娘梨花帶雨的面上綻放出燦爛的笑容，也露出歡喜的笑意，他定定看了芸娘一會兒，卻又神色黯然，有些自卑地說：「只是，我家裡的境況也不是很好，有一家子的人要照顧，還有……還有一個兒子，若嫁給我，也是委屈了妳……」

宋芸娘聞言一時衝動，忍不住出言打斷。「蕭大哥，你……你不要這麼說，你……你很好。」垂頭沈默了一會兒，越發脹紅了臉，用微不可聞的聲音說：「蕭大哥，我……我願意……」

蕭靖北愣了下，露出不敢置信的驚喜之色，他方才鼓起勇氣，不顧一切地道出了心聲，只覺得又是緊張、又是忐忑、又是放鬆，此刻聽得芸娘同意，只覺得天空似有一道金光刷的一下照在身上，內心似鮮花在怒放，他沒自信地又問了一遍。「芸娘，妳……妳願意嫁給我，不是權宜之計，是真真正正嫁給我？」

芸娘越發羞澀，只覺得心突突突地跳個不停，她不敢直視蕭靖北熾熱的眼神，只好垂下頭，細聲說：「你說怎樣……便是怎樣吧。」

「怎樣？到底是怎樣？」蕭靖北傻傻看著宋芸娘，卻看不到她的臉，只看到烏亮的髮髻，不過，黑髮下露出來的通紅耳根暴露了她的心意。

蕭靖北突然明白，芸娘已是做出了允諾，他驚喜地在心中大喊：她同意了！她同意了！她同意了！他忍不住想伸出雙手去抱住芸娘，可伸到半空中卻猶豫了下，臨時改了方向，一把握住芸娘的雙手，牢牢捧在胸前，好似天下最好的珍寶。

芸娘有些猝不及防，她微微掙扎了一下，卻哪裡掙得開蕭靖北堅強有力的雙手，只好脹紅著臉，默默感受著蕭靖北手掌上傳出的熱意，感受著他的激動和喜悅。自己的心也是如小鹿般亂撞，又是羞澀、又是歡喜。

第十三章　兩家人的態度

黃昏時分，張家堡家家戶戶升起了炊煙，裊裊白煙飄飄渺渺，在青牆黑瓦上盤旋，又緩緩升上天空，營造出一幅柔和而安寧的意境。此時，在外勞累了一天的男人、女人們回到家裡，卸下了滿身疲憊，和家人團聚在一起，逗一逗孩子，問候下老人，一家人圍坐在一起吃著晚飯，歡欣說笑，張家堡迎來了最溫馨的時刻。

宋家小院卻冷冷清清，宋思年一人孤寂地坐在正屋門口，目光失神地盯著院門，期盼著院門能嘎吱一聲打開，芸娘帶著盈盈笑意歡快地走進來，笑咪咪地喚一聲「爹」……

在宋思年出現第一百零一次幻覺之後，院門真的打開了，宋芸娘帶著門外的寒意走進來，她看到宋思年一人靜坐在正屋門口，有些吃驚，想起之前的爭執，便有些難為情地輕輕喊了一聲「爹」，在她身後，是一身戎裝的蕭靖北。

蕭靖北和宋芸娘互訴衷腸之後，按捺不住激動的心，生怕時間長了會又生變動，便一定要隨宋芸娘一起回宋家求得宋思年同意。

宋思年詫異地看著蕭靖北，蕭靖北雖然也算得上是宋家常客，但都是鈺哥兒住在宋家之時來，鈺哥兒搬走之後，蕭靖北倒是從未單獨來過。此刻他和芸娘並肩站在一起，一個英武挺拔，一個嬌俏動人，倒真是一對璧人。宋思年突然覺得有些不是滋味，不覺問道：「蕭四郎，之前聽芸娘說你已升為小旗，一直沒有機會恭喜你，今日光臨寒舍，不知有何貴幹？」

宋芸娘見父親語氣冷淡疏遠，不禁皺緊了眉頭，剛要開口，蕭靖北不動聲色地攔住了她，上前一步跪在宋思年面前，懇切地說道：「宋大叔，今日蕭某前來，是想懇請宋大叔將芸娘許配給我。」

宋思年驚得站起來，愣了一會兒，突然看著芸娘笑了，語氣平淡而清冷。「這就是妳自己想的辦法？」

宋芸娘有些心虛和心痛，她雙膝一沈，跪在蕭靖北身邊，拋卻女兒家的羞澀，不顧一切地說：「我願意嫁給蕭大哥，請爹成全。」

宋思年突然有些惱怒，他想起曾經詢問芸娘是否對蕭靖北有意時，宋芸娘輕描淡寫地否認，可是現在卻如此大膽地坦承要嫁給他。他本就對蕭靖北複雜的家庭不是很滿意，現在加上芸娘的故意隱瞞，越發惱羞成怒，他冷冷地說：「蕭四郎，你連自己家裡的情況都諱莫如深，我怎麼敢將芸娘許配與你？」

蕭靖北神色微動，隱隱有痛苦之色，他猶豫了一會兒，終是坦承道：「宋大叔，非是我故意隱瞞我的身世，實在是往事太過傷心，令人不願提起。今日我請求宋大叔將芸娘許配與我，便是視您為我的長輩，我的親人。實不相瞞，我是前長公主最小的孫兒，父親是前鎮遠侯蕭定邦，母親是前英國公府家的六小姐。今年五月，父親和三個兄長因……因謀反罪被判斬首，幾個姪兒也被賜毒酒……家中其他人等或被發配，或被發賣。我因是家中最小，父兄之事全未參與，故此聖上憐憫，免我死罪，將我充軍到張家堡。」

他看了宋芸娘一眼，接著道：「我十九歲時，奉父母之命娶了榮國公府的三小姐，生了鈺哥兒，此外再無其他妾室及子女。我家遭難時，鈺哥兒的娘親已與我和離，我本已無心再娶，只是上天憐見，竟讓我在這裡遇到了芸娘。我自知身分複雜，但我對芸娘一片真心，還請宋大叔成全。」

宋芸娘半張著嘴，驚訝地看著蕭靖北，她為人單純，與人交往全憑直覺，從不問出身，見蕭家諸人從不願提及過往，只當他們也和自己家一樣，有著痛苦的往事，所以從不尋根問底。她知道蕭家來自京城長公主府，只道是受了牽連的親戚旁支，想不到蕭靖北竟有著如此高貴的出身，經歷過這樣的磨難。他本是高高在上、遙不可及的一名侯門貴公子，現在卻成為邊堡一名身分低微的小小軍戶……可是哪怕禁受如此挫折，在蕭靖北身上卻看不到怨天尤人、自暴自棄，他始終剛毅堅強，努力拚搏著，一點一點改善自己一家人的生活。芸娘怔怔看著他，似乎對蕭靖北又多了一層新的認識，眼中又是憐惜、又是敬佩。

宋思年也盯著蕭靖北看了半晌，他心中猜想過蕭靖北的來歷，知道必不會簡單，可是沒想到竟比自己猜想的更為複雜。他只願芸娘能嫁一位像許安平、張二郎一般身世清白，家庭簡單的人，卻不想她卻偏偏看上了這蕭靖北。他嘆了一口氣，狠了狠心，冷聲道：「我家貧寒，芸娘也只是個粗野丫頭，你們是京城來的貴人，我們不敢高攀。」

宋芸娘吃驚地看著父親，沒有想到一向寬厚的父親居然會對蕭靖北說出如此刻薄的話語，她面露憤憤之色，蕭靖北卻不疾不徐地說：「宋大叔言過了。我們兩家在張家堡都是一樣的身分，談不上什麼貴人，更沒有什麼高攀；若真有高攀，也只是我高攀了芸娘，我家中有老母、小兒，負擔重……」

宋思年冷笑一聲。「你倒有自知之明，既如此，你又怎麼敢求我將芸娘許配給你。」

宋芸娘忍無可忍，氣惱地叫了一聲。「爹——」

蕭靖北卻淡淡笑了，他誠懇地說：「宋大叔，我雖然現在一文不名，但我對芸娘的心是真真切切。我與芸娘兩情相悅，如若宋大叔願意將芸娘許配給我，我願意一輩子珍愛芸娘、照顧芸娘，盡我所有的能力，絕不讓她受半分委屈。」

宋芸娘側頭癡癡看著蕭靖北，眼中淚光閃動，心中感動莫名。宋思年看著芸娘一副小女兒的癡情之態，心道：罷罷罷，女大不中留，女兒養得再大，也終是要找一人託付終生，這蕭靖北雖然背景複雜，家境困難，卻也是一個難得的好男兒。他又看看挺直腰背跪在自己面前的蕭靖北，英俊的臉上表情真摯剛毅，堅毅的目光懇切地看著自己，心中暗嘆一口氣，已有些肯了，只是面上仍有些掛不住。他想了想，又沈聲道：「蕭四郎，你可知道我家情況有些特殊，我家芸娘之所以拖到今日未婚配，並不是沒有人求親，而是……」

「而是芸娘的夫婿要繼承您的軍職。」蕭靖北見宋思年沈吟不語，便從容地替他說了出來。

宋思年有些驚訝。「你知道？」他瞪了一眼芸娘，心中暗氣她倒是向蕭靖北坦白得徹底，便故意刁難道：「那你能否做到？」

蕭靖北輕輕笑了，他的笑容好似三月的春風，吹化了寒冰，吹暖了大地，帶來了一片花紅柳綠。他目光堅定地看著宋思年。「此事我已和芸娘商議過了。宋大叔您剛過不惑之年，離卸去軍職還有一、二十年，到時候，若荀哥兒有更好的造化，不能繼承您的軍職，我和芸娘的兒子必會將您的軍職繼承下去。」

宋思年有些愕然，想不到令自己焦頭爛額、寢不能寐的為難之事，這小子居然給出了如此輕鬆的解決之道；想不到芸娘表面上不動聲色，暗地裡居然和這小子商議到這一步，害得自己白白擔心，枉做小人，果真是女生外向！他心中又氣又傷心，卻也有些歡喜，定定看著並肩跪在面前的這兩個人，終是軟了下來，輕聲道：「好了，你們都起來吧。你們既然兩情相悅，我也不做棒打鴛鴦的事情，只是你們以後好自為之。此時情況特殊，訂親之事宜早不宜遲，這兩日便快快訂了吧。」說罷，又是一聲長嘆，只覺得又是感慨，又是歡喜，又有些悵然若失。

晚上，李氏和王姨娘得知蕭靖北要向宋芸娘提親，俱是又驚又喜。李氏擦了擦眼角的淚水，欣慰地笑著。「四郎，芸娘是個好女子，雖然出身不如咱們，她父親只是個舉人，最多也只做了個知縣，但也知書達禮，溫柔賢慧⋯⋯」

蕭靖北面上笑容一滯，他打斷了李氏，有些生氣地說：「什麼出身，在這張家堡，我們和芸娘家一樣，都是軍戶，您就不要記掛著以前那些事了。」

李氏呆了呆，心中莫名生出一些悲哀，她無奈地笑了笑，低落地說：「你瞧我這腦子，怎麼就轉不過來，我們現在可不都是一樣的身分。」她鬱鬱地想了一會兒，便自嘲地笑了笑，又笑嘻嘻地看著蕭靖北。「好好好，娘錯了，芸娘是你心尖上的人，你放心，娘只會對她好好的，一句重話都不說，行了吧？」

蕭靖北難得地臉紅了，王姨娘便越發在一旁打趣。「我看啊，這就是緣分，本來是八竿子打不到一起的兩個人，被月老的紅線給牽到了這張家堡啊，這也是上天垂憐我們四爺，垂憐我們蕭家啊。」說著說著，聲音有幾分哽咽，悄悄抬手擦了擦眼角的淚水。李氏聞言也慢慢收斂了笑容，沈默不語，有些唏噓不已。

室內一時陷入了一片寂靜，只聽得屋外呼呼的風聲，和床上已然睡著的鈺哥兒發出的淺淺呼吸聲。桌上煤油燈微弱的燈光不停地跳動，照得三個人的臉上都忽明忽暗，神色不明。突然，一隻飛蛾勇猛無畏地撲向油燈，發出「啪」的一聲響，驚醒了蕭靖北，他凝神看了會兒驟然變亮的燈火，出言打破了寧靜。「母親，這兩日便去宋家提親吧！」

李氏微微愣了下。「這麼快？還有諸多事宜要準備呢，請媒人，提親的禮品……」

王姨娘笑著插話。「姊姊，您還想著以前在京裡的那一套繁文縟節吧？這裡的諸多事宜卻是一切從簡，我這些日子和堡裡的一些婦人聊天，多多少少知道些這裡的風俗。我們既然來到這裡，入鄉隨俗，便按這裡的習慣和規矩準備吧。」

李氏想了想，也笑道：「這倒也是。只是雖然一切從簡，但該準備的禮品還是儘量齊全一些，也不能委屈了芸娘。」她又打趣起蕭靖北。「我們四郎急著娶新媳婦，我們兩個老婆子少不得多出出力，把這事辦得妥妥當當才行。」說罷便呵呵地笑，王姨娘也應和著笑，倒令蕭靖北露出幾分羞赧之色。

鈺哥兒躺在炕上本已睡著了，此刻模模糊糊聽到大人們的談話，卻被驚醒了過來。他從被子裡鑽出半個身子，仰起小腦袋，睜著矇矓的大眼睛，好奇地看看這個，又瞧瞧那個，忍不住開口問道：「爹，您要給芸姑姑提親嗎？提親是什麼意思？」

幾個大人這才發現鈺哥兒不知什麼時候醒了，不知躺在那裡聽了多久。蕭靖北忙走到炕邊，輕輕坐在一側，伸手為鈺哥兒掖好被子，柔聲道：「提親就是要娶芸姑姑。鈺哥兒，你願不願意芸姑姑做你的娘親？」

鈺哥兒一愣，小小的臉上居然出現了愁色，他側著頭想了想，眉頭緊緊皺了起來，小嘴一癟，突然咧嘴哭了。「我不要芸姑姑做我的娘親，我有娘親，我有娘親……」他可憐兮兮地看著蕭靖北，泣道：「爹，我好想娘，娘為什麼不來？」

蕭靖北有些愕然，他心疼地看著眼淚汪汪的鈺哥兒，覺得有些頭痛，他思量了那麼多，卻偏偏沒有想到鈺哥兒，沒有考慮過鈺哥兒是否會接受芸娘。他輕聲說：「鈺哥兒，你娘現在在京城你外公家中，她還是你的娘親，還像往日一樣疼你；只是……只是你娘之所以沒到張家堡來，有她的原因，是因為……因為她身子很弱，受不了這裡的艱苦。」

鈺哥兒懵懵懂懂地聽著，不解地問：「那姑姑比娘更瘦小，身子比娘更弱，姑姑為什麼可以來？」

蕭靖北有些無語，無奈地抬手捏了捏眉心。李氏忍不住走過來，沒好氣地說：「那是因為你娘吃不了苦，她想留在京城享清福。鈺哥兒，你不是很喜歡芸姑姑的嗎？她做你的娘親不好嗎？」

鈺哥兒忍不住突地從被子裡坐起來，不依地搖頭大哭。「我不要芸姑姑做我娘親，我不喜歡她，我討厭她，討厭她……」他穿著芸娘做給他的碎花小夾襖，合身的小夾襖裹著小小的身子，身上還散發著被子裡帶出的熱烘烘的暖氣，看上去既可愛又可憐。此時離開了暖烘烘的被子，鈺哥兒忍不住一邊打著哆嗦，一邊還在號哭，睡得紅紅的小臉蛋上掛著長長的眼淚，讓人看了又愛又憐，又忍不住生氣。

蕭靖北一陣煩悶，將鈺哥兒按進被子，喝道：「不准哭！」

鈺哥兒被塞進被子，露出可憐兮兮的小臉，眼睛怯怯地看著蕭靖北，卻還是忍不住抽泣。王姨娘嘆了一口氣，走到炕邊，示意蕭靖北起身，自己側身坐下，微微傾下身，一邊用帕子輕輕擦拭著鈺哥兒的眼淚，一邊柔聲問道：「鈺哥兒，多一個母親疼愛你不好嗎？」

鈺哥兒看到王姨娘溫柔的臉，忍不住又放聲哭了起來，邊哭邊說：「我不要兩個母親，我只要一個娘親，我要我的娘親。」

王姨娘笑道：「鈺哥兒，兩個娘比一個娘更好呢！」

鈺哥兒眨了眨眼睛，不解地看著她，一時忘了繼續哭泣。

王姨娘接著道：「鈺哥兒，你看你姑姑，她就有兩個娘。我是她的姨娘，你祖母是她的母親，多一個娘就多一個人疼愛啊。前幾日你姑姑的新衣服，不就是我和你祖母一起做的嗎？我裁剪的衣服，你祖母繡的花邊，你看多漂亮啊！」

鈺哥兒眼睛亮了亮，小腦袋乖巧地點了兩下，王姨娘又打鐵趁熱。「你看，你身上穿的小棉襖也是芸姑姑做的，她做了你的母親後，還會給你做更多新衣服。還有啊，你不是說姨奶奶做的飯菜沒有芸姑姑做的好吃嗎？芸姑姑做了你的母親，還會給你做更多好吃的。你的娘親雖然在京城，但她仍然是你的娘親，還會一樣疼你。你想想，在京城，有你的娘疼你，在這裡，又有芸姑姑做你的母親，代替你娘疼你，我們鈺哥兒有這麼多人疼愛，多好啊！」

鈺哥兒似懂非懂地點了點頭，想起溫柔可親的宋芸娘，便覺得她做自己的母親也可以。不過，他又皺起了小小的眉頭，帶著哭音問道：「芸姑姑做我的母親，那荀叔叔做我的什麼，是做我的父親嗎？」

李氏和蕭靖北不禁啞然失笑，李氏忍不住笑罵。「傻孩子，芸姑姑做你的母親，荀哥兒自然就是你的舅舅了。」

鈺哥兒這才安了心，王姨娘用手輕輕拍著鈺哥兒，柔聲哄著他。鈺哥兒慢慢止住了哭泣，水汪汪的大眼睛盯著王姨娘，聽著她的輕聲細語，漸漸合上眼睛。

次日天氣晴好，一輪紅日從東方的地平線上升起，放射出光芒萬丈，驅散了黑暗，帶來了光明和希望。

蕭靖北腳步輕快地向城門走去，他臉上帶著掩飾不住的笑意，心情激動難平。朝陽映著他俊朗的面容，顯得容光煥發，神采飛揚。他看著天邊冉冉升起的紅日，只覺得自己心裡一片火熱。

一大早，李氏聽得幾隻喜鵲在門口叫得歡快，好似在報喜一般，便越發喜氣洋洋。她想起昨晚蕭靖北一改平日的沈穩，火燒火燎地催促自己快些去提親，恨不得今日便訂下來，便忍不住一邊笑，一邊吩咐王姨娘去請媒人。

王姨娘這些日子經常進張家堡城內探望蕭靖嫻，也時不時去堡內的小雜貨鋪買些日用雜貨，和堡裡的一些三姑六婆倒是有了幾分熟悉。她此刻身負重任，便難得地拾掇了一下自己。她脫下身上的舊衣和圍裙，換上一身半新不舊的棉衣，盤著整整齊齊的髮髻，收拾得乾乾淨淨，帶著一身喜氣進了張家堡。

蕭靖北帶著期盼的心情，魂不守舍地守了一天城門，心中一會兒猜測王姨娘此行請媒人是否順利，一會兒憧憬自己和芸娘的婚事，一會兒又憂心王遠回來後能否善罷甘休。他左思右想，神情恍惚，連好幾次士兵向他報告事項都沒有察覺，好不容易守得臨近傍晚，換了崗後，蕭靖北便疾步向家中走去。

「蕭小旗，等等我。」一個身材瘦削的年輕士兵在蕭靖北身後大聲喊著，蕭靖北不耐煩地回頭看去，卻見徐文軒喘著氣邊追邊喊。「蕭小旗，咱們一起回去吧。」

這幾日，徐文軒似是黏在蕭靖北身上，經常是早上蕭靖北出門經過徐家門口時，他便也剛好出門，裝作巧遇的樣子和蕭靖北一起走到城門守城；傍晚回家時，又追著蕭靖北一同回家，兩個人倒是形影不離，次數多了，令蕭靖北很有些厭煩。

開始的時候，蕭靖北以為這徐文軒是受徐富貴的教唆，想靠近自己、討好自己，好讓自己對他多加關心。可是他又發現，這徐文軒雖然常套近乎，動不動就在自己身旁晃悠，卻並不多說話，只是常常小心翼翼地看著自己，欲言又止，好似滿腹心事無從開口，令蕭靖北鬱悶不已，心中甚至懷疑這徐文軒是不是有斷袖之癖。此時蕭靖北本就心中記掛著事情，只想快些回家，哪裡耐煩等徐文軒，因此，腳下的步伐不但未停下，反而加快了腳步。蕭靖北是習武之人，腳步一快，便將徐文軒遠遠地拋在後面，徐文軒在後面吃力地追著，卻見蕭靖北已經遠得成了一個小點，不禁停下腳步，嘆了一口氣。他躊躇了好幾天，在心裡反覆醞釀，今日終於打算鼓起勇氣向蕭靖北說明心意，蕭靖北卻連讓他開口的機會都不給……

蕭靖北回到家中，只見正屋的桌子上擺好了熱氣騰騰的飯菜，李氏坐在一旁，冷著臉，不苟言笑，王姨娘站在一旁，一個勁地朝蕭靖北使著眼色；只有鈺哥兒還和往日一樣，坐在為他特製加高的小凳子上，津津有味地埋頭吃著，時不時抬頭看看大人們，又低下頭繼續吃。

蕭靖北一愣，隨即在桌旁坐下，小心翼翼地打量著李氏的神色，又笑問：「母親，今日怎麼好似有些不舒心。」

李氏斜眼看了看蕭靖北，冷冷哼了一聲。「我連兒子都快沒有了，怎麼會舒心？」

蕭靖北疑惑不解，奇道：「母親，您這是怎麼說的？兒子雖然想娶芸娘，也確是心急了些，但母親放心，兒子絕不會娶了媳婦便忘了娘的，我會和芸娘一起好好孝順您。」

李氏深吸了幾口氣，按下胸中的怒火，沈聲道：「玥兒，妳帶鈺哥兒到廚房吃去。」

王姨娘愣了下，忙回過神來，拉著鈺哥兒，端著他的碗筷去了廚房。

這些日子，蕭靖北抽空請人幫忙，在院子的兩側分別搭建了廚房和雜物房，家中的居住環境寬敞了許多。剛才回來的路上，他甚至還在謀劃，該如何將家中幾間房再加固擴大一些，否則芸娘嫁過來太委屈了她。

蕭靖北看著王姨娘帶著鈺哥兒進了廚房，又想起了房子擴建一事，正有些出神，卻聽李氏拍了一下桌子，怒道：「四郎，你倒是瞞得好。」

蕭靖北一怔，問道：「母親，我瞞什麼了，到底是何事令您這般生氣？您今日請媒人的事情不順利嗎？」

李氏氣道：「你是真不知還是假不知？若不是請媒人，我也不會知道這件事。」她見蕭靖北臉上疑惑的神情不似作偽，心道他也許是真的不知道，不覺緩和了臉色，繼續說：「今日上午，王姨娘去尋媒人，特意找了一位張家堡名氣最大的劉媒婆，誰知對方一聽是給宋芸娘提親，便要推辭。王姨娘問了半天，她才說這宋芸娘竟是要招贅的。我說，為何芸娘這般好的條件，卻到了這麼大的年紀都沒有說親，原來是有這樣的緣故。」

李氏看了看蕭靖北的面色，見他毫不吃驚，神色如常，便問：「這件事你知不知道？」

蕭靖北淡淡笑了，方才見李氏滿腔怒火，他還在擔心到底是何重大事情，此時卻有些放心，他輕聲道：「我早就知道了。」

李氏聞言又怒上心頭，不覺大聲喝道：「知道你還要向她提親，你可是堂堂長公主的孫兒，鎮遠侯的兒子，身分高貴，怎麼能夠去入贅？」

蕭靖北聞言有些生氣，忍不住道：「母親，跟您說多少遍了，那些都是過往雲煙，現在咱們就是普通的軍戶，什麼身分、地位的都忘了吧。」

李氏一時氣結，緩了緩，又道：「就算拋開身分不提，你現在上有老，下有小，你可以去入贅嗎？你入贅到宋家了，我們這一家子老弱婦孺怎麼辦，難道讓鈺哥兒去襲替你的軍職嗎？」

蕭靖北無奈地笑了，他輕聲說：「母親，我是那般做事情欠思量的人嗎？您放心，這件事情我早已有了解決的辦法。」說罷，便將宋芸娘要招贅的緣由以及自己的打算一一告訴了李氏。

李氏聽得神色變幻，陰晴不定，她怔了會兒，嘆了口氣，方道：「這芸娘也的確是個難得的好女子，靠一己之力，支撐起一個家，為了父親和弟弟，都不顧及自己，倒真是讓人從心裡疼愛。」想了想，卻神色一黯。「只是你們將來的子孫，仍要襲替軍職……」

沈默了一會兒，李氏看著蕭靖北，只見他目光堅定，薄薄的嘴唇緊緊抿著，似乎自己一旦說出反對的話他便馬上要據理力爭，李氏終是鬆了口。「罷罷罷，那也是一、二十年後的事了，將來的事情誰說得清楚；再說，我們家本來就是永遠充軍，再壞也不能壞到哪裡去了，芸娘這麼好的女子，咱們還是快些娶進來吧。事不宜遲，明日我再讓王姨娘去請媒人提親。」

第二天早上，宋家小院分外熱鬧。

打扮得花枝招展的劉媒婆正在用她那高亢嘹亮的嗓音大聲喧譁著。「宋老爹，你家宋娘子貌美如花，又賢慧能幹，可真是一家有女百家求啊。宋老爹，剛才我已經給你介紹了這蕭家的情況，他家雖然才剛剛搬來，又住在城外，可蕭四郎卻是頂頂有本事的人，才來了一、兩個月，就升成了小旗。嘖嘖嘖，這以後還不知會有怎樣的造化呢，你家宋娘子就等著過去當官太太吧。」

宋思年滿臉堆笑，連連點頭稱是。雖然已和蕭靖北商定了訂親事宜，但該走的流程卻也不能少，只是沒有想到這蕭家居然也是請了劉媒婆，令宋思年不禁暗中苦笑。

宋芸娘坐在廂房裡，手裡拿著荀哥兒的棉衣，一邊細心縫補，一邊豎起耳朵聽著正屋裡劉媒婆和宋思年的對話。聽到劉媒婆不停地誇讚蕭靖北，便覺得她呱噪的嗓音也變得悅耳。她羞紅了臉，一顆心撲通撲通跳著，連手裡的針扎破了手指頭也不自知。

宋思年見劉媒婆終於停下了滔滔不絕的大誇特誇，忙乘機插話。「劉大嬸，我家芸娘的事情累您費心了。女大不中留啊，終是要找個好人家嫁出去。我聽您說的這蕭家，很是不錯，我同意了，接下來還有一些什麼流程，就有勞劉大嬸多費心了。」

劉媒婆張口結舌地看著宋思年，她本已做好了宋思年拒絕的準備，正在心裡醞釀如何說服他，想不到這一次宋思年居然如此爽快地答應了。她有些結巴地說：「同……同意了，好，好……」又小心翼翼地問：「要不要問問你家宋娘子的意見？」

宋思年頗有氣勢地搖搖手，理直氣壯地說：「女子的親事，本就要聽從父母之命，媒妁之言，問她什麼意見？」

劉媒婆忙笑道：「宋老爹說的極是，你家宋娘子就是太倔強，不然上次那麼好的……」她見宋思年有些面色不豫，忙收住話語，伸手輕輕打了自己一巴掌。「瞧我這張嘴，亂說話。宋娘子是有福氣的人，以後的福氣只怕還要大呢！」

宋思年明知這媒人一張巧嘴最會忽悠，但聽了此話還是心裡美滋滋的，忙笑著道謝。

劉媒婆便道：「宋老爹，既然你已經同意了，那咱們就事不宜遲，接下來的問名、納吉、納徵等事宜都要抓緊辦。你家宋娘子已經不小了，他們蕭家也著急得很。勞你先將宋娘子的八字給我，我馬上送到蕭家去，如三日後一切安好，兩家就可以交換庚帖了。宋老爹，你放心，合八字只是個過程，我看這兩個孩子都是有福氣的人，他們的八字必也是相合的。」

宋思年便作了一個揖，謝道：「如此就有勞劉大嬸了。」

蕭家和宋家均同意這門親事，中間又有劉媒婆不遺餘力地來回奔走，兩家都分別找算命先生算了算，宋芸娘和蕭靖北的八字自然是天作之合，交換庚帖之後，便是提親了。

這一日，蕭靖北特意告了假，和劉媒婆、李氏一起去宋家提親。

宋思年、柳大夫等人早已在家中等候多時，此刻見劉媒婆等人已到，忙笑著迎進門來。

宋思年招呼李氏等人進正屋坐，並命荀哥兒接過聘禮。這是宋思年第一次見到李氏，他見李氏雖然一身普通農婦打扮，卻無法掩蓋高貴氣質，一舉一動都充滿豪門貴婦的端莊和威儀，不覺在心中暗暗期盼李氏能是一位好相處的婆婆。

李氏也在暗暗打量宋家，只見院子裡乾淨平整，正屋內窗明几淨，收拾得整潔明亮。再看看宋思年和荀哥兒，都穿著合身的嶄新棉服，端莊有禮，舉止文雅，便讚許地微微點了點頭，心道這芸娘確是一名會持家的女子，宋家也確是出自詩書禮儀之家。

廚房裡，宋芸娘正一邊傾聽著外面的動靜，一邊微紅著臉在準備飯菜，一旁給她打下手的許安慧正在埋怨著她。「芸娘，這麼大的事情，要不是昨日聽我娘說，我還不知道，妳這臭丫頭倒是瞞得我緊。」

芸娘不好意思地輕聲說：「事出突然，也就是這幾日的事情。」

許安慧氣道：「都到了提親的地步了，還說只是這幾日的事情。前幾日在我家，我問起妳的親事，妳還惱得什麼都不說，轉個身卻要訂親了，虧我還將妳看作好姊妹，白為妳操了心。」

宋芸娘無奈，只好將那日進防守府送面脂遇到王遠，被迫速速訂親，再之後與蕭靖北商定婚事等事一一告訴了許安慧。

許安慧的面色隨著宋芸娘的講述不斷變換，一會兒氣憤，一會兒激動，一會兒又感慨，最後她問道：「妳倉促之下與蕭靖北訂婚，是為了逃脫王遠的權宜之計，還是真的打算嫁給他？」

宋芸娘一愣，隨即羞澀道：「開始只是想有一紙婚書，後來……蕭大哥那般誠心，我爹也同意了他的建議，我……我終是不能辜負他。」

許安慧遲疑了會兒，問道：「芸娘，妳是真心心悅蕭四郎？」

宋芸娘一愣，卻還是紅著臉，微微點了點頭。

許安慧面色有些失落，她輕嘆了一口氣，道：「罷罷，這也是你們的緣分。這蕭靖北的腦子倒挺活，居然被他捷足先登了，妳說我家安平怎麼就沒有這福氣呢？」

宋芸娘便想起了許安平對自己的一往情深，想到了躺在箱子底的那只玉鐲，她心裡很有些難安，便自責道：「安慧姊，我知道我對不住安平哥，對不住妳，對不住張嬸嬸，我……」說著，忍不住落下淚來。

許安慧忙掏出手帕為芸娘拭淚，柔聲勸道：「今天是妳的大好日子，快別這樣。這就是緣分，有道是有緣千里來相會，無緣對面不相逢，可不就是說你們。我家安平和妳做了五年的鄰居，那蕭四郎才和妳認識幾天，卻偏偏把妳的心給偷走了……」

她見芸娘滿臉自責，忙寬慰道：「妳放心，安平那裡，以後我見到他會慢慢勸說，至於我娘那裡……」許安慧皺了皺眉，接著說：「她昨日對我說起妳的親事時，的確有些怨言，主要是怨你們家當時非要招贅，害得安平急得離家參軍；現在安平在外刀光劍影，妳居然要訂親，卻又不提入贅一事。我昨日已經勸了她大半天，妳改日有空也對她解釋解釋。她一直將妳當親生女兒般看待，妳只管將妳今日告訴我的緣由講給她聽，不要讓她繼續誤會，傷了我們兩家的感情。」

宋芸娘沈默了一會兒，輕聲說道：「我看張嬸嬸的意思，好像很喜歡靖嫻，我還以為……」

許安慧嗤笑了一聲。「也不知這蕭靖嫻怎麼就得了我娘的青睞，可能我娘也是太孤寂了吧，蕭靖嫻又慣會討她歡心。聽說這蕭靖嫻本是庶出，從小在那高門大院裡長大，我看她只怕最會看人眼色和討好人，我娘本性單純，哪裡吃得住她那一套。」

宋芸娘忍不住笑了。「我看靖嫻對妳也親熱得很，怎麼妳好似不大喜歡？」

許安慧白了芸娘一眼，淡淡道：「我這人最怕誰無事獻殷勤，越是莫名其妙對我好的我越防備。」她頓了頓，又瞪著芸娘。「妳別轉移話題，我娘平時最疼愛妳，一心想娶妳進我家的門；只是……只是後來又是安武出事，你們家又堅持招贅，這才寒了我娘的心。她之所以有接納靖嫻的意思，還不是因為覺得安平與妳沒有希望了。」

芸娘聽聞此言，便知道不論是張氏，還是許安慧，心中多少都是有些怨言的，將來許安平回來，不知道又會是怎樣的情形。想到這裡，芸娘只覺得又愧疚、又難過，心中的喜悅也減弱了幾分。

正屋裡，宋思年和李氏已經商定好訂婚事宜，雙方寫下了結親的婚書，正式訂下了親事。

宋思年一顆心落了定，有些喜形於色，李氏等人也是滿面笑意，一起有商有量地談起了嫁娶的具體細節。屋外雖然是深秋的寒風，屋內卻喜氣融融，好似陽春三月。

談及正式迎娶時間之時，卻有了小小的爭議。李氏堅持要在年前迎娶芸娘，宋思年卻非要留芸娘在家裡再多過一個年才嫁出門。雙方爭執了半天，最後還是劉媒婆出來打了圓場，她高聲笑道：「好好好，你們一個急著要娶，一個捨不得嫁。只是這嫁娶都是遲早的事情，我就為你們定個中間的日子，在年前嫁過去，正月裡回門時再在娘家多住幾日；至於具體日子，我們再請算命先生定，可好？反正你們兩家住得這麼近，走不了多大一會兒就到了，雖說是嫁，其實也仍是在身邊呢！」

宋思年和李氏想了想，也都笑著接納了劉媒婆的建議。商定了具體事宜，已到了午飯時間，廚房裡已經飄來飯菜的香味，宋思年等人這才發覺已經是饑腸轆轆。

吃飯的時候，宋思年、柳大夫、蕭靖北和荀哥兒坐在正屋裡，宋芸娘、李氏等人則在廂房裡擺了一桌。宋芸娘本欲請隔壁的張氏一起過來吃飯，可走到門口又有些心虛，只好轉了回來，她想著待會兒一定要好好向張氏解釋一番，求得她的原諒。

正屋裡，宋思年太過興奮和高興，一時喝得有些多。他滿臉通紅，大著舌頭，一會兒和柳大夫高談闊論，一會兒沈著臉教訓荀哥兒，一會兒又一臉凝重地告誡蕭靖北，最後還又哭又笑、意氣風發地吟起了詩。

宋芸娘在廂房裡聽得哭笑不得，想起父親以前在江南時，常常在有些醉意的時候坐在院子裡悲秋傷春、吟詩作對，自從家裡落難以來，倒是第一次如此，不覺有些心酸。她雖然很想過去勸導父親，由於還要待客，只好端坐不動。

李氏慢條斯理地吃著飯菜，見桌上幾道菜葷素搭配，色香味俱全，心中暗暗讚嘆芸娘的手藝。同時，她也暗暗觀察芸娘，見她舉止從容，端莊有禮，聽到宋思年表現失常，雖然面露憂色，但仍不動聲色地端坐在桌旁，熱情招呼客人，便對芸娘越發滿意。

飯後，宋思年情緒激昂，硬拖著蕭靖北說個不停，將芸娘從小到大的趣事、平時的習慣、好惡細細說了一遍，又不停地告誡蕭靖北一定要好好對待芸娘。蕭靖北耐心地陪坐在一旁，一邊笑著應承宋思年的囑託，一邊用心記下關於芸娘的一切細節。

最後，柳大夫忍無可忍，叫上荀哥兒一起扶宋思年回房歇息，蕭靖北這才抽身出來，去廚房尋宋芸娘。

低矮的廚房裡，宋芸娘正在低頭忙著洗碗，見屋內光線一暗，忙抬頭看去。蕭靖北背光而立，雖然面容模糊不清，宋芸娘卻可以感受到他熾熱的目光緊緊盯在自己身上。

「芸娘，我……」蕭靖北剛開口，卻聽得李氏在院子裡喚他，他猶豫了下，匆匆對芸娘說：「我在城牆處等妳。」便轉身去找李氏。

李氏見天色不早，想著家中只留有蕭靖嫻照顧鈺哥兒，有些擔心，便提出告辭，和劉媒婆、蕭靖北、王姨娘一起，帶著婚書和宋芸娘家的回禮，心滿意足地離開了宋家。

第十四章　城牆下的夜會

許安慧幫著宋芸娘一起洗好碗筷，又將正屋和廂房裡的桌椅擺放整齊，收拾完畢後，她記掛著母親，便向芸娘告辭。宋芸娘想了想，也決定和許安慧一同去隔壁看看張氏。

張氏正在家中暗自神傷，宋芸娘愧疚不已，便陪著張氏坐了許久，誠心開導，許安慧也將宋芸娘匆忙訂親的緣由說了一遍。張氏長吁短嘆了一番之後，非要留芸娘吃晚飯。晚飯過後，芸娘記掛家中的父親，便先行告辭，回了宋家。

一進家門，便聞到一股沖天的酒氣和酸腐味，宋芸娘走進廂房，宋思年四仰八叉地躺在炕上，打著呼嚕，被子縐巴巴地堆在一旁。炕邊的地上，已是吐了一堆，連床褥上、被子上都沾了一些。

宋芸娘嘆了口氣，去廚房燒熱水，準備清洗髒了的被單。此時天色已近全黑，寒氣逼人，荀哥兒下午隨柳大夫出診，到此刻還沒有回來，只怕也和往日一樣，太晚了就直接在柳大夫家歇息了。宋芸娘連個幫手也沒有，只能挽起袖子，自己一個人默默地收拾。

熱水燒好後，宋芸娘先用熱手巾擦了擦宋思年的臉，又推著他翻了個身，側躺到土炕裡側，小心翼翼地抽出吐髒了的床單和被子，洗乾淨了晾在院子裡，最後擦了地，這才輕輕吐了一口氣，只覺得渾身疲軟，癱坐在正屋裡的桌子旁。

桌子上昏暗的煤油燈發出一團濛濛的黃光，照著桌面上擺放的聘禮，宋芸娘看著這堆得高高的聘禮，露出羞澀、幸福的笑容。她懷著激動、好奇的心情一一打開，只見都是一些上好的花茶、果物、團圓餅、羊酒和綢緞布疋，看樣子應該是在靖邊城買的。

其中有一個精緻的小盒子，打開一看，是幾件首飾，分別是金、銀簪各一支，金、銀耳飾各兩對，金、銀梳各一支，金、銀手鐲各一副，均都是做工精美，雅致不俗。

芸娘知道，蕭家初到張家堡，家中應該並無多少餘錢，卻不知他們是如何辦下了這般厚重的聘禮。她激動地看著，一邊在心裡埋怨蕭靖北亂花錢，一邊憧憬著婚後的生活；同時也羞愧地覺得，蕭家送的禮這麼重，相比之下，自己家匆忙間在堡裡的雜貨鋪買的回禮卻顯得太寒酸了些。

宋芸娘慢慢看著聘禮，細細回想起今日蕭靖北的一言一行，越想越覺得他器宇軒昂，英武不凡，一舉一動都大氣淡定，從容不迫，是值得自己託付終生的良人。看得出來，父親也對他十分滿意，荀哥兒雖然不說話，但從他最開始得知自己要和蕭靖北訂親之時的驚訝和不豫神情來看，他是有些難以接受的，畢竟他和許安平、許安文的感情更深一些；但後來，芸娘見荀哥兒看向蕭靖北的目光充滿了敬佩，便知曉荀哥兒也接受了蕭靖北這個姊夫。只可惜，今日這般忙亂，自己倒和蕭靖北連話都沒有說上幾句。

芸娘突然想起，今日她最後一次見到蕭靖北是在廚房，但是，蕭靖北高大的身軀擋住了門外的亮光，他看著自己，好像說了一句什麼話……

芸娘猛地站起來，臉色發白，她想起來了，蕭靖北說的最後一句話是「我在城牆處等妳」。

宋芸娘慌忙穿上棉袍，包上頭巾，穿戴整齊後，她看著漆黑的夜，聽到巷子裡呼呼的風聲，又有些猶豫。她想，蕭靖北應該不會傻乎乎地一直等在那裡吧。也許蕭靖北見自己這麼久未到，早已先行離開，萬一自己去了撲了空怎麼辦？可是，心底的一個聲音卻一直在命令自己：一定要去！一定要去！他一定在等妳！她覺得，不管蕭靖北是否仍在那裡等自己，她都一定要去赴約，不然，她定會徹夜難安。

芸娘堅定了必去的決心，便毅然決然拉開院門，一陣凜冽的寒風撲面而來，看著院門外伸手不見五指的沈沈黑幕，似乎隱藏著無數未知的、可怕的神秘事物，芸娘不禁打了個哆嗦。但是，她想到蕭靖北焦急的面容，想到他深邃的眼、溫柔的笑，便覺得無論如何自己都要踏出這院門。

芸娘本已帶上一盞燈籠，走到院門口想到此時已入夜，萬一在外面碰到熟人反而更加難以解釋。她想著自己路線熟，到城門處也不是很遠，便乾脆放下燈，踏著濃濃的夜色出了門，急匆匆向城牆處走去。

天空烏雲密布，嚴嚴實實地遮住了月亮和星星，小巷裡漆黑一片，只有黑沈沈的院牆和房屋靜靜地蹲伏在兩側，露出隱隱約約的輪廓，無言地注視著一人獨行的宋芸娘。此時四下寂靜無聲，只有宋芸娘一個人的腳步聲突兀地響起，顯得十分孤寂。芸娘自問膽子不小，可走著走著，也漸漸有些膽戰心驚。

從宋芸娘家到城門處短短的距離，芸娘卻覺得走了很久很久，雖然當時蕭靖北只含糊地說了一句在「城牆處」等自己，但芸娘卻準確地知道他所說的地方，一定就是當日他們在城門附近互相表明心跡的那處僻靜之地。

宋芸娘急急走著，忽然腳下踢到了一塊石頭，因腳步太快，一時收不住，感覺整個人猛地飛了出去，一下子趴在地上，摔得渾身生疼。

芸娘趴在地上，半天都無法動彈，只覺得腦子一陣發懵，全身使不上力。地面冰冷逼人的寒氣透過棉袍往身上襲來，她渾身一陣戰慄，半天才咬著牙，支撐著爬起來。芸娘揉了揉摔痛的膝蓋，發現兩隻手掌似乎也被地上的粗石礫磨破了口，摸上去黏糊糊的，似乎有血滲了出來。

宋芸娘忍住疼痛，掏出手絹輕輕纏住傷得重一些的左手，繼續向前走，因剛摔了一跤，腳步便有些蹣跚。她咬緊牙關堅持往前走，遠遠看到前方隱隱浮現城門高大的輪廓，露出了輕鬆的笑容。

城門沿著城牆往東走幾十步，有一排低矮的房屋，是當日修城牆時搭建的簡易廚房，城牆修好後並未拆除，仍是留在這裡。這排房屋與城牆之間形成了一個小夾巷，蕭靖北也是在守城牆的時候偶然發現，這個小夾巷很是狹小，平時少有人經過這裡，連凜冽的寒風到這裡都收斂了腳步。

宋芸娘走近這條小夾巷，心裡也是忐忑不安，不知到底是希望蕭靖北在這裡多一些，還是不希望他在這裡多一些。心裡正有些惶惶，忽然聽到暗夜裡傳出一聲熟悉的、帶著驚喜的聲音。「芸娘？」

宋芸娘一愣，眼淚已經不可抑制地流了下來。沈沈的黑幕中，可以隱約看到蕭靖北高大的身影從低矮的房屋中走了出來，他快步走到芸娘面前，低頭凝視著芸娘。黑夜裡，雖然他的面容模糊不清，但那雙眼睛在黑暗中卻顯得更加明亮有神，似乎可以透過濃濃夜色，一直照到人的心裡。

宋芸娘忘記了羞澀，忘記了矜持，忘記了腿部的不適，她不顧一切，猛地撲到蕭靖北懷裡，一邊用手捶著他堅實的胸膛，一邊哭道：「你怎麼這麼傻，你怎麼這麼傻，你怎麼還在這兒等著啊？」

蕭靖北只覺一個柔軟的身體投入懷中，一陣幽香撲鼻，他微微愣了一下，隨即緊緊摟住芸娘。他哄小孩似地輕輕拍著芸娘，柔聲道：「傻丫頭，別哭。我知道妳會來，所以我一直等著妳，妳看，這不就把妳給等到了嗎！」

芸娘聞言心中更是難受，她哭道：「你這個傻瓜，要是我一晚上都沒有來，那你怎麼辦。對不起……對不起……」她伸手探索著去摸蕭靖北的手，感到一片冰涼，只覺得心裡又是心疼、又是內疚，她緊緊握住蕭靖北的手，似乎要用自己的溫暖來捂熱他冰涼的手。

蕭靖北觸到芸娘包在手上的手帕，不禁一愣，問道：「芸娘，妳的手怎麼啦？」

芸娘手上的傷口被觸到，不禁疼得微微一縮，她不好意思地低聲說：「剛才走得急了，路上不小心摔了一跤。」

蕭靖北聞言很是心疼，他小心翼翼地握著芸娘的手，喃喃道：「芸娘，對不起，我不該任性約妳出來，害得妳受了傷。我看到天已黑了，本想去找妳，又怕路上錯過……」

宋芸娘泣道：「你這個傻瓜，難不成你一直站在這裡？你有沒有吃晚飯？都怨我，我……我真是該死……」

蕭靖北見宋芸娘抽泣個不停，心中既甜蜜又酸澀，輕聲安慰道：「放心，妳蕭大哥我不是那麼傻的人，我雖學尾生抱柱守信，卻不會像他那般癡愚。下午我等了一會兒，見妳遲遲不至，心想妳肯定家中有事情拖住了，便直接回城門銷了假，一邊守城，一邊等妳；換了崗後，還和下一班的兄弟們一起吃了個飯。只是，吃完飯後，卻沒有理由和他們一起繼續站崗，便在這裡等著。」他不願芸娘內疚，便忙接著說：「其實不算什麼，我可是守城門的人，常常一站就是一整天，只當是站崗了。」

宋芸娘淚眼朦朧地看著蕭靖北，千言萬語卻一句也說不出來，只能全部蘊藏在那雙清澈似溪水、又柔情似海洋的眸子裡，癡癡看著他。

蕭靖北想起芸娘手上的傷口，忙將她的手抬到眼前細細打量，見她的纖纖玉指瑩白可愛，在朦朧的夜色裡更加引人心動，便忍不住低頭在芸娘的手指上輕輕印下一吻。

芸娘一驚，這時才發現自己居然被蕭靖北緊緊摟在懷裡，她嗅到蕭靖北身上清新的味道，帶著一股男子的陽剛之氣；又感受到他堅實的胸膛下，心臟有力地跳動著，便一下子羞得臉通紅，她慌得想收回手，掙開蕭靖北的懷抱，掙扎了幾下，卻無法掙脫蕭靖北堅強有力的臂膀，只好用手肘輕輕抵住蕭靖北的胸膛，撐出一點小小的空隙。

宋芸娘羞澀地垂下頭，輕聲問：「蕭大哥，你約我出來有何事？」

蕭靖北正沈浸在甜蜜之中，此刻聽到芸娘出聲發問，不禁一愣，似乎這才想起來自己的目的。他一手鬆開芸娘，從懷中掏出一只精緻的小木盒，遞到芸娘面前，另一隻手卻仍是不捨地摟在芸娘的腰身上，雖然隔著厚厚的棉衣，卻似乎仍可以感受到棉衣下柔軟的、玲瓏有致的身體。

芸娘接過盒子輕輕打開，只見盒子裡躺著一支瑩潤通透的白蓮花玉簪，雕工精緻，簪頭的那朵小小蓮花可愛而逼真。此時，月亮剛好也突破了烏雲的層層包圍，探出大半個頭，在潔白的月光的照射下，玉簪發出柔和的、瑩潤的光澤。

芸娘只覺得眼前一亮，忍不住讚道：「好美的玉簪。」

蕭靖北聽到芸娘由衷的讚美聲，也開心地笑了。「這支玉簪是我那日在靖邊城所買，我一看到它就想起了妳，覺得它就應該戴在妳的髮髻上……」

宋芸娘笑著打斷了他。「哦，這就是那日你說買給靖嫻的玉簪？」

蕭靖北臉微微一紅，幸好在夜色中看不分明，他一五一十地向芸娘坦白。「當時眾目睽睽之下，我只能那麼說，後來卻也不好貿然送給妳。今日送妳的聘禮中雖然也有幾樣首飾，卻都是我母親託人在靖邊城所買；只有這支玉簪，是我親手為妳所選，已在我身上貼身放了好多天，一直尋不到機會送給妳。上午在妳家時，我便想著，今日無論如何也要將這玉簪送給妳，這是我給妳的訂親之禮……」

宋芸娘聞言心中又是欣喜、又是感動，她一直有些不確定蕭靖北和自己訂親的緣由，是對自己有足夠的情意，還是只是出於俠義，為了讓自己避開王遠而出手相助？此刻，她明白了，原來蕭靖北對自己早有情意，原來他真的是心悅自己，原來自己並不是自作多情。她只覺得一顆心甜甜蜜蜜，似乎泡進蜜水裡，看著那支玉簪，也是越看越愛，忍不住伸手輕輕拿起來，在手中緩緩轉動，細細打量，只覺得觸感冰潤柔滑，令人愛不釋手。

蕭靖北見芸娘臉上掩飾不住的喜愛之意，不禁有幾分自得地說：「說來也巧，當日許安平也看中了這支玉簪，幸好我先到一步……」

此言一出，兩人俱是一愣，蕭靖北心道，許安平又何止是買玉簪比自己晚到了一步。他回過神來，笑道：「蕭某何其有辛，能夠得到芸娘的青睞和芳心。」

宋芸娘垂首低笑不語，心中卻又想起許安平，眼神一暗，心中仍是湧上幾分不安。

蕭靖北看著芸娘未戴任何飾物的秀髮，便從芸娘手中拿起玉簪，輕輕插到她烏黑的髮髻上。只見在清冷的月色下，芸娘整個人籠罩著一層神秘的、朦朧的光芒，她瑩白的臉龐泛著微微的紅暈，一雙水濛濛的眼睛晶亮動人，烏溜溜的髮髻上，蓮花造型的白玉簪越發增添了她的光彩，顯得端莊聖潔；剛剛哭過的鼻頭微紅，嘴唇光澤紅潤，此刻唇角微微翹著，又顯得嬌俏可人。蕭靖北一瞬不瞬地看著，覺得哪怕是月宮中的嫦娥只怕也不過如此。他忍不住擁緊了芸娘，喃喃道：「芸娘！芸娘！芸娘！蕭某何其有辛！何其有辛！我今日實在是太歡喜了，似乎從未有這般歡喜過……」說罷，又面帶祈盼地問：「芸娘，妳……妳歡不歡喜？」

宋芸娘羞澀地半垂下頭，微不可見地點了點頭，輕聲道：「我……我也很歡喜。」

蕭靖北只覺得心花怒放，心情激盪。他覺得自己活了二十幾歲，以前的一切生活都是他人所安排，他擁有了太多自己並不需要的東西，富貴、榮華、虛名……在過去壓抑隱忍的日子裡，他從未能真正想要過什麼，追求過什麼。此時他第一次擁有自己真真正正想要的，覺得這幸福來得是這麼迅速和不真實，他想放聲大笑，想向所有的人歡呼自己的歡喜。到最後，他所有的激動，所有的歡喜都化為行動，他緊緊抱住芸娘，似乎要將她揉進自己的身體，他深情地凝視著芸娘，鄭重地立下誓言。「芸娘，我一定會好好待妳，好好疼妳，我要盡我最大的努力讓妳過上好的日子，絕不讓妳再受苦。我要……我要讓妳快快樂樂過一輩子！」

宋芸娘也不再抗拒蕭靖北的擁抱，她靜靜伏在蕭靖北胸前，感受著他有力的心跳，覺得身前這人是那般強壯，那般可靠，覺得在他的庇護下，自己再也不用擔心未來，擔心生活。有了眼前這男人做依靠，似乎什麼都不用怕，什麼都不用想，只覺得既輕鬆又心安，她輕聲道：「蕭大哥，我……我也會好好做你的……妻子，全心全意待你，和你……和你快快樂樂過一輩子！」

蕭靖北聽到宋芸娘道出「妻子」兩字，只覺得心情激盪，他第一次覺得「妻子」是和自己並肩而立，和自己命運緊緊相繫的那個人，是自己最親密的人，可以互相分享喜悅、分擔苦痛，可以共同面對困難、共度逆境；而不是以前那個家人安排的一個頂著「妻子」之名的「陌生人」。

他低頭看著芸娘光潔的額頭，情不自禁地在上面印下深情的一吻。宋芸娘一陣戰慄，只覺得又慌又亂，又害怕又甜蜜。

月亮高高掛在天空，靜靜照耀了一會兒，似乎也為他們的熱情而羞澀，又悄悄躲進了雲層。蕭靖北和宋芸娘在濃濃夜色中互訴衷腸，似乎覺得再多的話語都無法表達此刻內心的激動和情意。

次日早上，一縷陽光早早的從窗子裡探進來，又是一個大好的晴天。

宋芸娘昨晚激動得翻來覆去，一夜未眠，臨近凌晨才略略沈睡了一小會兒，作了好幾個香甜的美夢。清早，她在幾聲歡快的鳥叫聲中醒來，只覺得心情格外輕鬆喜慶，對未來的生活充滿了希望和期盼。

院子裡，宋思年已經起來，此刻正端著一只裝了穀粒的粗碗，慢慢撒著穀粒餵雞。十幾隻雞一邊歡快地啄食著，一邊發出咯咯的叫聲，院子裡充滿了生機和活力。

宋芸娘整理好衣袍，滿面春風地和宋思年打著招呼。「爹，您起來了，有沒有感覺好一點？」

宋思年看到神采飛揚、眉目含春的女兒，不覺十分欣慰。早上起床時，他看到自己衣袍口有吐過的污跡，來到院子裡，又看到晾曬的被子和床單，便有些心知肚明。他遲疑地問道：「我昨日是不是喝多了，都不記得蕭家的人是什麼時候走的了。我……昨日沒有出醜吧？」

宋芸娘噗哧一聲笑了，歡快地說：「爹，您昨日可是好好展示了一番，把蕭家人都鎮住了呢。您出口成章，洋洋灑灑地作了一長篇賦，可把一屋子的人都驚住了。」

宋思年不好意思地笑了，他自知自己醉酒後有些放浪形骸，平時也十分克制；只是這些年來，一是飲酒機會少，二則實在是高興，昨日不小心喝多了一點，卻不想在親家面前出了醜。

宋芸娘見宋思年面露難堪之色，忙寬慰道：「爹，昨日大家都高興，蕭家他們都是不拘小節之人，沒關係的。」

宋思年也大氣地笑道：「對，對，反正以後都是一家人了。」想了想，又促狹道：「真是女大不中留，瞧妳，還沒出嫁都知道幫婆家說話了。」

宋芸娘不好意思地紅了臉，她羞澀地跺了跺腳，轉身進了廚房，準備做早飯。她見宋思年一改往日的頹廢之色，面上難得出現幾分意氣風發，便很是欣喜，手腳麻利地挽起袖子幹活，動作也格外輕盈。

豐收過後，日子比以前寬裕了許多，再加上芸娘心情愉快，做早飯時便費了點心思。她不怕麻煩地揉了麵，擀製了麵條，想到柳大夫和荀哥兒只怕會來吃早飯，便煮了一大鍋，又將昨日多的肉切成細細的肉絲摻進鍋裡，起鍋後撒上翠綠的蔥花，一碗香噴噴的肉絲麵冒著騰騰熱氣，色香味俱全，不禁讓人胃口大開。

正房裡的小桌上，宋思年一邊大口吃著麵條，一邊讚不絕口地說：「芸娘，妳的手藝真的是越來越好。」想了想又失落地嘆道：「唉，可惜以後就吃不到妳的手藝了，倒是便宜那姓蕭的小子了。」

宋芸娘紅著臉埋怨道：「爹，瞧您說的什麼話？那我不嫁了啊，反正我也不想嫁，到時候您可別天天在家裡嘮叨。」

宋思年便望著芸娘呵呵地笑，正打算再打趣芸娘幾句，院門輕輕被推開，只見荀哥兒揹著藥箱走了進來，一邊走一邊大聲問：「好香好香，是什麼好吃的，這麼香啊？」他的臉被外面的寒風吹得紅紅的，一雙眼睛卻格外黑亮。

他的身後是笑咪咪的柳大夫，此刻也一個勁地嗅著香味，問道：「芸娘啊，妳趁我們不在，和妳親爹躲著吃什麼好吃的啊？」

宋芸娘忙起身，一邊往廚房走，一邊笑著說：「哪能忘了義父啊，都在鍋裡呢，這就給您盛去。」

四人圍坐在正屋的小桌旁，親親熱熱地吃完了香噴噴、熱呼呼的肉絲麵。飯後，宋思年激動的心情不能平復，便拉著柳大夫聊起了芸娘的婚事。

宋芸娘自然不好意思多聽，收拾完碗筷，便羞澀地回了房。她坐在炕頭，手裡拿著婚書呆呆看著，突然驚覺距離婚期居然只有短短數月，卻還什麼都沒有準備，她便覺得一時衝動之下，這婚事是否訂得太過倉促。訂親的初衷只是為了逃避王遠，現在卻真的成就了一段姻緣。想到王遠，芸娘便想起還有更重要的事情沒有解決，她將婚書仔細包好，小心地揣進懷裡，走進正屋向宋思年和柳大夫說明事由，便急匆匆往防守府而去。

進了防守府的後宅，只見有一婆子正等候在此，卻並不是以前那個搬弄是非的婆子，而是換了一個團團臉、一臉和善的婦人。芸娘便在心裡猜測，之前那個婆子只怕已被錢夫人處罰了，卻不知又安置在哪裡。

這個婆子笑咪咪地領著宋芸娘來到偏廳，自己先掀簾子進去通報，不一會兒，已聽裡面錢夫人帶著怒意的聲音。「請她進來。」

宋芸娘心中咯噔一下，忙整理好衣袍，恭恭敬敬地垂首走進去，跪下行禮。

錢夫人這次倒沒有為難芸娘，淡淡地說：「宋娘子，起來吧。」

宋芸娘謝過錢夫人後，起身站在一側，只見錢夫人粉面含怒，一臉威嚴地端坐在堂前，她前方站著三個打扮得花枝招展的女子，都垂首不語。此外，還跪著一個年輕女子，她身材窈窕，玲瓏的身軀緊緊包裹著一件粉紅色的錦袍，一頭烏黑的秀髮綰成墮馬髻，斜插著一支金步搖，顯得嬌媚慵懶，她瘦削的肩背微微顫抖，從背後看上去，只覺得楚楚動人，不勝嬌羞。

錢夫人掃了一眼宋芸娘，又看向身前跪著的那名女子，冷冷道：「我念妳是初犯，昨晚的事情就算了，只是若有下一回，就沒有這次這麼好說話了，我有的是好法子管教妳們！」說罷，又提高了聲音。「老爺年過三旬的人，僅得了一女，納妳們進門，是要妳們好好為老爺開枝散葉，卻半個兒子生不出來，整天爭風吃醋，鬧得宅無寧日。妳們是仗著老爺的寵愛，欺負我好性子嗎？」她重重拍了一下太師椅的扶手，猛地起身站起來，嚴厲地掃視著面前的四個人，冷然道：「妳們都退下吧，回去都給我好好反思反思，再有這樣的事情，我一定嚴懲不貸。」

昨日，王遠從靖邊城回來，剛剛進了錢夫人的偏廳，這四個小妾便打扮得妖妖嬈嬈地過來請安，新納的這個小妾殷雪凝更是打扮得格外妖媚誘人，硬是將本應在錢夫人房裡歇息的王遠勾進了她的房。今日早上，她們四個竟又像約好了似的，打扮得花枝招展地前來請安，殷雪凝更是故意做出一副嬌嬌弱弱、不勝痛楚的嬌柔姿態，更是令錢夫人火大。

本來，錢夫人見王遠幾日未歸，今日特意打扮了一番，可見到這殷雪凝居然穿著一件和自己一樣粉色的錦袍，而且面料居然比自己的更好，同樣的錦袍穿在她窈窕的身材上，硬是比錢夫人穿的好看。錢夫人不禁火冒三丈，忍不住借昨晚之事發揮，好好地發洩了一番。錢夫人難得發威一次，倒嚇得幾個小妾面色蒼白，大氣都不敢出一聲。

宋芸娘冷眼旁觀，已知這四名女子定然就是王遠的四個小妾，此刻見她們低垂著頭，惶惶不安的樣子，心裡便在慶幸，幸好自己不用成為她們中的一員。

四個小妾一個個向錢夫人行禮，緩緩退出偏廳，經過芸娘時，都好奇地打量著她，她們想必也聽聞了王遠要納芸娘為妾的消息，此刻都對芸娘有隱隱的戒備和排斥之意，其中一名女子甚至毫不掩飾地面露敵意。

跪在地上的那名小妾最後起身，她揉了揉跪得發麻的雙腿，嬌嬌怯怯地向外走去，走過芸娘身邊，她掃了芸娘一眼，突然腳步一滯，微微愣了一下，略停了停，卻又不動聲色地走出了房門。

錢夫人見這四人退出房間，一直緊繃的身體這才放鬆，面色也略微有些緩和。她深吐一口氣，緩緩坐回太師椅上，微微斜靠在椅背上，用手背支著額頭，全身放鬆，神態慵懶，眼睛微微瞇起，靜靜沈思了一會兒。

宋芸娘半垂著頭，一動不動的，似乎已經入定。錢夫人想了一會兒心事，這才驚覺屋內還有一人在等候她的問話。她稍稍坐直了身體，目光掃向宋芸娘，淡淡問道：「宋娘子，妳來找我有何事？莫非是訂親之事有眉目了嗎？」

宋芸娘輕步走到錢夫人身前，恭敬地說：「回錢夫人，托您的福，民女的親事已定，這是婚書。」說罷，從懷裡拿出婚書，畢恭畢敬地遞給錢夫人。

錢夫人面露詫異之色，她接過婚書，打開仔細看了看，臉上呈現出幾分笑意。「宋娘子，妳辦事很俐落，這短短幾日就訂下親了。」

宋芸娘來時的路上早已想好了對詞，便從容笑道：「那日已經稟明夫人，我們兩家早已商定好了親事，只是前段時間一直有各種事情耽擱，所以這兩日說定就訂下來了。」

錢夫人又盯著婚書看了看，面露疑惑之色。「蕭靖北……這名字怎麼這麼耳熟？」她想了想，眼神一亮，問道：「這蕭靖北，我好像聽老爺說過，是分到堡裡不久的軍戶。聽說，他武功高強，勇猛善戰，一來就殺了幾個韃子，立下了不小的功勞，還被升為小旗。和妳訂親的這個蕭靖北，是不是就是他？」

宋芸娘一愣，只能坦白地承認。「錢夫人您好記性，正是那個蕭靖北。」

「那倒是有些奇怪了。」錢夫人若有所思地看了看芸娘，呵呵笑了。「宋娘子，我看妳今年應該沒有二十，也有十八了吧？」

宋芸娘微微一怔，隨後坦承道：「回錢夫人，民女已有二十了。」

錢夫人似在意料之中，她微微一笑，又接著說：「二十歲的女子既未出嫁，又沒訂親，別說在這張家堡，就是整個梁國，也真不多見。我看妳長相可人，性情溫和，又極能幹，卻遲遲沒有訂親，想必是眼界過高，對親事也十分地慎重。這蕭靖北才來兩個多月，妳就和他訂親了，還說你們兩家之前早已商定好，難道是這蕭家一來，你們兩家就開始商量訂親一事了嗎？」

宋芸娘一時語塞，想不到這錢夫人不但記性好，還心思縝密。她想了想，便紅著臉答道：「蕭靖北雖然到張家堡不久，但他為人仗義，曾出手救過民女好幾次，民女敬佩他的為人，又無以為報，便決定以身相許。」

錢夫人聞言神色有些震動，她盯著芸娘看了半晌，露出了幾分讚賞的笑意。「宋娘子，妳很不錯，比那些貪圖享樂、沒有骨氣的女子好太多了。我先恭喜妳了，祝妳和蕭靖北和樂美滿，白頭偕老。你們小門小戶的，倒也能夠做到生生世世一雙人，只羨鴛鴦不羨仙了……」說到這裡，她想起了自己和王遠的婚姻，神情便有幾分落寞，語氣也有些低沈。

宋芸娘如釋重負，她知道錢夫人這一關已然順利通過，便忙笑著上前拜謝。

錢夫人虛扶了一把，臉上又呈現了笑意。「宋娘子，妳做的面脂、口脂、手膏這些個護膚品十分好，我用了這些日子，覺得皮膚又光滑、又滋潤，以後還要多買一些；不但自己用，也送一些給我相熟的夫人們用，她們若也覺得好，以後自會去找妳。」她想了想，又道：「老爺的事情妳放心，我自會為妳周全，妳以後在堡裡若有什麼為難之事，也可以來找我。」

宋芸娘聞言大喜，她恭敬地拜謝錢夫人，錢夫人忙扶起了她，面帶笑意。「宋娘子，我就喜歡妳這種不卑不亢、自食其力的女子；若天下的女子都像妳這般，世上便會少了很多煩心事了。」她又想起了那幾個令人頭疼的小妾，嘆了一口氣，面露疲憊之色，宋芸娘見狀便忙告退離去。

新換的婆子這次可不敢像前任那樣擅離職守，老老實實地將宋芸娘送到官廳和內宅的分界處。

宋芸娘謝過婆子，繼續向外走。她心情愉快，腳步自然也輕鬆，連兩旁頹敗的秋色在她眼裡都成了引人入勝的美景。快走出防守官府之時，卻見一人匆匆忙忙迎面而來，他穿著青色的千戶官服，正是防守官王遠，他的步伐又急又快，兩人差點又撞到一起。

宋芸娘有了上次的教訓，沿途本就一直留神避免出現這樣的情況。此時早已收住腳步，側身退避到一邊，跪下行禮，她的頭垂得低低的，心撲通撲通跳得劇烈，心中暗道倒楣。卻見王遠神色緊張，似有滿腹心事，他心不在焉地掃了一眼宋芸娘，草草點了點頭，頭也不回地匆匆進了內宅。

宋芸娘既詫異又驚喜，她拍了拍胸脯，用力按了按放在胸前的婚書，只覺得內心安定了許多，她急忙起身，腳下步伐飛快，逃也似地離開了這防守府。

暖意融融的偏廳裡，錢夫人正向王遠講述著宋芸娘訂親之事，她笑著說：「老爺，本來我也覺得這宋娘子乖巧可人，若能納進府裡，不但為老爺添了一朵解語花，我也多了一個能說得上話的姊妹……只是，我一查訪，卻是不巧得很，原來這宋娘子早已議定了婚事，就在前日已經訂下親了。我看這宋娘子是個剛毅的女子，便不好逼迫她。說起來，和她訂親的男子您也認識，就是那個一來就殺了韃子的蕭靖北。」

此刻，王遠正斜靠在太師椅上，伸手揉著眉頭，兀自想著心事。他心亂如麻，焦慮不安，錢夫人說的話他根本就沒有聽進去，只是聽到最後的「韃子」兩字，倏地神色清醒過來，他愣愣問道：「誰，妳剛才說誰殺韃子？」

錢夫人一怔，忙道：「蕭靖北啊，不是老爺您告訴我的嗎？」

王遠聞言只覺得豁然開朗，從一片昏暗的混沌中看到了一絲光明，他想到自己堡裡面還是有幾個勇猛善戰之士，便有些安心。他面上神色略微放鬆，其後又疑惑地看著錢夫人，問道：「妳這個婦道人家，什麼時候也關心起男子的事情了，無端端怎麼提起了蕭靖北？」

錢夫人愣了愣，不禁哭笑不得，敢情自己剛才費盡心力說了半天，他卻是壓根兒沒有聽進去。她無奈，便只好捺著性子將宋芸娘已和蕭靖北訂親之事又說了一遍。

「哦，原來如此。」想到那日在後花園裡的驚鴻一瞥，王遠心中微微有些失落。他略略發了會兒愣，隨即又一臉正氣地說：「既然如此，我自然不會強占他人妻子，特別是將士們的妻子。妳代我好好勸慰宋娘子，要她不要有什麼別的想法，要心無旁騖地嫁給蕭靖北，盡心盡力地伺候他。蕭靖北可是一員難得的猛將，我張家堡可就是要靠他們這樣的人呢，我豈能為了一名女子而折了一員好將。」說罷，他又感激地看著錢夫人，笑著說：「多虧夫人查訪得仔細，不然，我若貿然納宋娘子為妾，豈不是寒了蕭靖北的心。得妻如此，夫復何求啊。」

錢夫人聞言，面露歡喜之色，她乘機道：「老爺，這些日子，雪凝她們幾個越鬧越不像話了。您看，昨天晚上老爺您剛剛回來，勞累了幾天，本應好好歇息；她們倒好，大傍晚的一個、兩個跑過來，說的是拜見，實則是勾您的心呢。老爺，您也過了而立之年了，還是應該保重身體啊。」見王遠神色淡淡，沒有言語，錢夫人又大著膽子道：「老爺，剛剛她們來請安的時候，我已經警告了她們一番，待會兒若有人向您訴苦，您可別太偏袒，否則，我這個正妻還如何立威？」

王遠此刻心情正煩躁，哪裡耐煩聽這些爭風吃醋之事，他滿不在意地說：「懲戒小妾是妳分內的事情，還用和我說？她們若犯了事，或打或賣都隨妳。」

錢夫人聞言心中略有喜意，卻又有些為王遠的薄情感到心寒。她思量了一會兒，又見王遠神情焦慮不安，便忍不住出言問道：「老爺，您昨晚從靖邊城一回來，就愁容滿面，不知有何苦惱之事。」

王遠看了一眼錢夫人，猶豫了一下，卻還是嘆了一口氣，發愁地說：「咱們張家堡只怕馬上有危機了。」

錢夫人一驚，忙問：「老爺，什麼危機？」

王遠見錢夫人憂慮地看著自己，一向端莊祥和的面容上也露出了幾分慌亂，眉頭緊蹙，便更加心亂，粗聲粗氣地隨便應付了幾句。「沒什麼，都是外面爺們的事情，說給妳聽也沒有用，妳就在家裡好好操持家務，別搞得連幾個妾室都鎮不住，家裡烏煙瘴氣的，成天給我添亂。」

錢夫人聞言一時呆住，她看著滿臉不耐之色的王遠，不覺又是委屈、又是氣苦，她忍不住氣道：「這幾個小妾，除了秀兒是我作主給她開了臉，其他的可都是你看中了抬回來的，都是你的心頭肉，要不是你成天嬌慣著，寵得無法無天的，我哪裡會鎮不住？你……你這個寵妾滅妻的……」

王遠越發惱怒，他用力拍了一下桌子，把桌上擺放的大理石屏風震得抖了幾下，錢夫人的心也跟著抖了幾下。她呆愣愣地看著王遠怒氣沖沖地立起身來，狠狠甩了甩袖子，大步流星地走出偏廳，只留下房門上掛著的門簾還在不停擺動。錢夫人回過神來，無力地癱坐在太師椅上，掏出手帕捂住臉，無聲地痛哭起來。

和錢夫人小小的閨怨比起來，王大人此刻的苦痛才是真正的苦痛。他低著頭急匆匆向官廳走去，腦子裡不斷回想著前兩日守備大人的命令。「你們的使命就是務必給我擋住韃子，哪怕只剩下最後一個人，也要給我守住，萬萬不可讓韃子突破你們的防線，危及靖邊城，甚至是宣府城；若有抗敵不力之人，只要放進來一個韃子，都提著腦袋來見我。」

守也是死，不守也是死，王遠覺得自己已經如困獸，四周布滿了荊棘。他在張家堡任了幾年防守官，一向運氣很好，韃子始終未跟張家堡正面交鋒。也就是前年的時候，曾經有一小隊韃子進犯了一次，被嚴炳率兵打回去了；只是，這次情形比往日嚴重得多，也不知自己的好運氣能不能繼續下去。

王遠走進議事官廳，坐在椅子上發了一會兒呆，他想，這次韃子志在攻城，若此次真的大舉進犯張家堡，就憑幾百人的軍隊，只怕很難守得住。他甚至想著乾脆捲了鋪蓋，帶著妻妾們一走了之。可是，他內心裡的那麼一點男子的血性，那麼一些軍人子弟的剛毅，都在鄭重地告誡他：走不得，逃不得，就是死，也要死在城牆上！

他又靜靜思量了一會兒，終於堅定了決心，大聲對一旁的隨從吩咐道：「傳我的命令，通知堡裡總旗以上的官員速速到議事廳來，我有緊急事情要部署。」

——未完，待續，請看文創風360《後妻》2

2015年12月出版

後妻

文創風 359～361

從江南閨秀到北方軍戶，
細數上門求親的人，簡直要踏破她家門檻；
可她卻相中了那個拖家帶口的新來軍戶，
唉，緣分這事可真真說不準啊～～

危難識真情 平淡見幸福／春月生

宋芸娘出生江南水鄉，是父母捧在掌心嬌寵的明珠，
怎知這種生活在她十五歲那年劃下了句點，
父親捲入貪墨案，遭到撤職不說，更落得全家被充軍北方的下場。
母親和弟弟又因挺不過充軍路途的艱苦，先後病逝，
她一下子像是從雲端跌到了地獄，再也不能翻身。
為了父親與幼弟，宋芸娘咬緊牙關，撐起了整個家，
他們沒有被殘酷的現實擊倒，在苦寒匱乏的北方軍堡開始新生活。
但那個新來的軍戶蕭靖北來了之後，一切好像有點不一樣了。
每回和他接觸，她的胸口總有異樣的悸動，
他對她的好，讓她即便是做後妻，也未曾覺得一絲委屈。
只是他的家人似乎沒有那麼歡迎她，三番兩次的小動作，
讓她在未過門前就吃了不少虧，多了不少煩心事。
此時韃靼來勢洶洶，大軍已然兵臨城下，張家堡岌岌可危，
再多的兒女情長，都得暫時擱在腦後……

為流浪貓狗加油 和貓寶貝 狗寶貝 廝守終生(一定要終生喔！)的幸福機會

對人來說，貓寶貝狗寶貝只是生活的一部分，但妳(你)對牠們來說，卻是生活的全部，領養前請一定要考慮清楚——

▲ Marty等待再一次的幸福

性　別：男生
品　種：西高地混貴賓犬
年　紀：約5歲
個　性：活潑愛玩，有地域觀念
健康狀況：已施打八合一+狂犬疫苗；通過四合一、腸炎kit、血液寄生蟲和犬瘟的PCR檢驗；曾患犬瘟，已痊癒
目前住所：台北市

本期資料來源：https://facebook.com/cocoma.doggy/albums/1602545173354639/

『Marty』的故事：

Marty是曾被狠心飼主棄養在收容所的孩子。剛被愛媽接出所不久，牠便出現犬瘟症狀，後來咳、喘的情形變得嚴重，眼周分泌物也越來越多，因此食慾差到無法自行進食，需要人工灌食。治療過程中，病情一度反覆，好在Marty一路上受到不少人的幫助和鼓勵，最後送犬瘟的PCR檢驗終於安全過關！

Marty患犬瘟時，眼睛曾經嚴重潰瘍，幸運的是牠的眼睛現在很健康，淚液量也夠，甚至沒有犬瘟後遺症。連醫生都說，完全看不出Marty有犬瘟病史呢！不過犬瘟會破壞淚腺，所以還是建議一年檢查一次為好。病癒的Marty重拾元氣後簡直人來瘋，活力充沛又愛玩，出門就像小馬一樣跑跑跳跳。

牠的個性比較急，有點壞脾氣。在一般狀況下Marty滿親人的，但如果要清理身體，除非已培養信任感，否則牠會低吼警告。牠的地域觀念也頗重，身處籠子裡時會比較凶，需要特別小心。假設牠在籠子裡，我們伸手摸、從籠內拿東西，或是要清便盆，牠都不開心；然而出籠了就不會亂發脾氣。

而和牠熟了，牠就會乖乖讓你幫牠洗澡剪毛，開心時就喜歡輕咬人的褲管或鞋子撒嬌賣萌。雖然Marty有些小缺點，但其實牠就是隻少一點點安全感的狗狗，如果你有耐心、有經驗、願意包容壞脾氣，而且氣勢比Marty強的話，歡迎用FB私訊「Cocoma的小腳印們找幸福」，正在中途姨姨家學習改掉壞習慣的Marty等著你～～

（編按：想知道更多有關Marty就醫紀錄等事，請進本期資料來源連結。）

認養資格：

1. 認養者須年滿20歲，有獨立經濟能力，並獲得家人與同住室友或房東的同意。
2. 認養前須填寫問卷，詳聊是否適合認養。
3. 須同意簽認養切結書。
4. 同意送養人日後之追蹤探訪，對待Marty不離不棄。

來信請說明：

a. 個人基本資料：姓名、性別、年齡、家庭狀況、職業與經濟來源等。
b. 想認養「Marty」的理由。
c. 過去養寵物的經驗，及簡介一下您的飼養環境。
d. 若未來有當兵、結婚、懷孕、畢業、出國或搬家等計劃，將如何安置「Marty」？

文創風 359

後妻 1

國家圖書館出版品預行編目資料

後妻 / 春月生著. --
初版. -- 臺北市 : 狗屋, 2015.12
冊 ; 公分. --（文創風）
ISBN 978-986-328-528-1（第1冊 : 平裝）. --

857.7　　104021384

著作者　春月生
編輯　黃暄尹
校對　沈毓萍　周貝桂
發行所　狗屋出版社有限公司
地址　台北市104中山區龍江路71巷15號1樓
電話　02-2776-5889～0
發行字號　局版台業字845號
法律顧問　蕭雄淋律師
總經銷　知遠文化事業有限公司
電話　02-2664-8800
初版　2015年12月
國際書碼　ISBN-13　978-986-328-528-1
原著書名　**《军户小娘子》**，由北京晉江原創網絡科技有限公司授權出版

定價250元
狗屋劃撥帳號：19001626
網址：love.doghouse.com.tw　E-mail：love@doghouse.com.tw